MERCANTE DI PERLE

di

P. J. Mann

Traduzione di

Elisabetta Emilia Mancini

ISBN 978-952-7415-31-3

i

RINGRAZIAMENTI

Vorrei ringraziare prima di tutti la mia traduttrice Elisabetta Emilia Mancini che con la sua professionalità ha reso possibile la pubblicazione di questo libro. Una lode anche alla sua pazienza e capacità di adattamento del testo e per il servizio di correzione di bozze.

Introduzione

C'è un vecchio negozio in Merrill Street. Gemme preziose e gioielli finemente cesellati fanno bella mostra di sé nelle vetrine, esposti come opere d'arte, e durante tutto l'anno si respira l'atmosfera calda ed accogliente del periodo natalizio.

Molti clienti ne varcano la soglia, ammaliati dalla misteriosa bellezza dei preziosi esposti, mentre altri arrivano da ogni parte del mondo, attratti dalla fama della famiglia del proprietario, il signor Sherwood, di essere tra i più talentuosi gioiellieri in circolazione, le cui creazioni riescono sempre a stupire coloro che le ricevono in dono.

Fu Eldridge Sherwood ad aprire l'attività nel 1802 e, da allora, la tradizione di gioiellieri, commercianti di pietre e scaltri venditori si tramanda di padre in figlio.

Non un singolo scandalo o pettegolezzo ha mai intaccato la reputazione dei proprietari, che da sempre godono del rispetto dell'élite sociale della città, nonostante giri voce che in quel negozio siano in vendita anche oggetti inusuali e rari; pietre preziose maledette, per l'esattezza.

Non è dato sapere come il proprietario ne entri in possesso, ma chiunque voglia sfidare una maledizione sa dove trovare il piccolo negozio del signor Sherwood.

Capitolo 1

Era quasi l'orario di chiusura. Herman lanciò uno sguardo ad Edward, il figlio di tredici anni che stava studiando silenziosamente in un angolo dietro il bancone. Una coppia di turisti entrò nel negozio, guardandosi pigramente intorno.

Herman li seguì con lo sguardo, certo che se ne sarebbero andati senza acquistare nulla. Gli insegnamenti del padre e l'esperienza lo avevano aiutato a gestire al meglio la sua attività, e a distinguere quando un cliente gradiva il suo intervento e quando preferiva curiosare indisturbato.

Improvvisamente, la porta si aprì e un uomo di mezza età, con indosso un cappotto di cammello beige, fece il suo ingresso nel negozio.

Sfilandosi guanti e cappello, diede una veloce occhiata intorno.

«Buonasera, signore,» lo accolse Herman, con un sorriso.

L'uomo si irrigidì e volse lo sguardo verso di lui.

«Oh, buonasera,» rispose, sbirciando con la coda dell'occhio la coppia intenta a scambiarsi commenti sottovoce sui vari gioielli esposti.

«Come posso aiutarla, signore?» chiese, mentre l'uomo lo raggiungeva al bancone.

«Ehm... beh, sto cercando una perla che è stata venduta ad un'asta qualche giorno fa...» rispose, con tono nervoso.

Herman capì immediatamente a cosa si riferisse, ma quella era una trattativa da condurre con calma e, soprattutto, in privato.

«Figliolo, devo mostrare a questo signore un oggetto particolare nella stanza sul retro. Potresti occuparti del negozio per un po'?» chiese, voltandosi di scatto verso Edward.

Il ragazzo sobbalzò sulla sedia e, trattenendo il respiro, si voltò verso il cliente: sapeva di cosa avrebbero parlato. Alcuni giorni prima, suo padre aveva partecipato ad un'asta dove, per un prezzo incredibilmente basso, si era aggiudicato la perla più bella che avesse mai visto, consapevole che poche persone erano interessate ad acquistarla, probabilmente a causa della sua storia sinistra.

«Papà, posso venire con voi?» implorò.

«No, non possiamo lasciare il negozio incustodito. Inoltre, i nostri clienti potrebbero avere bisogno di assistenza,» rispose Herman, con voce calma.

Edward fece una smorfia ed ubbidì. Trattenendo il respiro li guardò dirigersi verso la stanza sul retro, impaziente di conoscere l'esito della trattativa.

***

4

All'ingresso dei due uomini, le luci si accesero automaticamente, rivelando un'ampia stanza dove oggetti preziosi appartenenti a diversi periodi storici erano esposti in antiche librerie in noce. Un tavolino basso posto sopra un tappeto pakistano rosso ed arancione divideva un divano e due poltrone di pelle rossa, mentre una grande finestra offriva una vista della strada.

«Immagino si riferisca alla perla che ho acquistato all'asta di Hong Kong, signor ...?» esordì Herman.

«Milton, Jason Milton. Avrei dovuto parteciparvi, ma il mio volo fu cancellato. Arrivai quando il banditore batté il martelletto a sancire la fine dell'asta, aggiudicando la perla a lei.»

Herman sorrise, aver avuto pochi avversari non gli aveva permesso di assaporare a pieno la vittoria. Appese il cappotto, i guanti e il cappello del cliente all'appendiabiti in legno nell'angolo.

«Le persone credono ancora nelle maledizioni e le temono. Prego, si accomodi. Posso offrirle qualcosa da bere? Magari, un whisky?» chiese, andando verso l'armadietto dei liquori per mostrargli la sua selezione.

Jason sorrise, e si lasciò avvolgere dal morbido abbraccio della pelle del divano. «Sì, grazie. In questo inverno ogni giorno più freddo, non si rifiuta qualcosa che riscalda lo spirito.»

«Vado a prenderle la perla,» disse Herman, porgendogli il bicchiere contenente il liquido ambrato.

Si avvicinò a una grande cassaforte a muro, compose la combinazione e ne estrasse un piccolo astuccio. Dopo averla chiusa nuovamente, tornò dal cliente e lo aprì davanti ai suoi occhi.

In una nuvola di velluto scuro, era adagiata la perla più straordinaria che la natura avesse mai prodotto. A seconda della direzione della luce ad illuminarla, il suo colore passava dal viola scuro ai toni del rosa e del giallo, facendola sembrare quasi viva.

Il signor Milton tacque, incapace di distogliere lo sguardo da essa.

«Che incredibile... meraviglia della natura,» sussurrò, in maniera impercettibile. «È veramente *l'Arcobaleno Silenzioso*?» chiese, voltandosi verso Herman.

«La casa d'aste ha certificato la sua autenticità, ed io stesso ho condotto delle ricerche per conto mio. Lei sta tenendo tra le mani una perla di 2000 anni. Una delle più antiche esistenti, che finora non ha portato altro che morte e miseria a chiunque l'abbia posseduta.» Herman allungò la schiena sul divano, intrecciò le dita sul petto e prese a scrutare il signor Milton attraverso gli occhi socchiusi.

«Se ne persero le tracce circa cento anni fa, a seguito di un naufragio che costò la vita a Lord Mitchell, l'ultimo proprietario. Tutti se ne dimenticarono, fino a quando una squadra di subacquei dilettanti trovò i resti di una nave che, in seguito, risultò essere proprio quella di Lord Mitchell,» spiegò, mentre il signor Milton continuava ad ammirare la perla.

«Non ha paura della maledizione che si porta appresso?» chiese, sbirciando Herman.

«Le maledizioni sono solamente un ottimo marketing, ma non sono reali. Quando le persone finiscono nei guai, risulta loro più facile addossare la colpa del loro fallimento ad un oggetto, piuttosto che alle loro decisioni sbagliate o al destino avverso.» La sua voce rimase calma, mentre scrutava il suo potenziale cliente.

Il signor Milton appoggiò l'astuccio con la perla sul tavolino di fronte al divano. Sorseggiò il suo whisky, apprezzandone l'aroma gradevole ed il gusto vellutato, morbido e affumicato.

«Mi sto chiedendo se accetterebbe un'offerta...» disse infine, con tono leggermente sarcastico.

Herman sorrise, deciso a non lasciarsi sfuggire il miglior affare di tutta la sua carriera. «Sono un commerciante. Nel mio negozio, ogni oggetto ha un prezzo. Pagando quello giusto, lei sarebbe così fortunato da tornare a casa con questa preziosa perla in tasca,» disse, aprendo lentamente i palmi delle mani, senza distogliere gli occhi dal signor Milton.

«Quindi, è una questione di soldi...» mormorò questi. «Che ne direbbe se le offrissi lo stesso importo che ha pagato?»

Herman ridacchiò, divertito. «Come commerciante, questa è un'offerta che devo rifiutare. Il prezzo della perla è di cinquecentomila dollari, maledizione inclusa.»

A quella richiesta, al signor Milton andò di traverso il whisky. «Ma lei non l'ha pagata nemmeno una frazione di quella cifra!»

«Vero, ma solamente perché non erano presenti persone come lei. Le assicuro che, se fosse arrivato in tempo, non si sarebbe aggiudicato la perla per un prezzo inferiore. Avevo un budget massimo di settecentomila dollari, quindi per aggiudicarsela avrebbe dovuto offrire una somma maggiore. Lo consideri uno sconto che le faccio.»

Herman non aveva bisogno di vendere la perla immediatamente. Sapeva che non sarebbe passato molto tempo prima di ricevere altre offerte.

L'espressione del signor Milton tradiva il suo sconcerto, non si era aspettato di pagare una tale somma. «Posso fare una controfferta?»

Herman chiuse gli occhi e scosse la testa. «No, signor Milton, mi dispiace, ma questo è il mio prezzo finale. Anche senza la maledizione, una perla così grande è una rarità. Penso al povero mollusco che la produsse; o era di dimensioni notevoli, o il disagio di quel granello di sabbia era insopportabile.»

Il signor Milton ridacchiò. «Ha proprio ragione. Per non parlare dei riflessi della luce sulla sua superficie.»

Quella perla era una meraviglia che, difficilmente, la natura sarebbe stata in grado di replicare, e questo lo spingeva a volerla, a qualsiasi costo.

Herman rimase in silenzio. Il signor Milton, probabilmente, l'avrebbe acquistata. Il modo in cui si torceva le dita mentre la ammirava nel suo letto di velluto, era un palese indizio del suo conflitto interiore.

«Non ero preparato a nulla al di sopra del prezzo finale dell'asta,» mormorò, prendendo un profondo respiro e bevendo un altro sorso di whisky. Da una tasca interna del suo blazer, estrasse un libretto degli assegni.

«Mi dispiace, accettiamo solamente contanti o carte di credito,» lo informò, educatamente, Herman.

Jason socchiuse gli occhi e si morse le labbra, come se non apprezzasse che la sua onestà fosse messa in discussione.

«Non si aspetterà che vada in giro con una tale somma in contanti...» replicò, ricordando di essere comunque in un negozio.

Herman sorrise. «Ovviamente, no. Se vuole, può tornare domani o il mese prossimo, per adesso è sufficiente un anticipo. Le rilascerò una ricevuta e potrà essere certo che non mostrerò la perla ad altri clienti, né accetterò offerte per essa.»

Jason annuì. «Ok, pago subito con la mia carta di credito.»

«Perfetto,» disse Herman, alzandosi dal divano. «La prego di perdonare la mia diffidenza. In passato, ho avuto problemi con persone che emisero assegni a vuoto, quindi preferisco andare sul sicuro.»

Il signor Milton annuì. «Capisco perfettamente, viste anche le cifre in gioco.»

Herman si alzò, recuperò il cappello, i guanti ed il cappotto del signor Milton e lo guidò al bancone per completare l'acquisto. «Perdoni la mia curiosità, ma ha già dei piani per la perla?» gli chiese, consegnandogli la ricevuta della carta di credito.

«Nessuno. Per ora, penso che la terrò per me. Ma forse, un giorno...» rispose, prima di andarsene.

***

«L'ha comprata? Quanto l'ha pagata?» chiese Edward, una volta che la porta del negozio si fu chiusa alle spalle del signor Milton.

«È stato più facile di quanto avessi pensato,» rispose il padre, arruffandogli i capelli. «Ma, forse, avrei dovuto aspettarmelo. Il signor Milton seguiva quella perla da molto tempo e, se fosse arrivato in tempo all'asta, mi avrebbe dato del filo da torcere.»

Quindi, cominciò a chiudere il negozio, partendo dalle luci delle vetrine e terminando con l'attivazione dell'impianto di allarme, che avrebbe assicurato loro una tranquilla notte di sonno.

«Non gli interessano le voci che circolano su di essa? Il fatto che eri tu il proprietario mi spaventava,» disse Edward, quando si incamminarono verso casa.

«Non credere a tutte le chiacchiere che senti. È vero che chiunque abbia posseduto quella perla è poi morto in circostanze tragiche, ma le persone muoiono ogni giorno, con o senza oggetti maledetti,» gli rispose sorridendo suo padre, mentre una nebbia leggera iniziava a scendere.

«Ma se invece fossero vere?»

«Probabilmente, avremo indietro la perla» gli rispose Herman, ridendo di cuore.

In silenzio, continuarono a camminare verso casa.

«Papà, quanti anni avevi quando il nonno iniziò ad istruirti sui vari aspetti dell'attività?» chiese, improvvisamente, Edward.

«Impiegai molto tempo per convincerlo,» disse con tono emozionato, ricordando il periodo in cui avevano lavorato insieme, prima del suo pensionamento. «Fu un insegnante esigente e, ricordando gli sforzi e le sfide che aveva dovuto affrontare nella sua carriera, volle essere sicuro che fossi in grado di prendere le redini dell'attività di famiglia.»

Alzando lo sguardo verso il cielo limpido, si chiese se stesse commettendo lo stesso errore di suo padre non fidandosi ancora di suo figlio.

Volse lo sguardo verso Edward. Aveva tredici anni, e forse non era una cattiva idea iniziare la sua formazione. "È un ragazzo brillante e non avrà alcuna difficoltà ad apprendere le tecniche necessarie. Inoltre, con il suo aiuto avrei la possibilità di partecipare a più aste," pensò.

«Quindi, ancora non ti fidi di me?» insistette il figlio.

Un sorriso apparve sul volto di Herman. Ricordava ancora quando, alla stessa età di Edward, aveva posto quella domanda al padre, e quanto lo aveva ferito la sua risposta. "Tuttavia, devo anche essere sicuro che sia pronto," continuò a riflettere.

«Certo che mi fido, ma devo valutare se sia il momento giusto per te. Un giorno, capirai.»

Edward rimuginò su quelle parole. Effettivamente, non poteva considerarsi ancora un adulto, ma era sicuro di essere pronto. "E comunque, dovrò pur cominciare, e prima è, meglio è," pensò.

***

Finalmente, arrivarono a casa, dove l'invitante profumo del cibo proveniente dalla cucina li accolse.

«Siamo tornati!» esclamò Herman dall'ingresso.

«Giusto in tempo per la cena,» rispose sua moglie Josephine. «È successo qualcosa? È più tardi del solito.»

Herman e Edward si spogliarono dei loro cappotti e si diressero in cucina.

«Solo buone notizie...» esordì Herman.

«Papà ha venduto la perla!» aggiunse prontamente Edward, con tono eccitato, desideroso di essere lui a dare la notizia alla madre.

Josephine si voltò verso di loro con un sorriso luminoso. «Beh, è stato veloce!»

«Lo so, sapevo che sarebbe venuto, anche se non così presto,» raccontò Herman, salutandola con un bacio e stringendola a sé. «Mi ricordo di averlo visto all'asta. Il modo in cui mi fulminò con lo sguardo era quello di un uomo che non accetta la sconfitta.»

«A che prezzo sei riuscito a venderla?» chiese Josephine, mentre lui la aiutava a portare il cibo in tavola.

Herman attese che tutti fossero seduti, e poi volse lo sguardo verso di lei. «Mezzo milione.»

Josephine rimase a bocca aperta. «Cosa? La pagasti meno della metà e per me già era un prezzo esagerato. Come ci sei riuscito?»

«La parte migliore è che non ho dovuto fare nulla. L'ho portato sul retro, gli ho offerto il whisky più costoso che avessi e ho parlato dell'asta. Il suo sguardo alla vista della perla mi ha fatto capire di poter chiedere un prezzo molto alto.»

Si interruppe mentre riempiva il suo piatto, sorridendo al profumo familiare dello stufato di vitello proveniente dalla pentola. La cucina di Josephine era così simile a quella di sua nonna che, se avesse chiuso gli occhi, l'avrebbe vista di nuovo, curva sulla pentola fumante. Il profumo del timo fu il primo a raggiungere i suoi sensi, seguito dalla ricchezza del brodo e delle verdure che avvolgevano la carne succosa, perfettamente cotta.

«Quindi, gli hai detto il prezzo e lui l'ha accettato?» Edward era perplesso, guardava suo padre con gli occhi spalancati, impaziente di sapere come era riuscito a convincere il cliente e chiudere la vendita.

Herman finì di masticare un boccone. «Aveva bisogno di una spiegazione per quel prezzo. A volte è sufficiente mostrare la bellezza e la perfezione di una gemma per convincere un potenziale acquirente. Oggi, avevo anche il vantaggio di una buona storia per rendere l'oggetto più interessante.»

«Intendi la maledizione?» chiese Josephine. «Non pensavo che la gente credesse ancora in quelle sciocchezze.»

«Beh, devi ammettere che costituiscono un notevole valore aggiunto.»

«Almeno la perla ha portato fortuna ai subacquei che la ritrovarono e a papà. Quindi, se la maledizione fosse reale, potrebbe essere esaurita,» suggerì Edward.

Risero tutti divertiti, ma un'espressione pensierosa apparve sul volto di Josephine. Guardando il figlio, si rese conto di quanto stesse crescendo in fretta, e che, forse, era arrivato il momento di iniziare il suo apprendistato nell'attività di famiglia. Lei ed il marito ne avevano parlato alcuni anni prima, quando avevano iniziato a riflettere sul futuro del figlio. "Era il suo decimo compleanno e sembra ieri," ricordò. "Stabilimmo come termine entro il quale decidere, il suo tredicesimo o quattordicesimo compleanno."

Si voltò verso Herman, intento a mangiare e pensò che, probabilmente, aveva anche dimenticato la loro discussione. «Devi pensare anche al futuro di Ed.

Questo è l'ultimo anno di scuola prima di iniziare le superiori. Ti ricordi che ne parlammo? Prima che tu te ne renda conto sarà il momento di pensare al suo posto nell'attività.»

Il ragazzo trattenne il respiro, bloccandosi con il cucchiaio a mezz'aria, in attesa della risposta del padre.

«È così?» chiese Herman, sorridendo. «Ho sottovalutato la velocità con la quale passa il tempo.»

Si voltò verso il figlio che, visibilmente ansioso di conoscere la sua risposta, stringeva con la mano il bordo del tavolo, come a volercisi aggrappare per non cadere.

Portò un pugno chiuso davanti alla bocca e, dopo una breve riflessione, sorrise. «In tal caso, durante l'estate e le vacanze, inizierai a lavorare in negozio. In seguito, spetterà solamente a te la scelta relativamente al percorso di studi da intraprendere.»

Edward sobbalzò. «Davvero!?»

«Sì. Sebbene ci siano ancora alcuni anni, è bene iniziare a pensare al tuo futuro.»

Capitolo 2

Quel pomeriggio, dopo la scuola, Edward stava raggiungendo il padre in negozio e, come al solito, con lui c'era il suo amico Alan, che abitava a metà strada.

«Che fai questo fine settimana?» gli chiese questi.

«Non lo so, probabilmente aiuterò mio padre in negozio. Perché?»

«Che ne dici di andare al cinema sabato? Danno quel film horror appena uscito, ne hai sentito parlare?»

«Sì, e so anche che è vietato ai minori di diciotto anni, quindi come pensi di entrare?»

«Amico, tu mi sottovaluti,» disse Alan, estraendo dalla tasca un paio di carte d'identità false. Quella che porse ad Edward aveva la sua fotografia, e la sua data di nascita confermava che era maggiorenne.

«Ma sei matto? Ci prenderanno, chiameranno la polizia ed i nostri genitori. Resteremo in punizione per il resto delle nostre vite!» Edward lo ammonì, guardando la carta d'identità.

«Tecnicamente, i nostri genitori possono tenerci in punizione fino ai diciotto anni. Inoltre, questi documenti sono persino migliori di quelli autentici. Te lo dimostrerò entrando per primo; tu farai passare alcuni clienti, quindi entrerai a tua volta. Se uno di noi verrà beccato, l'altro andrà in suo aiuto. Che ne dici?»

«Mi sembra pazzesco...» mormorò Edward, riflettendoci per alcuni istanti. «Mi hai convinto, sabato andremo al cinema,» disse, con un sorriso a trentadue denti.

«Fantastico, ero quasi sicuro che avrei dovuto faticare per convincerti. Evidentemente, queste carte di identità sono davvero ben fatte,» esclamò Alan, inarcando le sopracciglia. «So che per la maggior parte del tempo aiuti tuo padre al negozio, ma qualche volta potremmo giocare online. Mamma vuole che l'aiuti con le faccende domestiche, e poi devo studiare, ma nel tardo pomeriggio o dopo cena, gioco online a Fortnite. Lo hai mai provato?»

«No, ma ho sentito dire che ci si diverte un mondo,» rispose Edward. «Perché no? Di solito ceniamo alle sette, e se ci ritrovassimo online questo pomeriggio alle cinque? Finora ho giocato sempre da solo, sarà divertente provare qualcosa di nuovo.»

«Dai! Ti chiamerò questo pomeriggio per aiutarti ad iniziare, vedrai che ti divertirai,» rispose Alan. «Tutti a scuola ci giocano e mi sono chiesto più volte perché tu non ci fossi. Inoltre, basta poco per diventare bravi.»

Alan si fermò per un momento e guardò Edward negli occhi. «Ma ti avverto, causa anche molta dipendenza.»

Entrambi risero e ripresero a camminare, fino al punto in cui le loro strade si separarono.

Dopo che Alan si fu allontanato, Edward riprese a camminare. Non aveva fatto che pochi passi, quando una berlina verde scuro si fermò al suo fianco. Il ragazzo riconobbe immediatamente l'auto di suo nonno, Samuel Sherwood, e si avvicinò con un ampio sorriso, mentre l'anziano uomo gli apriva la portiera.

«Ciao, nonno! Che bello vederti!» lo salutò, saltando dentro, mentre il vecchio faceva cenno all'autista di rimettersi in marcia.

«Anche per me è un piacere vederti, figliolo. Come stai?»

«Benissimo. Papà ha finalmente deciso che è arrivato il momento di iniziare il mio apprendistato in gioielleria.»

«Allora ho scelto il momento giusto per chiedere ai tuoi genitori di poterti portare a casa mia per discutere del tuo futuro,» rispose. «Come va la scuola? Frequenti l'ultimo anno delle medie, giusto?» chiese.

«Sì, l'anno prossimo andrò alle superiori,» disse, con tono orgoglioso.

«Il tempo passa velocemente,» osservò Samuel. «Ho un regalo per te.»

«Un regalo?» chiese Edward, spalancando gli occhi.

«È qualcosa che ho messo da parte, in attesa del momento giusto per dartelo.»

«Che cos'è, nonno?» chiese impaziente, incapace di contenere l'eccitazione.

«Se te lo dicessi adesso, ti rovinerei la sorpresa. Inoltre, ho qualcosa di molto importante da dirti e spero che mi ascolterai con attenzione perché è qualcosa che tuo padre non può insegnarti.»

Quando l'auto si fermò davanti alla grande casa in pietra del nonno, Edward rimase a fissarla.

Raramente i suoi genitori ce lo avevano portato; probabilmente perché ogni volta che suo padre e suo nonno si erano incontrati, aveva percepito una sorta di ostilità e rabbia tra di loro, ma non sapeva da cosa avesse avuto origine.

L'autista aprì la portiera per fare scendere i due passeggeri e, una volta fuori, Samuel si diresse verso il portone.

Edward rimase indietro, osservando l'imponente costruzione.

«Non vieni?» lo sollecitò Samuel quando, aprendo la porta, si rese conto che suo nipote non era dietro di lui.

La voce del nonno lo riportò alla realtà e si affrettò a raggiungerlo.

Samuel lo condusse in un elegante salotto e si sedette, invitandolo a fare lo stesso.

«Hai già tredici anni, è tempo che tu conosca qualcosa delle tue radici. Cosa ti ha raccontato tuo padre dell'azienda di famiglia e delle generazioni di uomini e donne che hanno contribuito a renderla un'impresa di successo?»

«So che il bisnonno Eldridge aprì una piccola bottega come orologiaio nello stesso posto in cui si trova oggi,» rispose il ragazzo, ripetendo la storia che aveva sentito raccontare più volte da suo padre. «L'inizio non fu facile e, ad un certo punto, temette di non poter onorare i debiti contratti per avviare l'attività. Tutto cambiò quando un cliente entrò nel suo negozio per riparare il suo orologio. Il lavoro non richiese che pochi minuti, e quando l'uomo gli chiese quanto gli dovesse, il bisnonno rifiutò qualsiasi compenso. L'uomo rimase talmente colpito dalla sua onestà da regalargli un portafortuna, un corallo rosso brillante incastonato in una spilla di rame. Era un oggetto senza valore, ma lo sconosciuto gli disse di dovere la propria fortuna ad esso.»

«Giusto,» continuò Samuel. «Quell'oggetto gli portò effettivamente fortuna, e ben presto la sua fama di valente orologiaio si diffuse anche al di fuori della città, permettendogli di saldare i propri debiti ed accumulare un discreto gruzzoletto. A quel punto, Eldridge iniziò a domandarsi se, oltre ai portafortuna, esistessero anche oggetti in grado di portare sfortuna; quindi, decise di chiudere il negozio per un anno e dedicarsi completamente alla loro ricerca e a scoprire i segreti che celavano.»

«E cosa trovò?» chiese Edward. Quella non era la storia che suo padre gli aveva raccontato e se ne domandò il motivo.

«Vieni con me, e te lo mostrerò,» disse, alzandosi in piedi. Quindi si diresse verso un lungo corridoio, al termine del quale aprì una porta ed entrò in una grande biblioteca.

Edward si guardò intorno sbalordito, cercando di cogliere ogni dettaglio dei mobili e degli oggetti rari che vi erano esposti.

«Questa non è semplicemente la mia collezione. In questa stanza sono raccolti anche molti oggetti acquisiti da diverse generazioni di Sherwood,» disse, dirigendosi verso una cassettiera al lato opposto della stanza.

Aggiustandosi gli occhiali sul naso, lesse le etichette dorate dei vari cassetti, quindi ne aprì uno. Ne estrasse un piccolo sacchetto di velluto e andò a sedersi su un divano. «Vieni,» disse, divertito dal modo in cui suo nipote si guardava intorno spalancando gli occhi.

«Non ero mai stato in questa stanza...» mormorò Edward, mentre raggiungeva suo nonno.

«Se tuo padre ti avesse portato qui più spesso, questa stanza ti sarebbe familiare, ma non importa, andiamo avanti con la storia,» proseguì Samuel. «Eldridge viaggiò in tutto il mondo, imparando a conoscere i rituali magici di qualsiasi tipo e cultura. Apprese che il mercato di oggetti maledetti era iniziato con il primo esploratore che aveva portato alla luce tesori ritenuti perduti. In seguito, altri lo emularono, scovando gemme antiche e pietre preziose che furono considerate come qualcosa da sfidare, qualcosa riservato solo all'élite che poteva permettersi di comprare tutto e aveva bisogno di possedere qualcosa di unico. Alla fine del suo viaggio, sapeva tutto sulle gemme maledette e sul potere attrattivo che esercitavano sulle persone, e lo voleva per sé.»

«Pietre maledette? Esistono veramente?» chiese Edward, quasi incapace di reggersi sulle proprie gambe e distogliere lo sguardo da quello del nonno.

«Certo, esattamente come i portafortuna. Ma mentre questi ultimi trasmettono pensieri ed energie positive per far sì che il proprietario realizzi i propri sogni e raggiunga i propri obiettivi, gli altri possono essere paragonati a delle bestie affamate, che attendono nell'oscurità nutrendosi di dubbi e di paure.»

Edward rimase senza fiato. «Quindi, questo significa che noi vendiamo oggetti in grado di distruggere le vite degli acquirenti? Non è sbagliato?»

«Coloro che vengono nel nostro negozio ad acquistare questi oggetti non vogliono che le loro vite siano rovinate, ovviamente, ma cercano qualcosa di unico per sfidare il destino. Proprio come un temerario che compie acrobazie suicide; non lo fa perché vuole morire, ma per sfidare e sconfiggere la morte. Inoltre, i gioielli maledetti che vendiamo hanno anche un grande valore storico, alcuni sono in circolazione da migliaia di anni, sono appartenuti a re, maharaja, dignitari, guerrieri, eroi. Possederne uno è come inserire il proprio nome nei libri di storia. Quindi, per rispondere alla tua domanda, no, non è sbagliato.»

«Nonno, tutto questo è pazzesco,» bisbigliò Edward.

«Quando Eldridge si ritirò, lasciò tutto a sua figlia Catherine, che aveva ereditato dal padre la passione per le pietre maledette e la determinazione a saperne sempre più. Grazie alla sua indiscussa abilità come creatrice di gioielli, espanse l'attività, guadagnando una certa popolarità che portò alla ribalta il nome degli Sherwood, non solamente tra la ristretta élite che poteva permettersi di acquistare oggetti unici e di importanza storica, ma anche tra chiunque desiderasse un gioiello lavorato con una maestrìa unica. Il resto è storia e... magia. La stessa che ogni Sherwood si impegna a perpetuare,» concluse Samuel. «E tu sei il prossimo a dover portare avanti la tradizione di famiglia. Comprendi l'importanza del tuo impegno?»

Edward annuì debolmente, incapace di articolare un singolo monosillabo. Sapeva perfettamente che il nonno era estremamente serio, ed il peso dell'eredità familiare cominciò a gravare sulle sue giovani spalle. Nonostante ciò, era più che mai determinato a portare avanti l'attività seguendo la tradizione familiare, imparando quanto possibile relativamente alle storie ed al potere di quegli oggetti particolari.

«Dimmi una cosa, nonno,» riuscì infine a chiedere, mentre la sua testa girava.

«Tutto quello che vuoi.»

«Quanti oggetti maledetti ci sono nel mondo, e come possiamo trovarne di nuovi?»

Un sorriso increspò il volto di Samuel. «Qualunque oggetto maledetto lasci il negozio, prima o poi ci tornerà. È il potere delle maledizioni, ed è quello che dovrai conoscere approfonditamente, il modo in cui tornerà a te.»

Dopo una breve pausa di silenzio, Samuel aprì la mano dove teneva il sacchetto di velluto che aveva preso dal cassetto. «In auto ti parlai di una sorpresa, e non intendevo la storia dell'attività di famiglia. Questo è per te,» disse, consegnandogli il sacchetto.

«Che cos'è?» chiese il ragazzo, prendendolo in mano.

«Aprilo e vedi tu stesso.»

Edward sciolse delicatamente il nastrino di seta, lo aprì e ne svuotò il contenuto sul palmo della mano. Era un corallo rosso sangue a forma di fiamma e con una cornice in rame.

«Questo è il portafortuna che Eldridge Sherwood ricevette dal suo cliente. Lo do a te perché in te vedo ardere la fiamma di famiglia.»

Senza parole, Edward alzò gli occhi verso di lui. «Perché non l'hai dato a papà?»

Un lungo sospiro sfuggì a Samuel. «Sfortunatamente, tuo padre lo rifiutò. Pur continuando a trattare oggetti maledetti, non volle impegnarsi in qualcosa per cui non era pronto e preferì concentrarsi sulla gioielleria. Quindi l'ho tenuto io, sperando che, quando sarebbe venuto il momento, tu l'avresti accettato. È un sigillo della nostra lealtà al potere delle maledizioni e a ciò che lega la nostra famiglia da generazioni.»

Volse lo sguardo verso Edward. «Accetti questo portafortuna, la responsabilità che ne deriva e l'impegno che comporta?»

Pieno di orgoglio, Edward fece un ampio sorriso. «Certo, nonno, mi impegno a perpetuare la tradizione di famiglia ed a mantenere la nostra attività non solo viva, ma a renderla ancor più straordinaria.»

«Sapevo di poter contare su di te.» Samuel si alzò dalla sedia e camminò verso un ritratto appeso al muro. «Questo è Eldridge Sherwood, e in senso orario, sua figlia Catherine, i suoi figli Joshua e Leopold, e tutte le persone che contribuirono al successo del negozio. Un giorno, qui ci sarà anche il tuo ritratto e quello delle generazioni successive.» Si voltò a guardare suo nipote. «Benvenuto nel clan, figliolo.»

«Oh cielo, aspetta che lo dica a papà...»

«No», lo interruppe severamente Samuel. «Questo è un segreto che dovrai tenere per te. Dal momento che tuo padre non ha voluto essere incluso, qualunque cosa accada qui, tuo padre non dovrà mai saperlo.»

Edward annuì, abbassando la testa, comprendendo l'importanza delle parole del nonno.

Alzò la mano stringendo il portafortuna, e un sorriso scacciò via le ombre del dubbio.

«Da oggi in poi, verrai una volta alla settimana, e ti insegnerò tutto ciò che so su questo aspetto della nostra attività. Quando sarà il momento di scegliere il tuo percorso formativo, sarai pronto a camminare con le tue gambe, decidendo quello più adatto alle tue esigenze e a quelle del negozio.»

Lo sguardo di Edward si posò sull'orologio dall'altra parte della stanza. «È ora che torni da mio padre, potrebbe aver bisogno del mio aiuto.»

«Certo, vuoi che ti faccia accompagnare dal mio autista?» chiese Samuel.

«No, posso prendere l'autobus. Grazie per la fiducia, nonno, non ti deluderò,» disse, incamminandosi verso l'ingresso.

Samuel seguì il nipote con sguardo orgoglioso. «Ricorda che la vita non è fatta solo di scuola e di lavoro. Dedica del tempo a socializzare e divertirti con i tuoi amici,» gli disse, con tono di voce fermo.

Scuotendo la testa, Edward si voltò verso Samuel. «Certo, nonno, non ti preoccupare. Va bene per te se vengo ogni giovedì? È il giorno in cui abbiamo meno clienti in negozio e non sono impegnato con la scuola.»

«Certo, manderò l'autista a prenderti,» gli rispose, davanti al portone.

«A presto, nonno. Grazie!» lo salutò, sorridendo.

Sulla strada verso il negozio, Edward camminava ad un palmo da terra, con la testa tra le nuvole e tutto gli sembrava più luminoso. Aveva finalmente compreso il motivo del rapporto teso tra suo nonno e suo padre, ma si chiedeva perché quest'ultimo non avesse accettato il portafortuna. Aveva venduto la perla, ed il signor Milton era stato consapevole della maledizione legata ad essa, come tutti gli altri clienti che erano andati al negozio per acquistare quelle pietre particolari. Era vero che i gioielli erano il lato prominente del business, ma gli oggetti maledetti...

***

«Allora, sei stato con il nonno oggi; ti sei divertito?» chiese Edward al figlio, ma dal tono della voce trapelava che stava facendo un grosso sforzo a mantenere la calma.

«Sì. Perché non andiamo a trovarlo più spesso?» chiese.

«È una lunga storia, e non serve a niente parlarne,» disse Herman, cercando di tagliare corto.

«Papà, per favore. Mi sembra di essere nel bel mezzo di una lotta di famiglia ogni volta che parlo di lui.»

«Sai che il nostro negozio non è una comune gioielleria. Trattiamo anche un genere di preziosi che potrebbero sollevare molti dubbi etici. Non c'è un modo moralmente corretto per presentare questo lato della nostra attività. Questo perché se non credi nelle maledizioni, sai che stai imbrogliando le persone che invece ci credono e ritengono di sfidare forze misteriose possedendo uno di questi oggetti. Se, invece, ci credi allora stai mettendo in pericolo la vita degli altri.»

«Ma tu tratti comunque quegli oggetti ...» obiettò Edward, con una smorfia.

«Lo faccio perché sento il peso della responsabilità verso chi fondò questa attività e coloro che, prima di me, contribuirono a farla prosperare. Questa è la mia eredità, e non posso rinnegarla,» spiegò. «Inoltre, è difficile rinunciare all'eccitazione che provo partecipando alle aste, pensando al modo in cui venderò l'oggetto acquistato, per non parlare del fatto che questa è anche la parte più redditizia della nostra attività. Nonostante tutto, per mia scelta decisi di non farne l'attività principale e papà questo non l'ha mai accettato. Dal suo punto di vista, tutti gli Sherwood hanno il dovere di tramandare ai posteri le storie relative alle maledizioni legate a determinati oggetti...» Scosse la testa, abbassando lo sguardo.

«Saresti deluso se un giorno decidessi di seguire il percorso che vorrebbe il nonno, portando avanti la tradizione di famiglia di trattare oggetti maledetti?»

«Non è quello che ho detto. Non mi arrabbierei se tu scegliessi una strada diversa da quella che io ho scelto per me,» rispose Herman, cercando di chiarire il significato delle sue parole. «Non farei mai lo stesso errore che mio padre fece con me e non potrei mai importi delle scelte così importanti per il tuo futuro. Nemmeno se tu rinunciassi all'intero negozio di gioielli, mi arrabbierei con te.»

L'espressione sul volto di Edward si rilassò. Sapeva che suo padre non era rigido come suo nonno, e forse quella differenza era ciò che li teneva separati. «Riuscirai mai a sistemare le incomprensioni con il nonno? Dopotutto, sono sicuro che ti vuole bene. È che lui è...lo sai, un po' antiquato e testardo.»

Herman ridacchiò a quella descrizione di suo padre. «Potresti avere ragione, e mantenere vivi i rancori è sbagliato quanto tramandare una maledizione. Ci deve essere un modo per porre fine al nostro disaccordo. Farò del mio meglio per portare un po' di pace tra di noi.»

Edward rimase in silenzio, riflettendo su quelle parole.

«Cosa succederà dopo che mi sarò diplomato?»

«A quel punto, dovrai decidere tra un percorso di studi che ti potrà essere d'aiuto per gestire l'attività di famiglia oppure prendere una strada completamente diversa,» rispose Herman.

«Voglio fare il gioielliere e so che tu ed il nonno sarete i migliori insegnanti. Tuttavia, mi piacerebbe anche frequentare un corso specifico. Ho controllato online, ma non c'è niente del genere da queste parti.» Afferrò una penna rigirandola tra le dita, evitando di guardare lo sguardo del padre.

Sbirciando di tanto in tanto la porta del negozio nel caso entrasse qualcuno, Herman sospirò. «Conosco una scuola professionale a Londra. Ti invierò il link, in modo che tu possa farti un'idea di cosa si tratta e se è il tipo di corso che stai cercando,» disse, prendendo il cellulare. «A mio parere, è la migliore per chiunque voglia diventare un creatore di gioielli.»

Edward si morse il labbro inferiore, impaziente di controllare quel sito. «Se non hai bisogno di me qui, vorrei tornare a casa per dargli un'occhiata.»

«Gestivo questa attività da solo ancor prima che tu nascessi, penso di poterci riuscire,» ridacchiò Herman, divertito. «Il tuo impegno in questo negozio è encomiabile, ma devi concentrarti anche su altre questioni.»

«Grazie, papà,» disse, alzandosi dalla sedia e dirigendosi verso l'uscita.

Mentre apriva la porta, ricordò il programma per il sabato seguente che aveva messo a punto con Alan. Probabilmente avrebbero passato insieme l'intero pomeriggio, e sentiva già la scarica di adrenalina nelle sue vene. «A proposito,» disse, voltandosi verso suo padre. «Alan mi ha chiesto di uscire questo sabato. Ho pensato che non ci sarà molto da fare in negozio, così ho accettato...»

«Certo, vai a divertirti con il tuo amico, ma ricordati di tornare a casa per l'ora di cena, ok?»

«Grazie, papà, non farò tardi,» esclamò, e corse fuori dal negozio per arrivare a casa prima possibile. Il pensiero che, per la prima volta, avrebbe fatto qualcosa di illegale lo elettrizzava.

Quando aprì la porta dell'appartamento, Edward riprese il controllo delle proprie emozioni. Entrò silenziosamente, come suo solito, chiedendosi se sua madre fosse già tornata dal lavoro.

«C'è nessuno in casa?» chiese, ad alta voce.

La mancanza di una risposta gli confermò di avere un po' di tempo per controllare il link che suo padre gli aveva inviato o per cercare qualcos'altro da confrontare con lui quella stessa sera.

«A prima vista, questa scuola sembra esattamente quello che stavo cercando. Ci sono anche dormitori per gli studenti.» Distolse lo sguardo dallo schermo per guardare il cielo fuori dalla finestra, chiedendosi se fosse troppo presto per pensarci. «Dopotutto, devo ancora diplomarmi.»

Chiuse la pagina della scuola e aprì quella del cinema con gli orari delle proiezioni per quel fine settimana. Il trailer del film horror che avevano deciso di andare a vedere prometteva agli spettatori molte notti insonni, ma anche a costo di esserne traumatizzato per sempre, sarebbe andato a vederlo.

Per un motivo che non riuscì a spiegare, il piano ed il rischio che comportava gli riportarono alla mente le storie che il nonno gli aveva raccontato su Eldridge e tutta la sua famiglia, in particolare quelle legate alle pietre maledette.

***

La mattina dopo, come suo solito, Herman arrivò al negozio alle sei e mezza, largamente in anticipo rispetto all'orario di apertura. Continuava a riflettere sulla chiacchierata avuta con Edward e sul fatto che, da quel momento in poi, il figlio avrebbe trascorso un giorno alla settimana con Samuel.

Sapeva quale fosse lo scopo di quegli incontri. Sebbene non ci fosse nulla di sbagliato nel desiderio di volere che l'azienda di famiglia continuasse ad essere gestita come lo era stata per oltre un secolo, Herman temeva che il padre avrebbe fatto una sorta di lavaggio del cervello al figlio.

«Edward è la sua ultima possibilità. Se lui non porterà avanti la tradizione, non lo farà nessun altro,» disse ad alta voce, mentre disattivava l'allarme.

Fuori era ancora buio, ma le strade erano già affollate. Il suo cellulare iniziò a squillare e fu sorpreso nel leggere il nome di Samuel sul display.

«Buongiorno, papà.» Il suo tono non era quello di una persona piacevolmente sorpresa di ricevere una chiamata da un genitore. Tuttavia, fece del suo meglio per suonare come tale.

«Buongiorno a te, figliolo. Come stai?» chiese, per rompere il ghiaccio.

«Non posso lamentarmi, che mi dici di te?»

«Nemmeno io. Come sai, Edward è venuto da me ieri, e mi è sembrato che non conoscesse una parte della storia della nostra famiglia. Te ne vergogni, forse?» Samuel andò dritto al punto. Era chiaro che quella mattina non era in vena di convenevoli.

«No, gli ho raccontato solamente ciò che ho ritenuto importante che lui sapesse. Dopotutto, sembra che non si sia perso nulla, dal momento che hai provveduto tu a colmare questa lacuna.»

«Ho fatto quello che avresti dovuto fare tu. L'attività adesso è tua, ma devi ricordare chi la fondò e coloro che la portarono al successo. Speravo che avresti mostrato almeno un po' di gratitudine raccontando a tuo figlio il motivo che spinse Eldridge Sherwood a commerciare oggetti maledetti e a sua figlia e ai suoi due nipoti a portare avanti la tradizione». L'amarezza nella sua voce era palpabile.

«Papà, stavo aspettando solamente che raggiungesse l'età giusta per prendere una decisione matura e ponderata su quale direzione dare alla propria vita. Non ho mai voluto imporgli qualcosa che potesse rovinargliela,» disse Herman, per giustificare la sua scelta.

«Edward ha mai parlato di voler intraprendere una carriera diversa?»

«No», rispose Herman. «Vuole diventare un gioielliere, e seguire la tradizione di famiglia diventando anche un commerciante di oggetti maledetti.»

Ci fu una lunga pausa di silenzio. Era stanco delle loro discussioni, ed Edward aveva ragione nel suggerire di porre fine a tutto questo prima che fosse troppo tardi. «Papà, non voglio discutere ogni volta che ci incontriamo. Ho scelto una direzione diversa dalla tua. Edward sceglierà la sua, e così faranno i suoi figli. Non possiamo semplicemente mettere da parte le nostre differenze e vivere la nostra vita come una famiglia normale?»

Samuel fece una breve pausa. «Hai ragione, non c'è fretta di dirgli tutto. Uno di questi giorni sarebbe bello se veniste tutti a cena da me,» propose.

«Lo chiederò a Josephine e ti farò sapere,» disse, dando un'occhiata all'orologio.

«Certo, figliolo. Stammi bene,» rispose Samuel, chiudendo la comunicazione.

Capitolo 3

Cinque anni dopo

Gli anni della scuola superiore avevano rafforzato la convinzione di Edward di andare a studiare nel Regno Unito. Quindi, dopo essersi diplomato a pieni voti, lasciò gli Stati Uniti alla volta di Londra, dove avrebbe trascorso almeno un paio di anni, determinato ad ottenere il massimo da quella esperienza.

Con il tempo, sviluppò un'ossessione tale per i segreti delle pietre e dei gioielli maledetti, che lo spinse ad estendere i suoi studi anche ad altri campi, oltre a quello della gioielleria.

Seguì corsi di antropologia e psicologia. Voleva comprendere come la suggestione riuscisse ad influenzare la mente, a convincere le persone che possedere un oggetto *presumibilmente* maledetto potesse far correre loro un rischio concreto.

Apprese che esistevano varie *categorie* di maledizioni. La più nota era quella che legava indissolubilmente un oggetto al proprietario, come nel caso dei preziosi sepolti assieme ai faraoni, o delle statue adornate con gemme preziose nei templi, come il diamante Koh-I-Noor, che era stato l'occhio di una divinità indù, e che nessuno avrebbe mai dovuto rubare.

Un'altra tipologia era quella che legava una pietra preziosa ad una serie di sfortunati eventi, come nel caso del rubino del Principe Nero, proprietà della Corona Britannica sin dal XIV secolo. Secondo la leggenda, fu rubato dal cadavere del Sultano di Granada da Pedro il Crudele, re di Castiglia che prese il potere.

Il suo regno non durò a lungo, poiché il fratellastro lo attaccò e lo uccise. La pietra fu data al Principe del Galles Edward di Woodstock, che contrasse una misteriosa malattia e morì nove anni dopo. Da quel momento in poi, chiunque lo abbia posseduto o cadde in miseria o morì misteriosamente.

Queste leggende, che provenissero da pura immaginazione, da maledizioni scritte sulle lapidi e sui templi, o circostanze misteriose, avevano in comune una lunga lista di miseria, morte e rovina umana.

A condividere i suoi stessi interessi c'era Sabrina, una sua compagna di corso. Avevano legato immediatamente ed era nata una sincera amicizia, senza alcun coinvolgimento sentimentale.

«Non mi è chiaro cosa abbia inteso dire il professor McGillis, relativamente al concetto di suggestione,» disse Sabrina, scuotendo i lunghi capelli color rame che le scendevano sulle spalle in morbide onde. «Mi chiedo se sia possibile credere così fermamente in qualcosa, ad esempio nel malocchio, da far aumentare la probabilità statistica che qualcosa di negativo succeda.» Si fermò sulla riva del lago, osservando i riflessi degli alberi nell'acqua.

«Forse qualcuno ha 'dato una mano' alla maledizione,» rispose Edward, tirando fuori dalla tasca una moneta da una sterlina. «Poniamo che ti dica che questa è maledetta, ed inventi una storia su tutti i precedenti proprietari che ebbero le vite distrutte a causa di essa. Ora, immagina di esserne così incuriosita da essere pronta a pagarmi dieci sterline per averla e per sfidare la maledizione.»

Sabrina socchiuse gli occhi senza interromperlo.

«Ovviamente, la maledizione è una mia invenzione, non esiste, ma ti vendo la moneta per dieci volte il suo valore. A quel punto, potrei seguirti e fare in modo che tu muoia in un tragico incidente. La moneta non si trova da nessuna parte e le persone inizierebbero a fare illazioni riguardo questo mistero...»

Sabrina rimase senza fiato. «Quindi, stai ipotizzando che alcune persone, scaltre e senza scrupoli, potrebbero aver inventato delle storie su alcuni oggetti, per trarne profitto?»

Edward fece spallucce. «Potrebbe essere una spiegazione.»

«Se così fosse, sarebbero delle persone orrende per aver concepito un tale piano... esattamente come te...»

Edward rise. «Non sto dicendo che farei qualcosa di simile. Questa è una possibilità, e non significa essere malvagi, ma abbastanza intelligenti da essere riusciti a scoprire il piano.»

«Allora, dovresti fare il detective e non il gioielliere e, magari, lavorare sotto copertura interpretandone la parte...»

«Perché no? Che ne dici di fare un esperimento?» chiese, fermandosi, per assicurarsi di avere la piena attenzione della sua amica. «Potremmo comprare un vecchio oggetto da un antiquario, inventare una storia circa la maledizione che si porta appresso, in modo da vedere la reazione dei nostri compagni di corso, per poi venderlo a chi ne fosse interessato.»

«Ma la storia sarebbe completamente falsa?» chiese Sabrina, non comprendendo dove Edward volesse arrivare.

«Certo, servirebbe a dimostrare che le maledizioni non esistono, ma risiedono solamente nelle menti delle persone che ci credono.»

«Sai che ti dico? Potrebbe essere decisamente interessante, a patto che non accada niente di male alla persona che acquisterà il nostro oggetto *maledetto*,» disse Sabrina, annuendo.

«Ovvio che no, cosa vai a pensare?» la rassicurò Edward. «Organizzeremo tutto tra sabato e domenica, abbiamo bisogno di tempo. Intanto, diffonderemo la voce che parteciperemo ad un'asta o ad una vendita e vedremo chi sarà la persona migliore per il nostro esperimento.»

***

Durante quel fine settimana, Edward e Sabrina cercarono su internet negozi che vendessero oggetti bizzarri, insoliti e rarità antiche. Ne trovarono diversi, ma uno in particolare attirò la loro attenzione, e decisero che era il posto perfetto da cui iniziare la ricerca.

Senza perdere tempo, dato che il negozio chiudeva presto, si precipitarono alla stazione della metropolitana di Chancery Lane per raggiungerlo.

«Cosa pensi che dovremmo cercare?» chiese Sabrina.

Edward si strofinò il mento con aria pensierosa, quindi fece un ampio sorriso. «Un vecchio gioiello, una pietra preziosa o un piccolo manufatto; tradizionalmente, sono questi gli oggetti che una persona decide di legare per sempre a sé, anche nell'aldilà. Inoltre, alcuni credono che non ci sia bisogno di una maledizione da parte del precedente proprietario, e che sia sufficiente il suo legame emotivo per creare una sorta di connessione indissolubile con esso, che nessuno dovrà rompere possedendolo.»

Sabrina sorrise, guardandolo ammirata con i suoi luminosi occhi verdi. «Adoro il modo in cui riesci ad affascinare le persone con i tuoi racconti. Un giorno diventerai un brillante venditore, e le persone ti ascolteranno in silenzio, quasi trattenendo il respiro, temendo di perdersi qualche tua parola.»

Totalmente concentrato nella sua spiegazione, Edward a malapena sentì le parole di Sabrina. «Questo legame non si interrompe con la morte, soprattutto quando questa avviene in maniera repentina.»

Sabrina trasalì. «Intendi dire che questi oggetti sono infestati? Non crederai ai fantasmi, vero?»

«Certo che no, ma ritengo che la mente umana sia suggestionabile e possa essere manipolata. Questo nostro piccolo esperimento ha un grande potenziale,» le rispose, con un sorriso malizioso. «Servirà solamente per ottenere dei risultati, ovviamente, non faremo del male ad alcuno,» la rassicurò.

«No, certo che no,» disse Sabrina, scuotendo vigorosamente la testa. Lo conosceva abbastanza bene da sapere che, quando lasciava fluire liberamente i suoi pensieri, ipotizzando anche le possibilità più improbabili, non doveva essere preso alla lettera.

"Sicuramente questo esperimento mi darà delle indicazioni su come manipolare la volontà dei clienti per convincerli a comprare," pensò.

Il silenzio cadde su di loro, mentre il treno continuava la sua corsa. A differenza di ogni altro giorno, sembravano due estranei che non avevano niente da dirsi.

Una volta scesi dalla metropolitana, fu necessario un breve tragitto a piedi per raggiungere il negozio di antiquariato. Era completamente diverso da quello del padre in Merrill Street. I faretti puntati sugli oggetti, esposti sopra antiche cassettiere e scaffali, lasciavano l'ambiente in penombra, mentre i profumi del legno antico e dell'incenso contribuivano ad aumentare il senso di mistero, dando l'impressione di un negozio posto dentro una cripta.

Vagando lungo le strette corsie, Edward rimase affascinato da quel luogo. Infine, un oggetto catturò la sua attenzione. L'etichetta indicava che si trattava di un antico ciondolo con ali di farfalla.

Edward lo prese delicatamente e lo ispezionò. Il vetro che le racchiudeva ne esaltava i dettagli, e la lucentezza sprigionata dalle piccole squame attraverso di esso gli ricordò le sfumature di una perla o di un diamante.

«Che oggetto interessante,» mormorò.

«Hai trovato qualcosa?» il tono canzonatorio di Sabrina lo sorprese, facendolo sobbalzare.

«Accidenti, mi hai spaventato a morte!» disse Edward a voce bassa, portandosi una mano al petto come se avesse un infarto.

«Mi dispiace, pensavo che mi avessi sentita arrivare. Ho visto come stavi osservando il ciondolo e mi sono chiesta se avessi trovato qualcosa per il nostro esperimento.»

«Sì, dà un'occhiata a questo,» disse, porgendoglielo.

«È impressionante come la luce si rifletta sulla sua superficie. A quale genio venne in mente di racchiudere l'ala di una farfalla all'interno di una lente per esaltarne la bellezza?» chiese Sabrina. «Pensi che sia l'oggetto giusto su cui costruire la storia di una maledizione?»

«Onestamente, non credo potremmo trovare niente di meglio. Comprerò anche l'altro per me. Mi chiedo cosa direbbe mio padre al riguardo.»

«La parte cruciale arriva ora, dobbiamo decidere come mostrarlo in giro,» considerò Edward, uscendo dal negozio. La sua mente era già al lavoro, cercando di trovare il modo migliore per pubblicizzarlo. «Ovviamente, non ha un grosso valore economico, poiché il telaio è realizzato in argento e non ci sono pietre preziose. Dovremo puntare tutto sulla storia e su come attrarre l'acquirente perfetto,» aggiunse, certo che quell'esperimento sarebbe stato il modo migliore per mettere alla prova gli insegnamenti ricevuti da suo nonno. Un buon venditore intuisce la tipologia di cliente che potrebbe essere interessata all'oggetto, e personalizza su di essa la strategia di marketing.

«Cosa stai pensando?» chiese Sabrina, interrompendo i pensieri dell'amico.

Con un'espressione sconcertata, Edward si voltò verso di lei. «Stavo pensando se chiedere consiglio a mio nonno. È uno dei migliori venditori che abbia mai incontrato, e la sua capacità di trasformare l'attenzione di un potenziale cliente in una vendita, mi ha sempre impressionato.»

«Mi sembra, però, che qualcosa ti preoccupi...»

Edward fece un respiro profondo. «Ho sempre guardato a lui e a mio padre come a degli esseri superiori, quindi...» si interruppe, non riuscendo a trovare le parole.

«Hai paura di loro?» Sabrina fu sorpresa nel vedere il suo amico, che era sempre stato il ritratto vivente della fiducia in sé stesso, tremare al solo pensiero dei suoi parenti.

«No, è che non voglio deluderli...» Si fermò per un attimo, guardandosi intorno. Si chiese se ad intimorirlo fossero le forti personalità di suo padre e suo nonno, oppure solamente l'immagine di essi che si era costruito dentro di sé.

«Edward, sei un uomo adulto, smetti di paragonarti a tuo padre o a chiunque altro nella tua famiglia. Saranno sempre presenze importanti nella tua vita, ma d'ora in poi, l'unica persona con cui devi confrontarti è l'uomo che eri ieri,» disse Sabrina, accarezzandogli gentilmente il braccio.

Edward guardò il cielo, poi si voltò verso di lei, con un ampio sorriso. «Hai assolutamente ragione. Dovrei iniziare a tracciare il mio percorso, prescindendo dal fatto che lavorerò nell'attività di famiglia, ma temo ci voglia ancora un po' di tempo.»

***

Quando, finalmente, tornò nella sua stanza, Edward considerò la possibilità di chiamare suo padre. Tra tutti i motivi per farlo, il più importante era capire perché si sentisse così intimidito da lui.

Senza pensarci due volte, prese il cellulare e compose il suo numero.

Ad ogni squillo senza risposta, si pentiva di averlo chiamato a quell'ora del pomeriggio, sapendo che, molto probabilmente, era impegnato in negozio. Decise di chiudere la telefonata e attendere che lo richiamasse.

***

Dopo aver cenato alla tavola calda, Edward stava tornando al suo alloggio, quando il suo telefono prese a squillare.

«Pronto,» rispose, senza guardare il display.

«Ciao,» lo salutò suo padre. «Ho visto che avevi provato a chiamarmi. Mi dispiace, ma ero occupato e non ho potuto rispondere. Spero che non sia stata un'emergenza.»

Edward si lasciò cadere sul letto e fissò il soffitto. «No, assolutamente. Ma ho bisogno di un consiglio. Ho

41

acquistato un gioiello antico e vorrei usarlo per testare le mie capacità di venditore. Quindi, ho pensato di chiamarti per chiederti come approcciare un potenziale acquirente.»

«Non avere un negozio fisico rende il compito più difficile. Hai bisogno di un posto dove mostrarlo. Forse puoi provare a mettere alcuni annunci su Internet o su riviste specializzate. In questo caso, è necessario ricordare l'importanza del primo sguardo e le immagini devono essere di alta qualità.» Herman rimase in silenzio per un momento. «A proposito, cosa stai cercando di vendere? Una pietra preziosa, una perla o un gioiello?»

«Un ciondolo. Non è un pezzo di valore, ma lo userò per mettere alla prova le mie capacità.»

«Ottima idea, figliolo. Vorrei poterti essere di maggiore aiuto. Forse iniziare con qualcosa di poco conto renderà le cose più interessanti. Fammi sapere come procede e quale sarà il risultato,» chiese, incuriosito da questa sorta di iniziazione.

Edward riattaccò, riflettendo su come impostare la vendita. Non era ansioso di rivelare a suo padre che il vero scopo del test era psicologico, non economico.

"Odio mentirgli, ma temo che non capirebbe le mie ragioni. E, forse, un giorno tutto ciò mi tornerà utile..."

Capitolo 4

Edward stava aspettando Sabrina al parco. Per ingannare l'attesa, rigirava il ciondolo tra le mani, cercando di inventare una storia al tempo stesso credibile e spaventosa, che giustificasse l'esistenza di una maledizione.

"Se papà sapesse di questo piano, sono sicuro che sarebbe deluso da me. Sebbene lui ottenga grandi profitti dando un prezzo alle storie degli oggetti maledetti che vende nel suo negozio, sono certo che considererebbe il mio piano immorale," pensava tra sé.

Perso nelle proprie esitazioni ed incertezze, si morse il labbro inferiore, continuando a fissare il ciondolo scintillante.

«La maledizione comincia a funzionare; sei completamente in sua balìa,» disse Sabrina, arrivando all'improvviso. Edward trasalì, facendo cadere a terra il gioiello.

«Stavo riflettendo su come venderlo. Ovviamente, dovremo mettere in risalto la *presunta* maledizione. Con una buona storia, potremmo trovare più di un

43

acquirente,» disse Edward, andando a raccoglierlo e lucidandolo prima di rimetterlo in tasca.

Mentre si dirigevano verso la scuola, l'umidità di quella nebbiosa mattina invernale raggiunse le loro ossa. Edward rabbrividì, stringendosi nel cappotto, ed allungando il passo. «Dobbiamo trovare un modo per accorciare i tempi. Tuttavia, la storia deve essere costruita accuratamente, in modo che sembri verosimile.»

Quando, finalmente, entrarono nell'edificio, poterono rallentare il passo. Il calore dell'ambiente rilassò i muscoli di Edward, e un sorriso soddisfatto apparve sul suo volto; odiava l'inverno. «Pensi che potremmo finire nei guai?» chiese.

Sabrina lo guardò con aria interrogativa. «Perché dovremmo?»

«Beh, non è legale includere qualcuno in un esperimento, senza il suo consenso.»

«Questo è il tuo problema: ti preoccupi troppo. Non stiamo testando un farmaco; inoltre, se gli rivelassimo che stiamo conducendo un test sul potere della suggestione, otterremmo solamente risultati falsati. Come potresti ottenere risultati attendibili da qualcuno che sa che lo stai ingannando?»

«Non voglio andare in prigione...» disse Edward, pensando alla reazione del padre se lui si fosse messo nei guai con la giustizia.

Con una smorfia, socchiuse gli occhi. Quindi, afferrò il cellulare. «Devo parlare con mio padre,» esclamò, e, senza attendere una sua risposta o reazione, si allontanò in cerca di un posto tranquillo in una classe vuota, sperando che suo padre fosse già sveglio.

***

Herman era appena uscito di casa per andare al negozio, quando il suo telefono squillò. «Buongiorno,» salutò il figlio, cercando di nascondere la leggera preoccupazione che sorgeva ogni volta che riceveva una chiamata inaspettata.

«Ciao, papà. Mi dispiace chiamarti così presto, spero di non averti fatto preoccupare,» disse, cercando di sembrare calmo come al solito.

«Devo ammettere che questa telefonata mi ha còlto alla sprovvista, di solito mi chiami nel pomeriggio. Tuttavia, immagino che con il fuso orario possa accadere,» disse, con un sospiro di sollievo, sollevato che tutto andasse bene, e che suo figlio non fosse in ospedale o nei guai.

«Ti chiamo adesso perché è probabilmente l'unico momento in cui puoi ascoltarmi. Più tardi, avresti potuto essere occupato in negozio o troppo stanco.» Edward esitò, prendendo un po' di tempo.

Senza interrompere il figlio, Herman continuò a camminare.

«Oltre al corso di gioielleria, ne sto seguendo anche alcuni di psicologia,» disse, tutto d'un fiato.

«Voglio ancora diventare un gioielliere, ma il ricordo di quel cliente che, quando ero bambino, acquistò quella perla maledetta non mi ha mai abbandonato. Questo corso mi ha fatto scoprire di avere un talento che deve essere sviluppato e che potrebbe migliorare le mie abilità come venditore.» Fece una breve pausa, mentre suo padre restò in silenzio.

Herman ricordava l'espressione impaziente di Edward, il modo in cui aveva trattenuto il respiro, seguendolo con gli occhi, mentre accompagnava il signor Milton nel retro del negozio.

«Non credo nelle maledizioni, ma ho sempre pensato che la mente potesse influenzare le nostre vite. Frequentando questo corso, ho imparato che, molto spesso, tende ad associare gli eventi sfortunati che ci accadono ad oggetti che possediamo. Quando qualcuno acquista o riceve in dono un portafortuna, non appena si verifica un evento positivo, lo associa alla sua influenza benevola. La stessa cosa succede con gli oggetti maledetti,» continuò Edward.

Herman rimase in silenzio per alcuni istanti, riflettendo sulle parole del figlio.

«Era questo l'argomento che eri solito affrontare con il nonno, durante i vostri incontri settimanali?» chiese, ricordando come suo padre lo avesse introdotto a quel settore dell'attività, un lato con così tanti punti oscuri da far rabbrividire molte persone, e gettare un'ombra di dubbio sull'onestà degli Sherwood.

«Il nonno mi parlava della storia della famiglia e del modo in cui le precedenti generazioni avevano gestito il commercio delle pietre maledette. Ma l'interesse per la psicologia l'ho sviluppato da poco. Spero tu riesca a comprendere quanto questo corso può essere utile per la nostra attività.»

«Certamente. Nessuno nella nostra famiglia aveva mai studiato psicologia prima d'ora. Sono sempre stati i genitori ad insegnare ai figli a diventare buoni venditori,» disse Herman, stringendo le labbra.

«Credo che troverò il modo di venire a trovarti, sono molto interessato a saperne di più su questo corso e mi piacerebbe discuterne con te di persona.»

«Fammi controllare il calendario,» disse Edward. «E se tornassi a casa per una settimana o giù di lì? Il mese prossimo, posso prendermi una pausa e tornare per parlare del mio futuro.»

Herman sorrise vedendo qualcuno avvicinarsi al negozio. «Stanno entrando dei clienti. Richiamami stasera e discuteremo dei dettagli. Se tu potessi tornare a casa, mi renderebbe tutto più semplice.» Quindi si salutarono mentre la porta del negozio si apriva.

***

Quella sera, quando tornò nella sua stanza, Edward ripensò a quella conversazione.

Appoggiò il cellulare sulla scrivania e si diresse verso la finestra. Di nuovo, l'*Arcobaleno Silenzioso* ed il suo proprietario gli tornarono alla mente.

"Mi chiedo se il signor Milton sia rimasto soddisfatto dell'acquisto, o se abbia avuto conferma della maledizione," pensò tra sé.

Un sorriso divertito apparve sul suo volto. Il corso di psicologia gli forniva una visione così completa della mente umana, da fargliene comprendere l'infinito potenziale.

Quando arrivò il crepuscolo, la stanza divenne più buia. Edward andò a sdraiarsi sul letto, osservando le ombre allungarsi con il diminuire della luce.

Ci fu un quasi impercettibile ritardo tra il momento in cui calò l'oscurità totale e quello in cui il lampione fuori dalla sua finestra si illuminò, creando una sorta di aspettativa. Quella lampada, per qualche motivo, era sempre l'ultima ad accendersi, ed Edward si era chiesto più volte se quel ritardo fosse causato da qualche problema con l'allacciamento alla rete elettrica, o se fosse voluto.

Chiuse gli occhi prima di premere l'interruttore del lampadario. Sapeva fin troppo bene che, diversamente, l'ipersensibilità alla luce che lo accompagnava fin dalla nascita, gli avrebbe causato un terribile mal di testa.

Con un movimento lento, si alzò e guardò l'orologio sul comodino. Era quasi ora di cena, e senza pensarci due volte, si affrettò ad uscire. Era determinato a scacciare tutti i pensieri dalla sua mente e concentrarsi su questioni più piacevoli.

«Ogni cosa a suo tempo, penserò a mio padre quando ci incontreremo.»

Capitolo 5

Un venerdì mattina, mentre Edward navigava in rete, in attesa dell'inizio delle lezioni, la sua attenzione fu attirata da un articolo relativo ad un incidente.

Un aereo privato si era schiantato su un campo vicino New York, e l'unico passeggero a bordo era morto. Non fu la notizia in sé a gelargli il sangue nelle vene, quanto l'identità della vittima: Jason Milton, collezionista multimilionario.

L'articolo riportava che, negli ultimi tempi, l'imprenditore aveva sofferto una grave crisi finanziaria, causata da una serie di investimenti sbagliati.

"Naturalmente, tutti sanno che quando si parla di denaro, un investimento può rappresentare un punto di svolta verso un successo o un fallimento; ma il signor Milton possedeva una perla maledetta, e questo, potrebbe aver fatto la differenza," pensò Edward, domandandosi se il rovescio finanziario fosse stato causato dall'antica maledizione legata alla perla.

Completamente assorto da quell'articolo, ne continuò la lettura. Il giornalista ipotizzava non si fosse trattato di un incidente, piuttosto, che Jason Milton si fosse suicidato per fuggire dignitosamente da quella situazione, oppure che un creditore avesse sabotato il motore del velivolo.

Appoggiò il cellulare sul banco e diede un'occhiata al soffitto, perso nelle sue considerazioni. «Chissà dov'è adesso l'*Arcobaleno Silenzioso*...»

Ancora una volta, gli tornò alla mente la risposta di suo padre, quando gli aveva chiesto cosa sarebbe successo se la maledizione fosse stata reale. "Probabilmente avremo indietro la perla... "

Un dubbio improvviso si impadronì di lui. "E se papà, o addirittura il nonno, fossero coinvolti nella sfortuna e nell'incidente del signor Milton?" si chiese.

Il suo cuore si fermò, mentre una sensazione di angoscia prendeva possesso della sua anima. Guardò il suo telefono appoggiato sul banco, incerto se chiamare suo padre per parlare di quel tragico evento. Con una mossa rapida, lo afferrò assieme allo zaino e uscì dalla classe.

Camminò finché non raggiuse un punto isolato dell'edificio. Si guardò intorno per assicurarsi di essere solo, prese il cellulare e, senza pensare alla differenza di fuso orario, compose il numero di suo padre.

Mentre il telefono squillava, Edward ebbe modo di riconsiderare quel folle dubbio di un collegamento tra il padre e la morte del signor Milton.

«Mio Dio,» disse Herman, con uno sbadiglio, cercando di svegliarsi. «Hai idea di che ora è qui?»

«Papà, io...» balbettò, cercando di trovare una giustificazione per la sua chiamata. "Non posso chiedergli se ha una parte di responsabilità nella morte del signor Milton senza averne la minima prova, a parte una frase detta per scherzo," rifletté.

«Papà, non ci ho pensato. Mi dispiace di averti svegliato a quest'ora di notte.»

«Sei nei guai?» chiese.

«No, ma navigando in Internet, ho letto una notizia che mi ha colpito,» disse, cercando il modo di raccontargli dell'incidente.

«Temo di non capire, Edward.»

«Papà, ti ricordi la perla che comprasti a quell'asta di Hong Kong?»

Suo padre rifletté per alcuni istanti. «Ehm, sì...» rispose, e Edward non poté fare a meno di notare il tono di esitazione nella sua voce.

«Ho letto un articolo relativo ad un incidente accaduto non lontano da New York.»

«È terribile, ma perché me lo stai raccontando?»

«Suppongo che ti ricordi del signor Jason Milton, l'uomo che comprò la perla da te, giorni dopo il tuo ritorno da Hong Kong.» Edward iniziò a camminare, incapace di stare fermo. «È lui la vittima dell'incidente. Era sul suo aereo privato quando il pilota ne ha perso il controllo causando lo schianto a terra.»

«Devo ammettere che hai una memoria di ferro. Avevo quasi dimenticato il suo nome, nonostante fossi stato io a trattare la vendita con lui,» disse ridendo. Il leggero tremore della sua voce tradiva, però, la sua impazienza di capire perché il figlio lo avesse chiamato a quell'ora per informarlo dell'incidente. «Stai forse insinuando che la maledizione esista?»

«So che può sembrare folle,» rispose Edward. «Ma mi chiedo se quello del signor Milton sia stato veramente un incidente. Tu cosa ne pensi?»

Herman sospirò. «Pensi che qualcuno abbia sabotato il suo aereo per ucciderlo? Chi? Come puoi pensare una cosa del genere se l'indagine non è nemmeno iniziata?»

«Sto semplicemente facendo delle supposizioni e non mi riferivo necessariamente ad un omicidio. Potrebbe essersi trattato di un suicidio.»

Edward si guardò intorno. Lentamente, quel luogo fino ad alcuni istanti prima deserto, si stava riempiendo di studenti.

«Secondo l'articolo, il signor Milton, a causa di investimenti sbagliati, aveva perso buona parte della fortuna che aveva accumulato. Hai qualche notizia della perla?» chiese Edward, sperando che suo padre ne sapesse qualcosa.

«Figliolo, sei sicuro che tutto vada bene? Mi sembra che questa notizia ti abbia sconvolto oltre misura.»

Edward prese un respiro profondo e chiuse gli occhi per riprendere il controllo di sé. Effettivamente, il suo comportamento poteva sembrare quello di uno psicopatico. Riaprì gli occhi e sorrise. «Effettivamente è così; questa notizia mi ha colpito in modo particolare.»

«Non so nulla della perla. Per me, fu solamente un investimento. Redditizio, aggiungerei.»

«Ma non pensi che sia strano che, dopo averla acquistata, il signor Milton abbia avuto un tale rovescio finanziario?» lo incalzò Edward.

«Comincio a capire dove vuoi arrivare, e devo ammettere che è una teoria interessante, ma non possiamo saltare alle conclusioni. Sono sicuro che sarà aperta un'indagine sull'incidente e che se ne scoprirà la vera causa o, almeno, quella maggiormente plausibile. Stiamo parlando di una persona ricca, quindi che si sia trattato di un incidente, di un omicidio o di un suicidio, i media ne parleranno molto.»

«Devo andare ora, le lezioni stanno per iniziare. Mi dispiace averti svegliato così presto, ma volevo informarti di quanto accaduto,» disse, abbassando la voce.

«Non ti preoccupare, penso che sopravviverò. Cercherò di riprendere sonno, ma chiamami questa sera, approfondiremo il discorso sulla maledizione.»

Edward abbassò lo sguardo, fissando il pavimento. «Certo, ciao.»

Si affrettò a tornare al laboratorio, dove il professore era già arrivato. Guardò il suo orologio, e fu sollevato di non essere in ritardo.

Mentre entrava in classe, Sabrina gli rivolse un ampio sorriso. «Ti sei svegliato tardi?» chiese, ridendo, mentre Edward le si sedeva vicino.

«No, ho parlato con mio padre. Un aereo si è schiantato in un campo a nord di New York,» disse, riflettendo se fosse saggio parlarle della morte del signor Milton, della perla maledetta o della sua teoria.

Sabrina rimase senza fiato. «È successo qualcosa a un tuo parente?»

«No, ma conoscevo l'uomo che è morto nell'incidente. Era uno dei clienti di mio padre.»

Uno strano silenzio cadde tra di loro. Sabrina avrebbe voluto saperne di più, ma la sua curiosità dovette attendere perché il professore iniziò la lezione, ponendo fine alle chiacchiere degli studenti.

***

Nel pomeriggio, dopo le lezioni, Edward e Sabrina raggiunsero una caffetteria vicino alla scuola.

«Quindi, ora che abbiamo tempo, dimmi di più sull'incidente di cui mi hai parlato. Ho aspettato questo momento per tutta la mattina!»

«C'è un particolare che mi ha insospettito,» esordì, e le raccontò la storia della perla e di come suo padre l'aveva rivenduta, ottenendo un grosso profitto.

Sabrina lo ascoltò affascinata, come un bambino a cui viene raccontata la storia di Babbo Natale per la prima volta.

«Quindi, tuo padre ad un'asta si aggiudicò una perla presumibilmente maledetta e la vendette a questo signor Milton per il prezzo folle di mezzo milione? Non c'è che dire, la maledizione stava già funzionando. Probabilmente, quello fu il primo degli investimenti sbagliati che lo portarono alla rovina.»

«Potrebbe essere, anche se quella perla era veramente straordinaria. La forma era perfettamente sferica, qualcosa di abbastanza raro nelle perle naturali, ed anche le dimensioni erano insolite. I riflessi della luce sulla sua superficie passavano dal giallo al rosa. Se l'avessi tenuta in mano avresti giurato che era viva. Avresti potuto fissare quella luce per sempre.»

Sabrina si portò una mano alla bocca. «Mi piacerebbe saperne di più. Se la perla ha veramente una reputazione talmente famigerata, magari possiamo trovare notizie sulla sua storia e sul destino dei precedenti proprietari.»

Il rumore delle dita di Edward che sbattevano contro la scrivania, echeggiò nella stanza. «Ci siamo!» esclamò.

«Cosa intendi?» chiese Sabrina, trasalendo.

Edward si alzò dalla sedia. «Questo è ciò di cui abbiamo bisogno per il nostro piccolo esperimento. Saperne di più sulla maledizione della perla e su quelle di altri preziosi potrebbe aiutarci ad inventare una storia convincente per il nostro gioiello. Cosa ne pensi?»

Il volto di Sabrina si illuminò. «Penso che dovremmo andare a casa mia, dove potremo cercare ogni informazione su Internet.»

Si incamminarono verso l'appartamento che Sabrina aveva affittato, non troppo lontano dal campus. Avere un posto tutto per sé, piuttosto che condividere i dormitori del campus, le dava molti vantaggi. Il principale era avere una stanza dove studiare e fare ricerche senza dover subìre alcuna interruzione da parte di altri studenti.

Una volta in rete, Edward trovò un'immagine della perla nell'archivio della casa d'aste dove suo padre l'aveva acquistata, ed una raccolta di foto storiche scattate dai precedenti proprietari, a creare una sorta di macabro album dei ricordi.

«Accidenti, non immaginavo così tante persone subissero il fascino delle maledizioni raccapriccianti che accompagnano alcuni gioielli,» osservò Sabrina. «In effetti, la perla è una meraviglia; il prezzo pagato dal signor Milton era ampiamente giustificato.»

Un lungo sbadiglio sfuggì a Edward. «Proprio per questo non sarà difficile trovare qualcuno per il nostro test.»

***

Per il resto della giornata, Herman non riuscì a smettere di pensare all'incidente. Nessuno aveva assistito allo schianto, ma i primi soccorritori avevano raggiunto rapidamente il sito, allertati dall'SOS del pilota che, incredibilmente, era sopravvissuto.

Quella sera, dopo aver chiuso il negozio, andò nella stanza sul retro per leggere tutti gli aggiornamenti e sapere se fossero già state formulate ipotesi circa la causa dello schianto.

"Secondo l'ispezione preliminare e la testimonianza del pilota, non c'è stato alcun guasto al motore o alla struttura dell'aereo; quindi, dovremo attendere che l'NTSB [1] conduca indagini più approfondite per scoprire la verità sull'accaduto."

Aggrottò la fronte, rimanendo ad ascoltare il silenzio che regnava nella stanza. L'isolamento funzionava perfettamente, ma permetteva comunque ai demoni della sanguinaria eredità che aveva

---

1 NTSB, National Transportation Safety Board, è l'ente americano che si occupa delle investigazioni relative agli incidenti aerei.

ricevuto, di riemergere dal luogo dove aveva sperato di averli sepolti per sempre.

Ancora una volta, rivolse lo sguardo allo schermo del computer e continuò a leggere il racconto di vita, morte e miracoli di Jason Milton fatto dalle varie testate giornalistiche. Era inquietante l'attenzione che riservavano alle disgrazie che lo avevano portato sull'orlo del fallimento finanziario.

Si alzò dal divano e guardò l'orologio. Si era fatto tardi e Josephine si sarebbe preoccupata non vedendolo tornare a casa alla solita ora.

Mentre attivava l'allarme e chiudeva le porte del negozio, si chiese se Edward lo avrebbe chiamato per discutere dell'incidente.

Scosse la testa. «Magari, si è reso conto che la notizia non meritava così tanta attenzione. Questo tipo di incidente accade ogni giorno, senza bisogno di maledizioni.»

***

«Sembri preoccupato,» disse Josephine, dopo che ebbero cenato in completo silenzio.

Con un respiro profondo, la guardò e sorrise, divertito dal modo in cui lei riusciva a leggere nei suoi occhi. «Mi dispiace, tesoro. Stavo pensando all'aereo che si è schiantato.»

«Che disgrazia! Quel nome mi è sembrato familiare, non era l'uomo che aveva comprato la perla da te?» gli chiese, sparecchiando la tavola.

«Sì, i media stanno speculando molto sulla maledizione. È il solo modo che hanno per vendere più copie dei loro giornali e aumentare gli ascolti dei loro programmi televisivi.» Si alzò dal tavolo, aiutandola a rimettere in ordine la sala da pranzo.

«È davvero di cattivo gusto fare soldi con le disgrazie di altre persone. Mi chiedo come la sua famiglia stia affrontando la perdita. Non intendo finanziariamente, ma a livello personale...» disse, scuotendo la testa.

Herman si fermò di colpo con i piatti ancora in mano. Si rese conto di non aver mai considerato come la morte di una persona colpisse anche la sua cerchia di amici, familiari e colleghi.

"Non è di conforto sapere che, almeno nel caso del signor Milton, le persone che soffriranno per la sua perdita saranno solamente i suoi familiari. Sono sicuro che, all'avvicinarsi del disastro finanziario, gli squali che lui considerava amici lo abbandonarono. Finiti i soldi, scomparvero come la rugiada del mattino."

«Devo chiamare Edward,» disse, guardando l'orologio. «Mi ha telefonato la scorsa notte e temo di essere stato troppo assonnato per capire di cosa stesse parlando.»

«Salutalo da parte mia. Ho parlato con lui un paio di giorni fa, e mi ha detto che potrebbe tornare a casa per una settimana; cerca di capire se ha già delle date in mente.»

«Lo farò,» rispose Herman, dirigendosi verso lo studio.

Capitolo 6

Dopo che Edward e Sabrina ebbero impiegato alcune settimane inventando e perfezionando la storia della maledizione del ciondolo, passarono il testimone a Steven, fratello di quest'ultima, una sorta di genio del computer.

Il suo compito fu quello di pubblicare notizie false ma impossibili da distinguere da quelle autentiche, usando Internet come il palcoscenico di un illusionista e facendo in modo che si diffondessero tra gli studenti della loro scuola.

L'intero processo era stato lento ed aveva richiesto molta attenzione, tanto che, in alcune occasioni, erano stati sicuri di essere destinati a fallire.

Tuttavia, non appena si diffuse la voce, molti studenti, vollero vedere da vicino come fosse un *gioiello maledetto*.

Una volta che lo ebbero davanti agli occhi, tutti ne rimasero ipnotizzati; non tanto per il suo aspetto insolito, quanto per la sua storia che faceva volare la loro immaginazione.

«Come l'hai trovato?» chiese Lorena, una compagna di corso, ad Edward.

«Era ad un'asta e l'ho riconosciuto immediatamente. Ci sono molte storie sui suoi precedenti proprietari, ma una in particolare mi ha affascinato,» proseguì, guardando il gruppetto di studenti riunito intorno a lui. «Sembra che il ciondolo sia stato originariamente dato a una nobildonna come pegno d'amore dall'uomo di cui era innamorata. Purtroppo, il padre l'aveva già promessa in sposa ad un nobile e il contratto era già stato sottoscritto. Quando il padre scoprì il ciondolo, ne chiese la provenienza alla figlia che, per salvare sé stessa e il suo amante, raccontò di averlo trovato durante una passeggiata nel parco. Un servo, però, gli rivelò la verità, e lui la fece rinchiudere in una stanza nella torre del castello fino al giorno delle nozze, e fece assassinare brutalmente il suo amante. Il giorno del matrimonio, la cameriera che andò a preparare la ragazza la trovò morta, vestita di nero, con un biglietto nella mano dove chiedeva di essere sepolta con il suo ciondolo, maledicendo chiunque lo rubasse.»

«Ma questo non è tutto,» continuò Edward. «La *signora in lutto,* come venne soprannominato questo ciondolo, portò i successivi proprietari a un tale livello di depressione da spingerli tutti al suicidio.»

Un pesante silenzio cadde tra il pubblico, sconvolto dalla storia di quella sfortunata giovane donna che aveva scelto la morte pur di ricongiungersi con il suo amato. La mancanza di qualsiasi prova a smentire la leggenda diede loro sufficienti motivi per temere le conseguenze che il suo possesso avrebbe potuto comportare.

«L'hai pagato molto? Come puoi essere sicuro che sia esattamente quello di cui parlavano gli articoli?» chiese Jeff, fissando il ciondolo.

Era un ragazzo alto e ben piazzato, con occhi blu ghiaccio che davano la sensazione di poter scrutare l'anima di chi aveva di fronte. Di solito, era gentile e sorridente, ma poteva trasformarsi in una furia in pochi secondi. A causa di questa particolarità del suo carattere, gli altri studenti l'avevano soprannominato Hulk. Guardando le sue grandi mani, si sarebbe pensato che fosse più adatto a diventare un falegname, piuttosto che un gioielliere, tuttavia, il suo tocco era delicato come una piuma e riusciva a creare elaborati pezzi di gioielleria.

«Posso vederlo?» chiese.

«Certo,» rispose Edward, porgendoglielo. «Non l'ho pagato molto. Immagino che la maggior parte delle persone presenti all'asta non abbia osato fare un'offerta, temendo la maledizione.»

«Il battitore aveva un certificato che attestava l'ultimo proprietario, ed è stato semplice controllare,» disse Sabrina, con un tono di voce più alto, come a voler dare risalto a quel dettaglio.

Jeff guardò entrambi, poi continuò a ispezionare il ciondolo da vicino. «Non è abbastanza strano che un oggetto di così poco valore, abbia una storia così interessante?»

Edward intuì che il racconto che avevano inventato non lo aveva ancora convinto del tutto, ciò nonostante, era chiaramente interessato all'oggetto. Del resto, anche se non era altro che bigiotteria, era bellissimo.

«Che cos'è, a proposito?» chiese Jeff, meditando un eventuale acquisto.

«La cornice è d'argento, e un'ala di farfalla è stata posta sotto questo vetro che ne ingrandisce le squame e ne esalta la lucentezza. Quando l'ho visto esposto ho avuto la tua stessa reazione, e non credo alle maledizioni. Eppure, il ciondolo è così bello da avere immediatamente attirato la mia attenzione.»

Edward scrutava ogni mossa di Jeff. Il modo in cui si mordeva il labbro inferiore e come i suoi occhi continuavano a fissare la luce riflessa dall'ala della farfalla confermavano che avrebbero presto chiuso l'accordo.

«Quindi tu dici di non credere alla maledizione?» intervenne Lorena. Non era interessata all'acquisto, ma era affascinata dalla storia.

«Quelle sono leggende!» esclamò Sabrina.

Jeff restituì il ciondolo a Edward. «Credo che in ogni leggenda ci sia un fondamento di verità.»

Una breve pausa di silenzio calò sul gruppo. Le persone riunite erano più interessate al loro dibattito circa la veridicità della maledizione. Ognuno di loro aveva la propria opinione, ma la discussione tra i tre giovani era avvincente.

«Dai, non puoi credere a tutto ciò che leggi sui giornali,» brontolò Edward. «Devi distinguere le notizie dai pettegolezzi.»

«Gli darò il beneficio del dubbio. Se i precedenti proprietari subirono una crisi finanziaria, la morte o un incidente...»

«Queste sono cose che accadono ogni giorno,» lo interruppe Edward. «Temo che la gente dia troppo credito alle leggende. Per quanto, il numero di eventi sfortunati accaduti ai precedenti proprietari potrebbe sembrare sospetto.»

Jeff sorrise e sembrò pensarci. Ancora una volta, guardò il ciondolo appoggiato sul tavolo tra di loro e considerò di chiedere se fossero interessati a venderlo.

"Non potrei utilizzarlo, essendo chiaramente un oggetto per una ragazza, tuttavia, devo ammettere che si tratta di un gioiello elegante, e l'intuizione alla base della sua creazione è affascinante. Come gioielliere ne sono attratto, e forse, un giorno, potrebbe essere un ottimo oggetto da mostrare nella vetrina del mio negozio.» Jeff era talmente perso nelle sue considerazioni da non accorgersi del professore che era appena entrato in aula, e quando Edward afferrò il ciondolo per tornare al suo posto, bofonchiò deluso. Percepì una sensazione di amaro in bocca, come se fosse stato bruscamente risvegliato da un bel sogno.

«Penso che abbiamo appena trovato la nostra cavia,» sussurrò Sabrina.

«Scommetto che mi chiederà di venderglielo entro la fine della settimana,» rispose Edward, mentre un sorriso soddisfatto gli illuminava il volto.

***

Nel pomeriggio, dopo le lezioni, Edward considerò la possibilità di tornare a casa per qualche giorno. Aveva promesso di prendersi una pausa, ma il giorno dell'esame che si stava avvicinando ed il dover raccogliere dati per il loro esperimento, avevano ridotto il tempo a sua disposizione.

Prese il calendario, controllò il programma delle lezioni al corso di oreficeria, quello delle lezioni di psicologia e dell'esperimento che stavano conducendo.

«Potrei aver sottovalutato la quantità di lavoro che devo ancora fare. Papà dovrà aspettare la fine del semestre, oppure potrebbe decidere di venire qui lui stesso per passare qualche giorno con me.»

Sfogliò frettolosamente le pagine della sua agenda, cercando di trovare una soluzione, senza purtroppo trovare un periodo adatto. Non aveva tempo per occuparsi di tutto, in particolar modo dei suoi problemi familiari. Si portò le mani ai capelli, scostandoli dalla fronte.

«Cosa posso fare?»

Prese il cellulare, riflettendo se fosse il momento giusto per chiamare suo padre e chiedere consiglio.

Il suo squillo improvviso lo fece sobbalzare e, quando vide il nome del padre sullo schermo, si chiese se avesse sentito i suoi pensieri e fosse andato in suo aiuto.

«Ciao, papà.»

«Ciao, spero di non disturbarti. Trovo ancora difficile orientarmi con la differenza di fuso orario.»

«No, non mi disturbi. Anzi, stavo per chiamarti,» rispose Edward, appoggiandosi alla sedia. «Ti ho promesso di tornare a casa per una settimana, per parlare di persona dell'azienda di famiglia e dei miei studi. Purtroppo, mi sono reso conto che è un lusso che in questo periodo non posso permettermi.»

Edward sperò che suo padre comprendesse che la sua decisione di riprogrammare il suo viaggio a casa non era dovuta al disinteresse per la famiglia o l'azienda.

«Non devi preoccuparti. I tuoi impegni scolastici vengono prima di qualsiasi altra cosa, e sono contento che tu li stia prendendo sul serio.» Si prese una breve pausa. «Ti chiamo perché tra circa un mese parteciperò ad un'asta a Berlino e ne approfitterò per prendermi alcuni giorni in più e venire a trovarti a Londra,» disse Herman.

Edward fu sorpreso che suo padre fosse disposto a chiudere il negozio per un periodo più lungo del necessario e si chiese se avesse trovato qualcuno per sostituirlo.

«Sarebbe fantastico! Anche se mi mancherà tornare a casa e rivedere sia te che mamma. Quanto tempo ti fermerai?»

«L'asta si svolgerà di giovedì, quindi ho pensato di prendere l'intero fine settimana per stare con te, così il negozio resterà chiuso solamente per un paio di giorni,» spiegò suo padre.

«Ho un'idea migliore. Perché non andiamo all'asta insieme? Passerei più tempo con te ed avrei la possibilità di imparare qualcosa,» propose Edward, con un guizzo di eccitazione negli occhi.

Non aveva mai partecipato ad un'asta. Prima di partire per andare a studiare a Londra, suo padre non lo aveva mai portato con sé perché o doveva andare a scuola o badare al negozio. Quella sarebbe stata la prima volta in cui avrebbe potuto vedere come si comportava suo padre ed imparare ad instaurare rapporti con collezionisti ed altri commercianti durante quegli eventi.

«Idea geniale! Mi chiedo perché non ci ho pensato io stesso.»

L'espressione di Edward si illuminò. Inizialmente, aveva sottovalutato quanto sarebbe stato emotivamente difficile stare lontano dalla sua famiglia per due anni e, ultimamente, aveva sperato di poter tornare a casa per qualche giorno. "Pensavo che sarebbero passati in fretta, ma ho capito che ci stiamo comunque perdendo molte piccole cose," rifletté.

«Prenoto immediatamente il volo per Berlino. Mandami il tuo programma ed il nome dell'hotel dove alloggerai, così da poter fare subito le prenotazioni.» La sua voce tremava, non vedeva l'ora di passare un po' di tempo con suo padre. L'unica cosa che avrebbe reso tutto perfetto sarebbe stato se sua madre avesse potuto unirsi a loro; purtroppo, il suo lavoro e gli impegni lo rendevano impossibile.

«Ti invierò una mail con tutti i dettagli. Devo ammettere che sono entusiasta di rivederti, abbiamo così tante cose di cui parlare.» La voce di Herman divenne improvvisamente seria, ricordando l'argomento che avrebbero dovuto affrontare; l'interesse di Edward per il commercio degli oggetti maledetti.

«C'è qualcosa che ti preoccupa?» chiese il figlio, interrompendo il flusso dei suoi pensieri.

«No, stai tranquillo,» lo rassicurò Herman. «Stavo pensando a un certo oggetto che sarà messo in vendita all'asta di Berlino. Ti invierò un link, in modo che tu possa farti un'idea di cosa spero di aggiudicarmi.»

«Ottimo! A questo punto, rinviamo ogni argomento da discutere a quando ci incontreremo,» propose Edward.

«Sono d'accordo. Prenditi cura di te stesso, figliolo. Ricorda, tua madre ed io ti vogliamo molto bene.»

«Vi voglio bene anche io, saluta la mamma per me.»

Appena terminata la conversazione, Edward ricevette la mail del padre con tutti i dettagli del viaggio. Un ampio sorriso apparve sul suo volto, ma la luce nei suoi occhi tradiva il tumulto interiore che i recenti eventi gli avevano causato.

***

Herman chiuse gli occhi e ricordò le parole di suo padre.

"Le maledizioni sono per noi pubblicità gratuita. Le persone amano sfidare il destino, e noi forniamo loro i mezzi per farlo. Ricorda sempre che ogni oggetto maledetto che venderai ti tornerà indietro, in un modo o nell'altro..."

Fu come se una scossa gli scuotesse il corpo, impedendogli di respirare. Il suo cuore batteva furiosamente nel petto ed un brivido di terrore gli percorse la spina dorsale. Percepì la presenza di un demone alle sue spalle a ricordargli sottovoce che le maledizioni non colpivano solamente gli acquirenti, portando nelle loro vite disgrazie e morte, ma anche i venditori, che avrebbero dovuto convivere per il resto delle loro con il rimorso di esserne stati in qualche modo responsabili. Era stata questa la ragione che lo aveva spinto a non proseguire la tradizione di famiglia di incentrare l'attività del negozio sul commercio degli oggetti maledetti.

«Edward è come suo nonno, altrettanto determinato a diventarne un commerciante. Papà gli ha certamente insegnato come gestire la parte della compravendita, ma io devo avvertirlo dei rischi emotivi che questo tipo di commercio comporta. Non è qualcosa che tutti possono gestire.»

La sua fronte si aggrottò, mentre un sorriso doloroso contorse i suoi lineamenti.

***

Edward iniziò immediatamente a controllare i voli da Londra a Berlino. Ce ne erano molti, diversi dei quali addirittura giornalieri. Le sue mani tremavano al pensiero di rivedere suo padre prima di quanto avesse previsto.

«E con la fantastica possibilità di partecipare ad un'asta con lui!»

Alzò lo sguardo e si allungò sulla sedia. «Aspetto questa occasione da quando ero bambino. Ricordo che avrei dato tutto quello che avevo perché il mio desiderio fosse esaudito.»

A quei tempi, forse era troppo giovane. Suo padre si era preso del tempo per decidere se fosse abbastanza maturo da comprendere tutte le sfumature dell'attività. Inoltre, non avrebbe avuto il tempo di fargli da babysitter.

Ora la situazione era diversa, ed era tempo che lui acquisisse le competenze necessarie per gestire l'azienda di famiglia in modo autonomo.

Ancora una volta, riprese in mano il calendario; doveva pianificare tutto, e per farlo, avrebbe dovuto compilare una lista con Sabrina.

"Anche se sarò via solamente per quattro giorni, potremmo avere bisogno di stringere i tempi." Si alzò, e prese a camminare per la stanza. "Tuttavia, non ho intenzione di rinunciare a questa possibilità di andare ad un'asta con mio padre, per nessun motivo."

Si lasciò crollare sul letto, fissando il soffitto e lasciando fluire liberamente i pensieri. La scuola, il corso di psicologia, l'attività di famiglia, l'imminente asta... e Sabrina.

Fino a quel momento, l'aveva vista come la sua migliore amica, quella che condivideva il suo folle interesse per gli oggetti maledetti. Tutto era più semplice con lei rispetto alle precedenti ragazze che aveva conosciuto, e non aveva mai sentito il bisogno di fingere di essere qualcun altro quando era in sua compagnia.

Per un momento, pensò che forse si stesse innamorando di lei. «Ricordati la sacra regola dell'amicizia con le ragazze: non ci si mette insieme,» disse ad alta voce, come per rimproverarsi per quel pensiero.

«Credo che una ragazza come lei abbia già qualcuno nel suo cuore. Se io...» scosse la testa, cercando di dimenticare quel pensiero sciocco.

Certamente, nel campus c'erano tante belle ragazze tra cui scegliere. «Perché dovrebbe essere lei?»

Camminò verso uno specchio dall'altro lato della stanza e guardò la sua immagine. «Ora ti dico una cosa, amico, tieni i tuoi ormoni lontani dalla bellissima amicizia che hai con Sabrina. È necessario portare a termine l'esperimento, e non otterrete niente se voi due uscirete insieme. Rovinereste tutto!» disse, puntando il dito contro la sua immagine riflessa.

Girò le spalle allo specchio e alzò le mani alla testa. Era stato infatuato molte volte nel passato ed era uscito con diverse ragazze. Sapeva che le cose potevano finire e che tutte le promesse di *restare amici* non erano altro che bugie. Ogni volta che aveva smesso di uscire con una ragazza, ognuno era andato per la propria strada e non si erano più incontrati.

Teneva troppo alla sua amicizia con Sabrina per rischiare che fosse un'altra con la quale condividere solamente una parte del cammino. «Inoltre, un giorno me ne andrò, ci separeremo...»

Brontolando, afferrò la giacca e uscì dalla sua stanza, sbattendo la porta dietro di lui. Aveva bisogno di stare da qualche altra parte, piuttosto che da solo con i suoi pensieri.

Capitolo 7

Il pomeriggio seguente, dopo le lezioni, Edward e Sabrina decisero di fare una passeggiata per staccare dagli studi e rilassarsi in uno dei numerosi parchi londinesi o in Oxford Street, una delle vie dello shopping più frequentate. Al termine, decisero di fermarsi per un caffè.

Edward aveva deciso di non rivelarle quanto amasse la sua compagnia, e che avrebbe fatto di tutto perché i momenti con lei durassero per sempre... o, almeno, non prima di essere sicuro che lei non fosse interessata a qualcun altro. Non voleva correre il rischio di rendersi ridicolo.

Quel giorno, la discussione era caduta sulle relazioni sentimentali e sulla condivisione delle reciproche esperienze.

«Voi ragazzi ci considerate un mistero, guardate troppo lontano, e non vi accorgete di ciò che è sotto i vostri occhi. Secondo me, vi costruite aspettative impossibili,» disse Sabrina, cercando di indovinare i suoi pensieri. Edward le piaceva, e credeva di avergli inviato tutti i segnali possibili per farglielo capire.

«Non saprei,» borbottò lui, scorrendo il menù sul tavolo. «Potresti avere ragione. Probabilmente, continuo ad interessarmi alle ragazze sbagliate ed avrei bisogno di una sfera di cristallo per capire dove cercare quella giusta.»

«Quindi, c'è qualcuno nel tuo cuore,» indagò Sabrina, con un'espressione maliziosa sul suo volto.

«Mi stai facendo tante domande, ma parliamo di te, invece. Qual è la tua scusa per perdere tempo con uno sentimentalmente incasinato come me?» le chiese, sorridendo.

«Bella domanda,» gli rispose. «Sono nella tua stessa situazione, ho una cotta per un ragazzo che nemmeno mi considera.»

«E posso sapere chi è quel pazzo?» le chiese Edward.

Sabrina avrebbe voluto dirgli che per incontrarlo, aveva solamente bisogno di uno specchio, ma si trattenne. «Non te lo dirò...» iniziò, ma l'arrivo della cameriera la interruppe.

«Cosa posso portarvi?» chiese, con un sorriso.

«Prenderò un altro caffè,» rispose Sabrina.

Edward diede una pigra occhiata al menù, scegliendo tra le sue bevande preferite. «Per me una cioccolata calda all'arancia, per favore.»

«Caffè e cioccolata... Torno subito!» disse, andandosene.

«Cosa stavamo dicendo?» riprese Sabrina. «Ah, sì. Il nome non è importante, ma sono sicura di aver fatto il possibile per fargli capire che mi piace. Sfortunatamente, è troppo occupato a pensare ad altro, e per lui, sembra che io sia invisibile.»

Si zittì quando la cameriera tornò con il loro ordine.

Mescolando pigramente la cioccolata, Edward si interrogò su di lei. Era la prima volta che parlavano di questioni personali. Avevano sempre discusso di gioielli, politica e leggende e tutto il resto era sembrato privo di significato.

La porta della caffetteria si aprì e, voltandosi, videro entrare Jeff.

Il ragazzo si guardò intorno e, non appena li vide, si diresse verso di loro.

«Ciao! Vi stavo cercando. Posso sedermi per un momento?» chiese, con un sorriso imbarazzato sul volto.

«Certo, fai pure,» lo invitò Edward, scostando una sedia dal tavolo.

«Ho pensato al ciondolo che ci hai mostrato in classe. Non so se la maledizione sia reale o meno, ma non riesco a togliermelo dalla mente,» disse a voce bassa. Si guardò intorno nervosamente, come per controllare se qualcuno potesse ascoltare quanto stava per dire.

Edward e Sabrina non ne furono sorpresi. Sapevano che Jeff avrebbe chiesto altre informazioni, ma si aspettavano che non sarebbe successo prima di una settimana.

«Pur essendo un oggetto di poco valore, è molto bello. È d'argento, non ci sono pietre preziose, ma è proprio questa sua semplicità a renderlo interessante e ad attirare l'attenzione,» disse Sabrina, cercando di mantenere un tono di voce indifferente.

«Saresti interessato a venderlo?» chiese Jeff.

Edward finse un'espressione sorpresa. «Vuoi comprarlo?»

«Sì, oltre ad essere un oggetto molto bello, indubbiamente la storia della maledizione gli conferisce un'aura di mistero che mi affascina.» Jeff arrossì, distogliendo lo sguardo da loro. Non lo voleva per indossarlo, quanto per possedere qualcosa di unico.

«Che ne dici di settanta sterline?» propose Edward, dopo una breve riflessione.

Jeff sorrise. «Affare fatto. Me lo porterai in classe lunedì?»

«Certo, tu porta i soldi. È più di quanto mi sarei aspettato di ottenere dalla vendita.»

Jeff si alzò dalla sedia con un'espressione soddisfatta ad illuminargli il volto. «Vi lascio alle vostre chiacchiere. Ci vediamo!»

«Ciao,» lo salutarono Edward e Sabrina.

Lo osservarono uscire dalla caffetteria, quindi si scambiarono uno sguardo. «Edward, possiamo dichiarare ufficialmente iniziato il nostro esperimento. D'ora in poi, dovremo tenerlo d'occhio e annotare le sue reazioni a qualsiasi evento gli accadrà, positivo o meno che sia,» disse Sabrina.

Una risatina nervosa sfuggì a Edward. «Dovremo tenere un registro,» propose, con voce tremante, mentre il suo respiro diventava affannoso.

Sorseggiava la sua cioccolata calda, guardandosi intorno. Nel continuo viavai del locale, vide entrare una coppia. I due innamorati si tenevano per mano, scambiandosi tenere occhiate. Li seguì con lo sguardo mentre andavano a sedersi a un tavolo, chiacchierando. Il sentimento di euforia che aveva provato fino a quel momento svanì, mentre le sue labbra si strinsero in una smorfia di amarezza.

«A cosa stai pensando?» gli chiese Sabrina, interrompendo le sue considerazioni e riportandolo alla realtà.

«Ad un viaggio che sto per fare,» rispose, cercando di scacciare la gelosia per quella coppia felice. «Tra un mese, andrò a Berlino per incontrare mio padre. Parteciperemo ad un'asta per acquistare una pietra preziosa che vuole avere per il negozio. Starò via per quattro giorni, dal giovedì alla domenica.»

Sabrina lo fissò incantata. «Sei così fortunato ad avere un padre che possiede una gioielleria. Per la maggior parte di noi, seguire questo corso per gioiellieri significa trovare un apprendistato da dove costruire la carriera. Non tutti ci riusciremo, mentre tu hai un solido punto di partenza.»

Edward era consapevole del privilegio offerto dalla sua famiglia. Tuttavia, sapeva anche che tipo di pressione includesse. «È indubbiamente un vantaggio, ma non è tutto oro quello che luccica. Dovrò sempre mostrare il mio valore rispetto a chiunque mi abbia preceduto alla guida dell'attività.»

Appoggiò il mento sul palmo della mano. «Il negozio aprì nel 1802 ed è tuttora in attività grazie a brillanti venditori e talentuosi gioiellieri. A volte, mi sento sopraffatto.»

Sabrina inclinò la testa. «Effettivamente, potrebbe essere un'eredità pesante con la quale confrontarsi. Suppongo che nessuno abbia ancora trovato una pentola d'oro. Non preoccuparti, non ti perderai nulla qui: quattro giorni passano in un soffio ed entrambi abbiamo bisogno di un po' di riposo. Potremo rimetterci in pari al tuo ritorno.»

«Immagino sarà così,» disse, prendendo un ultimo sorso della sua cioccolata. «Quindi, oggi è venerdì, cosa si fa?»

«Le solite cose. I ragazzi del corso andranno in un pub per divertirsi e cercare qualcuno con cui uscire. Vuoi venire?» gli chiese Sabrina, sorprendendosi di averlo fatto. Di solito, Edward non usciva, preferendo rimanere nella sua stanza a studiare o a fare qualsiasi altra cosa che non fosse divertente.

«Perché no? Posso prendermi una pausa dallo studio, altrimenti rischio di arrivare al giorno in cui mi pentirò di non essermi divertito quando ne avevo avuto la possibilità.»

Con una mossa rapida, Sabrina si alzò, afferrando il suo cappotto. «Allora dobbiamo prepararci per la serata. Per quanto mi riguarda, andrò a farmi una doccia e indosserò qualcosa di più appropriato,» disse, dandosi un'occhiata. Quella avrebbe potuto essere la migliore occasione per far breccia nel cuore di Edward.

«Dove ci vediamo?»

«Vieni nel mio appartamento alle sette, da lì raggiungeremo gli altri al pub. Saremo un piccolo gruppo di sei persone, incluso te, sarà divertente!»

«Perfetto, ci vediamo più tardi,» la salutò.

Mentre tornava verso il suo alloggio, Edward pensò nuovamente al signor Milton e all'incidente che gli era costato la vita. Ultimamente, non aveva seguito lo sviluppo delle indagini, troppo impegnato a riprendere in mano la propria vita, e si chiese se fosse già stata scoperta la causa dell'incidente.

"Non riesco a capire come si possa arrivare al punto di suicidarsi. Potrebbe essere comprensibile nel caso di una malattia terminale che preveda un breve futuro di solo dolore, ma in ogni altro caso, c'è sempre una soluzione diversa dalla morte," rifletteva, gironzolando per le strade, prima di tornare al dormitorio.

La vista familiare della sua stanza lo accolse quando accese le luci. Non era certamente grande come un appartamento vero e proprio, ma in quel momento per lui significava casa. Con un sorriso, chiuse la porta dietro di sé.

"Mi chiedo dove sia adesso la perla. Il signor Milton avrebbe potuto venderla per tentare di risolvere i suoi problemi ed allo stesso tempo, liberarsi dalla maledizione," continuò a riflettere.

Pigramente, accese il computer e iniziò a cercare notizie sull'incidente. Socchiuse gli occhi quando trovò qualcosa.

«Interessante,» borbottò, leggendo del guasto al motore che lo aveva causato. «L'aereo aveva recentemente superato un controllo di routine, dopodiché non era stato più utilizzato,» lesse ad alta voce.

Distolse lo sguardo dallo schermo e si guardò intorno. «Qualcuno potrebbe essere entrato nell'hangar per sabotare il motore?»

Non riusciva a capire il motivo del suo interesse per quell'incidente, se non che la vittima aveva acquistato una perla, presumibilmente maledetta, da suo padre.

Improvvisamente, si chiese se questa notizia avrebbe potuto danneggiare la reputazione del negozio.

Si alzò e si diresse verso la finestra, osservando il cortile attraversato dagli studenti diretti nei vari locali dove avrebbero passato la serata.

Scosse la testa. "Rimuginarci all'infinito mi farà impazzire. Gli incidenti accadono ogni giorno. Ora ho bisogno di divertirmi e dimenticare la maledizione, gli affari e la scuola."

Quindi, iniziò a prepararsi per la serata con gli amici. Era abbastanza insolito per lui trascorrere la serata fuori, così, non curò in maniera particolare l'abbigliamento, come invece facevano molti ragazzi della sua età; nel giro di un'ora fu pronto ad uscire.

Come d'accordo, alle sette bussò alla porta di Sabrina. Quando si aprì, la ragazza gli apparve come in una visione. I suoi capelli rossi spruzzati di glitter brillavano come una corona di diamanti, incorniciando l'ovale perfetto del suo viso. Il trucco scuro sui suoi occhi verdi ne faceva risaltare la luminosità e lo splendore. Un miniabito nero con uno stretto corsetto metteva in risalto il suo décolleté, dove caddero gli occhi di Edward che, sentendosi quasi mancare, si rese conto di essere caduto in una pericolosa trappola.

Sabrina rise. «Allora? Come sto?»

«Onestamente? Tu... sembri un sogno. Sei bellissima, e mi sento come il principe ranocchio al tuo fianco. Avresti dovuto dirmi di vestirmi elegante,» disse, senza riuscire a toglierle gli occhi di dosso. Era probabilmente la ragazza più bella che avesse mai visto in vita sua.

Le offrì il braccio, e accettandolo con grazia, Sabrina lo guardò. «Se sarai abbastanza gentile, potrei baciarti e trasformarti in un principe,» disse, strizzandogli l'occhio.

Capitolo 8

Il lunedì seguente, l'esperimento ebbe ufficialmente inizio. A Sabrina toccò il compito di tenere d'occhio Jeff ovunque andasse, senza farsi scoprire.

La ragazza trovò elettrizzante pedinare qualcuno, immaginando di essere un detective in un film poliziesco. Nonostante il compito non fosse affatto facile e la tenesse impegnata per la maggior parte del tempo, scoprì di possedere una discreta abilità.

Edward, da parte sua, avrebbe tenuto una sorta di registro annotando progressi e risultati dell'esperimento.

"Sabrina mi ha detto che, da quando Jeff è entrato in possesso dell'oggetto maledetto, ha un comportamento più nervoso del solito," rifletté. "Quindi ci deve essere una connessione psicologica tra leggende e realtà. È decisamente intrigante."

Chiuse gli occhi, meravigliato dalla bellezza e complessità della mente umana. "Mi chiedo se dovrei seguire più corsi di psicologia, o continuare a studiare per conto mio." Riaprì gli occhi e si alzò; alla fine dei conti, la carriera di commerciante che lo attendeva gli avrebbe comunque fornito eccellenti opportunità di approfondirne la conoscenza.

Qualcuno bussò improvvisamente alla porta, riportandolo bruscamente alla realtà. La tazza di caffè che aveva in mano gli sfuggì e cadde a terra, spargendo il contenuto sul pavimento. Soffocando un gemito, andò ad aprire.

Il sorriso di Sabrina scomparve davanti alla sua espressione irritata. «Arrivo in un brutto momento?»

Edward si sforzò di abbozzare un sorriso. «Entra, mi dispiace. Ho versato il caffè sul pavimento,» disse, facendola entrare. «Che novità ci sono?» le chiese, andando a cercare uno straccio.

Sabrina si sedette sul letto, cercando di non essere d'intralcio. «Jeff è tornato a casa. Devo ammettere che è stata una giornata inconcludente, ma era più suscettibile del solito. Quando rispondeva al telefono, il suo tono era meno amichevole, come se qualcuno lo stesse minacciando o si aspettasse di ricevere cattive notizie.»

Edward finì di pulire il pavimento e andò a sedersi su una sedia. «Quindi, siamo riusciti a farlo diventare una vittima di una finta maledizione?» disse, lasciandosi sfuggire una risatina.

«Così sembra, ed è così affascinante vedere come le persone percepiscano gli eventi in maniera diversa se viene data loro una ragione, concreta o meno, di temere che qualcosa di negativo accada. Dovremmo fare lo stesso esperimento con un portafortuna,» disse, strofinandosi il mento con la mano. «Completerebbe il nostro esperimento, ma avremmo bisogno di oltre un anno e più di una persona per ottenere risultati attendibili. Inoltre, penso che forse dovremmo tenere questi risultati per noi. Siamo pericolosamente in bilico sul confine tra cosa è eticamente corretto e cosa non lo è.»

«Probabilmente hai ragione. Quando andrai all'asta con tuo padre?» gli chiese.

«Tra una ventina di giorni,» rispose Edward, alzandosi e allungando la schiena. «Non vedo l'ora. Non sono mai stato a un'asta, finora. Ogni volta che mio padre partiva per le destinazioni più esotiche del mondo, io rimanevo a casa per occuparmi del negozio.»

«Un giorno, mi piacerebbe creare un'attività come quella che hai a New York. I miei genitori hanno carriere completamente diverse da quella che voglio intraprendere. Nessuno dei due è nel commercio, ma io morirei per avere qualcuno che mi guidi...»

Le storie che Edward le aveva raccontato sull'azienda di famiglia l'avevano ispirata, e avrebbe fatto qualsiasi cosa per potersi trasferire negli Stati Uniti e lavorare con lui. "Sarebbe fantastico condividere più tempo insieme, sono certa che formeremmo una grande squadra."

Un'espressione seria offuscò il volto di Edward. Aveva riconosciuto il cambiamento di tono nella voce di Sabrina. "È il tono che sottintende una richiesta. Se l'attività fosse già mia, le offrirei volentieri un posto; al momento, però, l'unica cosa che posso fare è suggerirlo a mio padre. È lui che decide le assunzioni," pensò.

«Perché non usciamo a fare una passeggiata?» chiese, cercando di cambiare argomento.

***

Anche quella mattina, Herman arrivò in negozio in largo anticipo rispetto l'orario di apertura. Dopo aver disattivato l'allarme e riordinato, andò nella stanza sul retro dove aveva il suo ufficio. Aveva intenzione di esaminare con calma gli oggetti che sarebbero stati battuti alle prossime aste nel mondo.

Non trovò alcun gioiello insolito in vendita nei mesi seguenti, tuttavia, c'erano molti pezzi splendidi che gli sarebbe piaciuto aggiudicarsi per poi mettere in vendita nel suo negozio.

Aggrottò la fronte, rendendosi conto di quanto fosse difficile occuparsi degli affari senza l'aiuto di suo figlio. "Prima che Edward se ne andasse, non mi ero mai reso conto di quanto fosse importante avere una persona ad occuparsi del negozio, quando non ci sono," pensò. Diverse generazioni di Sherwood avevano gestito l'attività, e lui era certo che tutti, ad un certo punto, si erano ritrovati nella sua stessa situazione.

Distolse lo sguardo dallo schermo del computer e si guardò intorno. Ogni precedente proprietario aveva dato il proprio tocco personale alla stanza, e, sebbene ognuno avesse avuto gusti e personalità diverse, la stanza manteneva comunque un'armonia di stili.

"Chissà quale sarà la caratteristica distintiva di Edward, che sarà tramandata alle generazioni future?" si chiese, con un sorriso.

Ai suoi occhi, il pezzo più straordinario presente nella stanza era una lunga lastra di legno che raggiungeva il soffitto. Veniva dall'India, e la fine incisione rappresentava Lord Ganesh nelle sue varie forme.

Il dio a cinque teste rappresentava le cinque componenti del fisico umano. Le quattro braccia erano un simbolo dei suoi molteplici poteri sovrumani.

La prima volta che aveva appoggiato le mani su quella lastra, chiudendo gli occhi, si era ritrovato catapultato nelle strade trafficate di Mumbai, ed i suoi odori, rumori e magia avevano pervaso la sua anima e dato un senso di pace a tutto il suo essere.

Volse lo sguardo alla data sul suo computer e si rese conto che il suo viaggio a Berlino si stava rapidamente avvicinando. Sebbene avesse partecipato a numerose aste, provava una particolare emozione per questa, essendo la prima alla quale avrebbe partecipato con suo figlio.

C'era un senso di attesa prima di ogni asta, e tornare a casa a mani vuote non era contemplato.

Se ciò accadeva, significava che, o c'erano state troppe persone interessate ai suoi stessi articoli, o chi se li era aggiudicati aveva avuto a disposizione un budget più consistente.

Era un gioco di strategia. Doveva prima di tutto, scegliere su quali oggetti concentrarsi, e rinunciare rapidamente qualora il prezzo raggiunto non gli avrebbe consentito un margine di profitto.

"Un giorno, quando andrò in pensione, potrei comunque continuare a partecipare alle aste. Temo che nemmeno tra cento anni riuscirò a rinunciare al brivido che si prova."

Quel pensiero lo divertì. La pensione era sempre stata un'idea vaga nella sua mente, un'eventualità lontana, ma avvicinandosi ai cinquantacinque anni, si rese conto che il tempo passava velocemente, senza che lui se ne accorgesse. Rifletté di avere ancora altri dieci anni prima di prendere in considerazione l'idea di ritirarsi, ed un improvviso cipiglio gli corrugò la fronte.

"Edward ha bisogno di iniziare a lavorare qui, non appena finirà di studiare." Si alzò dalla sedia, ascoltando il silenzio che riempiva ogni angolo del negozio. "Temo di aver procrastinato il suo apprendistato troppo a lungo. Avrebbe dovuto iniziare a partecipare alle aste anni fa."

Fece un profondo respiro, come a liberare la sua anima.

"Quella di Berlino sarà la prima per lui. Devo assicurarmi che tutto vada bene, in modo che possa imparare."

L'orologio a pendolo suonò, catturando la sua attenzione. Annuendo, Herman aprì il negozio, pronto per un'altra giornata lavorativa.

***

Era quasi ora di chiudere per pranzo, quando un insolito cliente fece il suo ingresso.

Sebbene indossasse abiti civili, Herman scorse il distintivo della polizia di New York fare capolino da sotto il suo cappotto.

Era la prima volta che un poliziotto entrava nel suo negozio. "Dubito che sia qui per fare un regalo alla moglie," pensò.

«Buongiorno, come posso aiutarla?» lo salutò, con un sorriso cordiale.

«Buongiorno a lei, spero di non disturbarla,» rispose il detective, lanciando un'occhiata a una coppia che stava osservando alcuni gioielli.

Herman scosse la testa. Sapeva che quei clienti stavano solo cercando qualcosa che avrebbero potuto voler acquistare in futuro. «Niente affatto. Se posso esserle d'aiuto, sarà un piacere.»

«Sono il detective Lars Lindström e sto svolgendo un'indagine sull'incidente aereo in cui è morto il signor Jason Milton,» esordì. «C'è un posto dove possiamo parlare in privato?»

Herman fece una smorfia, non poteva lasciare il negozio incustodito. «Purtroppo, oggi sono solo, ma se tornerà questa sera alle sei sarò a sua completa disposizione. Altrimenti, può attendere mezz'ora e unirsi a me per il pranzo.»

«Non ci vorrà molto, devo farle solamente alcune domande. Preferisco aspettarla adesso,» rispose il detective Lindström.

«Se vuole, può accomodarsi nella stanza sul retro,» propose Herman. Non gli piaceva l'idea di avere un poliziotto che gironzolava in negozio assieme ai clienti.

«Oh,» mormorò Lindström, notando gli sguardi della coppia. «Capisco, certo. Mi faccia strada.»

Annuendo debolmente, Herman uscì da dietro il bancone e si diresse verso la stanza sul retro. Al suo ingresso, la luce si accese automaticamente, e lui fece accomodare il detective.

«Prego, si metta comodo. Sarò presto da lei.» Sebbene il sistema di allarme avrebbe dissuaso un potenziale ladro, provava sempre una sensazione di disagio quando il negozio rimaneva incustodito.

«Grazie,» rispose Lindström, dirigendosi verso il divano.

La mente di Edward prese a formulare un milione di ipotesi su quella visita inaspettata. "Mi chiedo se mi abbia inserito nella lista dei sospettati. Immagino voglia saperne di più sulla perla, che, probabilmente, ricopre un ruolo cruciale nell'indagine; potrebbe essere stata la ragione per la quale il signor Milton si è suicidato, come pure quella per la quale è stato ucciso."

Non appena gli ultimi clienti lasciarono il negozio, Herman si affrettò a chiudere. Quindi, dopo aver preso un profondo respiro, si diresse sul retro.

«Mi dispiace terribilmente averla fatta aspettare. Certamente comprende che non posso buttare fuori a calci i clienti,» disse, cercando di fare una battuta e sembrare tranquillo. In verità, una tempesta si stava formando dentro il suo cuore.

Il detective alzò lo sguardo e lo guardò con un sorriso gentile. «Non si preoccupi, signor Sherwood, capisco perfettamente.»

«Preferisce parlare qui o al bar vicino?» chiese Herman, mentre la situazione diventava un po' imbarazzante.

«Se non le dispiace, preferirei qui; avremo maggior privacy,» suggerì il detective Lindström.

Con movimenti lenti, Herman gli si sedette di fronte. «Cosa posso fare per lei?»

«Come le ho accennato, sto indagando sulla morte del signor Jason Milton. L'indagine preliminare e la scatola nera hanno individuato la causa in un guasto del motore. Tuttavia, troppe domande rimangono senza risposta.»

Herman teneva gli occhi fissi sul detective, seguendone ogni mossa e cercando di indovinare cosa volesse. Sicuramente, non era andato là per avere le informazioni che avrebbe potuto ottenere leggendo i giornali scandalistici.

«Mi meraviglia che l'aereo sia decollato dopo un lungo periodo di fermo in seguito ad un'ispezione completa. Secondo i meccanici che la eseguirono, tutto era in perfette condizioni. Non riescono a trovare una qualsiasi spiegazione all'incidente,» continuò il detective.

«Crede che qualcuno possa aver sabotato l'aereo dopo l'ispezione?»

«È una possibilità. Magari qualcuno che voleva vendicarsi, oppure a cui il signor Milton doveva dei soldi, o qualcuno che voleva avere qualcosa indietro da lui...»

«O lo stesso signor Milton, in un estremo tentativo di salvare la sua famiglia dall'inevitabile disastro finanziario,» lo interruppe Herman. «Secondo i media, il premio dell'assicurazione sulla vita li avrebbe salvati. Forse ha pensato che l'incidente fosse l'unico modo per proteggere la reputazione della sua famiglia.»

Lindström socchiuse gli occhi. «Sembra che lo abbia conosciuto bene.»

«Niente affatto,» rispose Herman, rilassandosi sulla sedia. «L'unica volta che lo incontrai, fu in questo negozio, quando venne per acquistare una perla rara.»

«Una perla da mezzo milione di dollari...» scandì Lindström.

«Non era costretto a comprarla. Gli dissi il mio prezzo, e lui lo accettò: è così che si concludono gli affari.» Non gli piaceva il tono inquisitorio nella voce del detective.

«Gli menzionò che correva voce che fosse maledetta?» chiese Lindström.

«Venne nel mio negozio per comprare la perla proprio per questo motivo. Le persone cercano sempre di trovare un capro espiatorio per i loro investimenti sbagliati. Io non credo nelle maledizioni, e lei?»

«Nemmeno io, ma mi chiedo se il suo tracollo finanziario sia stato in qualche modo favorito da qualcuno per far sì che svendesse la perla per una frazione del prezzo che l'aveva pagata.» Il detective intrecciò le dita sulle sue ginocchia.

«Detective Lindström, mi sta accusando di qualcosa?» chiese Herman, fissandolo.

«Sto cercando di scoprire perché non si riesca a trovare la perla, e sto esaminando ogni possibile pista per trovare quella giusta.»

Il comportamento tranquillo di Herman non impressionò il detective; aveva visto molti assassini comportarsi in modo ancora più imperturbabile di lui.

«Non ho la perla. Il mio rapporto con il signor Milton è iniziato quando è entrato nel mio negozio e si è concluso nel momento in cui ne è uscito. Ho un'attività che funziona abbastanza bene. Porto avanti la tradizione della mia famiglia nel commercio di oggetti particolari: gemme, gioielli e oggetti con storie oscure,» disse. «Ma non sono un assassino,» aggiunse, avvicinandosi a Lindström, scrutandolo.

Il silenzio cadde nella stanza, interrotto solo dal regolare ticchettìo dell'orologio a pendolo.

Lindström sorrise. «La perla è la ragione per cui il signor Milton ha perso la vita, e lui la considerava responsabile della sua sfortuna. È possibile che lei non si senta nemmeno un po' in colpa?»

Herman lo fissò. «Per cosa? Un venditore di auto dovrebbe sentirsi in colpa per averne venduta una a qualcuno che, in seguito, muore in un incidente?»

Quel detective lo stava innervosendo. Si alzò dalla sedia e si diresse verso la porta, aprendola. «Non ho intenzione di rimanere qui e ascoltare le sue accuse pretestuose. Se ha qualche prova del mio coinvolgimento, bene, in caso contrario, la saluto e le auguro una piacevole giornata. Per quanto mi riguarda, questa conversazione finisce qui.»

Lindström sapeva di non avere alcuna prova contro di lui. Era andato nel suo negozio per ottenere informazioni sulla perla e su chi potrebbe essere stato interessato ad essa. Il modo in cui Herman aveva perso la calma ed il nervoso pulsare di una vena sulla sua tempia, gli fece sospettare che sapesse più di quanto fosse pronto a rivelare.

Da quando avevano iniziato a parlare, l'idea che fosse coinvolto nell'incidente per riavere la perla si era fatta strada nella sua mente. Doveva seguire quella pista.

«Mi dispiace, signor Sherwood, non era mia intenzione farla sentire sotto accusa. Talvolta mi lascio trascinare dai miei sospetti. Per favore, torni a sedersi. Sa se ci sia stato qualcuno interessato ad avere quella perla?»

Herman scosse la testa, cercando di rilassarsi. «Scuse accettate. Anch'io devo scusarmi per il mio comportamento impulsivo. Avrei dovuto comprendere la situazione complessa che si trova a gestire. Per quanto riguarda la perla, io fui uno dei pochi offerenti, all'asta. Fu chiaro che le leggende riguardanti le maledizioni fossero ancora in grado di suscitare curiosità e diffidenza. Anche il signor Milton avrebbe voluto parteciparvi per aggiudicarsi proprio quella perla, ma arrivò troppo tardi.»

«Bene. Adesso torno al distretto, ho bisogno di mettere insieme quanto scoperto finora, e chissà che la maledizione della perla non sia reale, dopo tutto. Spero che riusciremo a metterci alle spalle questo incidente. Tornerò di nuovo se avrò bisogno del suo aiuto,» disse, cercando di sorridere.

«Naturalmente, sarò sempre a sua disposizione. Tuttavia, temo di non sapere più di quanto le ho già detto.»

Con un'espressione preoccupata, Lindström annuì senza dire una parola. Guardò ancora una volta Herman prima di uscire dalla stanza. «Grazie per la collaborazione. Mi terrò in contatto.»

«Buona giornata,» rispose Herman. Il suono metallico del campanello posto sulla porta quando Lindström la aprì, gli fece tirare un sospiro di sollievo.

Crollò sulla sedia, come se non avesse più forza nelle gambe. Avrebbe dovuto aspettarsi che la polizia sarebbe andata ad interrogarlo, ma l'insinuazione che fosse stato lui ad uccidere il signor Milton era stata un fulmine a ciel sereno, e avrebbe fatto quanto in suo potere per distogliere l'attenzione della polizia dal suo negozio.

«Questa non ci voleva,» borbottò tra sé.

Doveva ancora pranzare, ma si rese conto che non gli rimaneva molto tempo prima dell'ora di riapertura del negozio. Fece una smorfia, espirando nervosamente.

«Dovrei almeno fare uno spuntino. Non posso stare senza mangiare fino a cena.»

Quindi, uscì dalla porta e si diresse all'angolo della strada, dove intravide un venditore ambulante di hot dog.

Capitolo 9

Il giorno della partenza per Berlino arrivò quasi senza che Edward se ne accorgesse. Mentre era al gate dell'aeroporto di Heathrow, in attesa di imbarcarsi, esaminava gli appunti che aveva raccolto con Sabrina per il loro esperimento.

Dal giorno in cui aveva acquistato il ciondolo, le cose per Jeff avevano cominciato ad andare male. Era stato bocciato a due esami, accumulando un ritardo che avrebbe potuto costargli la sospensione della borsa di studio. Evidentemente, Jeff non aveva considerato questo rischio, quando aveva deciso di acquistare un oggetto maledetto.

Edward alzò lo sguardo ed osservò le persone intorno a sé, in attesa di imbarcarsi. "Potrebbe significare che non riceverà denaro per i prossimi tre mesi. Immagino che farebbe bene ad iniziare a cercare un lavoro part-time o sarà nei guai."

«Se uniamo questi due eventi ad altri incidenti, la convinzione di essere vittima della maledizione potrebbe aver preso forma nella sua mente,» borbottò.

«Mi chiedo se darà la colpa a noi per avergli venduto un oggetto maledetto.»

Il suo cuore prese a battere furiosamente nel petto; qualcosa stava cercando di avvertirlo circa la possibilità che la situazione sfuggisse al loro controllo. Se ciò fosse accaduto, le conseguenze avrebbero potuto essere catastrofiche per tutti.

Si alzò e cominciò a camminare per la sala, incapace di stare fermo ad aspettare. Chiamò Sabrina per capire se la sua agitazione avesse una sorta di fondamento o fosse uno stato d'animo causato dall'eccitazione per la ricerca e per l'incertezza che portava con sé.

«Ed...» rispose scontrosamente Sabrina, come se stesse ancora dormendo.

«Mi dispiace tanto. Ti ho svegliata?» Guardò l'orologio che segnava le sette del mattino. Dal momento che le lezioni non sarebbero iniziate prima delle nove, lei era sicuramente ancora a letto.

«Stavo... Che sta succedendo? Sta arrivando la fine del mondo? Che ore sono?»

«Sono le sette,» rispose Edward, imbarazzato.

«Stavo sognando l'uomo della mia vita...» ridacchiò Sabrina, ed Edward poté sentirla rotolarsi e mettersi seduta sul letto. «Sei già all'aeroporto?»

«Sì, e stavo guardando i dati che abbiamo raccolto su Jeff. Pensi che avrà dei guai a causa degli esami che non ha passato?»

Sabrina sbadigliò. «Perché ti interessa? Avrebbe dovuto sapere che passare le notti al pub durante il periodo degli esami non era una grande idea.» La sua voce sembrava irritata per essere stata svegliata per qualcosa che avrebbe potuto essere discusso in seguito.

Edward annuì, mordendosi le labbra. «Potresti avere ragione, ma temo che potrebbe incolparci per avergli venduto un oggetto maledetto.»

«Questa è una sciocchezza! È stato lui a venire da noi, quasi implorandoci di vendergli il ciondolo. Come potremmo essere noi i responsabili delle sue cattive scelte? Dovrebbe incolpare sé stesso, non il ciondolo, ed ancor meno noi.»

Prendendo un respiro profondo, Edward tornò a sedersi. «Forse hai ragione, e non abbiamo motivo di essere preoccupati, anche se mi dispiace ancora per lui. Potrebbe perdere la sua borsa di studio, se rimanesse indietro con gli esami. Non conosciamo la sua situazione finanziaria, ma immagino che potrebbe essere difficile.»

Sabrina tirò un sospiro di sollievo. «Penso che ti stia preoccupando troppo. Ha ancora la sua famiglia a sostenerlo e qui intorno ci sono molti lavori part-time per gli studenti. Deve solamente sceglierne uno e smettere di andare in discoteca.»

«Forse hai ragione. Ma tienilo d'occhio e fai attenzione a qualsiasi alterazione del suo comportamento nei tuoi confronti. Per qualche ragione, non mi sento sereno.»

«Ad essere onesti, sto iniziando a preoccuparmi per te. Stai tranquillo, credo che tu abbia bisogno di questa vacanza con il tuo vecchio più di quanto pensi. Divertiti, e smetti di pensare a Jeff, ok?»

«Ci proverò. Grazie. Ti chiamerò al mio ritorno. Non esitare a telefonarmi nel caso tu abbia bisogno di qualcosa, non interromperai nulla di importante.» Voleva assicurarsi che tutto andasse liscio mentre era via. Si comportava come se stesse gestendo un'azienda e dovesse tenere d'occhio i suoi dipendenti.

"Spero che questo lungo fine settimana con papà mi aiuti a rilassarmi dallo stress che ho accumulato."

«Andrà tutto bene, capo,» ridacchiò, divertita.

Dopo aver terminato la conversazione, Sabrina appoggiò il telefono sul tavolo. Si versò un caffè e andò a chiudere una finestra.

Nel silenzio del suo appartamento, i dubbi di Edward sembrarono improvvisamente concretizzarsi. Decise di evitare i luoghi dove avrebbe potuto incontrare Jeff, tranne l'aula, anche se avrebbe voluto poterlo evitare completamente.

"Ti stai facendo influenzare dalle sciocchezze di Ed," si rimproverò.

***

Finalmente, l'aereo atterrò all'aeroporto Tegel di Berlino. Edward sapeva che suo padre lo avrebbe aspettato al terminal, così con il solo zaino, si affrettò fuori dall'area del gate.

«Papà!» gridò quando lo vide, correndo ad abbracciarlo. Non era mai stato così felice di vederlo come in quel momento. Non riusciva a credere quanto gli fosse mancato.

«Edward!» Herman era raggiante. «Ma guardati! Sei diventato un uomo, quest'anno lontano da casa ha fatto miracoli.» Scrutò suo figlio dalla testa ai piedi. «Come stai?»

«Bene. Il semestre finirà presto e tornerò a casa per le vacanze,» rispose, mentre si avviavano verso l'esterno per prendere un taxi. «Tu e la mamma mi mancate da morire. Non vedo l'ora di finire gli studi e iniziare a lavorare in negozio.»

«La casa non è la stessa senza di te,» disse Herman.

Quindi, si rivolse al tassista. «Dobbiamo raggiungere questo hotel, per favore,» disse, mostrandogli l'indirizzo sulla prenotazione.

L'uomo si limitò ad annuire e aprì loro le portiere per farli salire.

«Devo ammetterlo, mandare avanti il negozio da solo è una sfida. La nostra attività ha bisogno di due persone. Ho dovuto fissare appuntamenti per affari molto importanti al di fuori degli orari di apertura, ma a volte è necessario scendere a compromessi per andare incontro a determinati clienti. Un giorno, quando sarò troppo vecchio per aiutarti in negozio, potresti prendere in considerazione di assumere una persona.»

«Cosa intendi? Non sarai mai troppo vecchio per questo.» Guardò suo padre con timore reverenziale. Aveva sempre aspettato con trepidazione il giorno in cui avrebbero lavorato assieme; la notizia che stava considerando di andare in pensione fu come una doccia fredda.

«Non ho intenzione di farlo a breve. Ti sto dicendo cosa sarebbe più conveniente per te, in futuro,» lo rassicurò; quindi, volse lo sguardo fuori dal finestrino per un momento. «Un giorno, i tuoi figli potrebbero seguire le nostre orme, ed essere loro ad aiutarti,» aggiunse, voltandosi nuovamente verso il figlio.

Edward trattenne il respiro per un secondo e si bloccò, ricordando i discorsi fatti con Sabrina, in particolar modo l'ultimo.

Non sapeva se parlare con il padre della sua vita personale. Negli ultimi mesi, aveva avuto modo di conoscere altre persone e prendersi del tempo per sé stesso. Aveva incontrato un paio di ragazze carine e interessanti, ma aveva sempre finito per passare la maggior parte del suo tempo con Sabrina, al punto che poteva quasi dire che preferiva la sua compagnia, ma era questo l'amore?

«C'è qualcosa che non va?» chiese Herman, notando il cambiamento di espressione sul volto del figlio.

«No, papà. Sono solo stanco e mi è venuto in mente l'esperimento che sto portando avanti con Sabrina.»

«Parli spesso di questa ragazza. È una sorta di amica speciale?»

«Chi? Sabrina?» esitò. «No, siamo solo amici, non c'è altro tra di noi.»

Herman si rese conto che c'era qualcosa di più dello stress a turbare suo figlio, decise quindi di non pressarlo e di attendere il momento in cui sarebbe stato pronto per parlargliene.

«Non hai motivo di essere nervoso. È assolutamente normale che tu voglia mantenere privata la tua vita sentimentale,» gli disse, stringendogli la mano.

A quel tocco, Edward si chiese se avesse trascurato qualcosa sul rapporto amichevole con quella che, attualmente, era la sua migliore amica.

Il viaggio verso l'hotel non durò più di mezz'ora, e proseguì in un imbarazzante silenzio.

«Ed, non voglio sembrare indiscreto, ma se qualcosa ti preoccupa, vorrei che tu considerassi l'idea di parlarmene,» disse Herman, una volta arrivati nella stanza del figlio. Lo afferrò per le spalle, guardandolo dritto negli occhi. «Sono tuo padre, puoi dirmi tutto; ed anche se pensi di non avere più bisogno di me, la mia esperienza potrebbe esserti utile.»

«Lo so, ma non c'è niente che mi preoccupi, al momento. Sono stato così concentrato sullo studio e sull'imparare ad essere un buon venditore, che potrei aver dimenticato di vivere la mia vita.»

Andò a sedersi sul letto, abbassando lo sguardo.

«Chiamai mamma perché temevo fosse strano non essere innamorato o attratto da nessuno.» Fece una pausa mentre suo padre prendeva una sedia e si sedeva di fronte a lui. «Lei mi disse che dovevo iniziare a socializzare, e così ho fatto, ma il risultato è stato lo stesso. Quando ho parlato con Sabrina...» si interruppe, incerto che fosse il momento giusto per parlarne o se ce ne sarebbe mai stato uno. «Lei mi disse che forse le mie aspettative erano troppo alte e che non riuscivo a vedere cosa accadeva intorno a me.»

Herman sollevò un sopracciglio. «E?»

«E cosa?»

«Pensi che le tue aspettative siano troppo alte?» chiese Herman, cercando di non ridere. Aveva già capito che quella ragazza aveva un debole per Edward e, dal modo in cui il figlio parlava sempre di lei, i suoi sentimenti erano, probabilmente, corrisposti.

Edward si strinse nelle spalle, voltandosi per guardare il padre negli occhi. «Non lo so. Mi sento vuoto come una conchiglia sulla spiaggia.»

«Immagino che un giorno lo capirai, in un modo o nell'altro. Tua madre ha ragione, devi vivere la tua vita prima di pensare al lavoro o alla scuola. Sono entrambi importanti, ma sono semplicemente un modo per pagare le bollette.»

«Non so cosa fare della mia vita. Sono così confuso, mi hai chiesto perché io non parli di nessun'altra oltre Sabrina... E se mi sentissi attratto da lei? Come dovrei comportarmi?»

Herman ridacchiò e accarezzò la gamba di Edward. «Si chiama crescere. Lo capirai, non ti preoccupare. E se questa tua amica fosse il motivo del tuo turbamento interiore, penso che non dovresti soffocare i tuoi sentimenti.»

Edward chiuse gli occhi, prendendo un profondo respiro. "Forse papà ha ragione. Possibile che mentre aspettavo che succedesse qualcosa come nei film, non mi sono reso conto dei sentimenti che provavo per lei?"

Riaprendo gli occhi, vide il sorriso di suo padre. «Vorrei che ci fosse un modo per capirmi, una sorta di formula matematica.»

Per alcuni minuti, entrambi rimasero in silenzio. Edward si sentì sollevato pensando a Sabrina, ed un debole sorriso increspò le sue labbra.

Herman guardò il suo orologio. «Che ne dici di prepararti? L'asta inizierà tra tre ore, ma vorrei essere lì almeno un'ora prima per avere la possibilità di guardare gli articoli che saranno battuti stasera. Forse riesco a trovare anche qualcos'altro, oltre a quello per il quale sono venuto.»

Detto questo, aiutò suo figlio ad alzarsi. «Grazie, papà, avrei dovuto parlarti prima dei miei dubbi. Se non ti dispiace, faccio una doccia e mi cambio.»

«Certo,» concordò Herman. «Ci vediamo al piano disotto nella hall?»

Edward aprì lo zaino e ci pensò un attimo. «Non mi ci vorranno più di quindici minuti per prepararmi. Puoi anche aspettarmi qui, se vuoi.»

Herman si sedette sul divano vicino alla finestra. «Va bene. C'è una splendida vista da qui.»

**

Quel sabato pomeriggio, Sabrina stava per uscire dal suo appartamento, quando lo squillo del telefono, la fece trasalire. Non aveva preso appuntamenti con i compagni di corso, quindi non poteva essere uno di loro a chiamarla.

Non riconobbe il numero, tuttavia rispose. «Pronto.»

«Oh, ciao. Sono Jeff, spero di non disturbarti.»

Al suono di quella voce, il sangue le si gelò nelle vene.

Sebbene senza un motivo concreto, una paura irrazionale si impossessò di lei.

«Ciao, Jeff. Sto andando alla fermata dell'autobus, che succede?» rispose, mentendo circa il luogo dove si trovava e ripromettendosi di dare un pugno in faccia a Edward, non appena ne avesse avuto la possibilità. "Non lo perdonerò mai per avermi trasmesso la sua paranoia."

«Mi chiedevo se avresti incontrato i ragazzi al pub, più tardi. Non ho nulla in programma stasera, quindi ho pensato che avremmo potuto andare insieme.» La voce di Jeff sembrava calma, come al solito, ma a causa dell'esperimento che stava conducendo con Edward, Sabrina era più attenta ad ogni minima variazione del suo comportamento. Il tremore nella sua voce suggeriva che fosse leggermente ubriaco, o irritato. In ogni caso, Sabrina non intendeva verificarlo personalmente.

«No, ho già altri piani. Mi dispiace,» rispose, cercando di mantenere la voce ferma.

«Oh, e sai se Edward andrà al pub?» proseguì. «Non lo vedo da giorni.»

«È a Berlino con suo padre. Dovrebbe tornare domani pomeriggio, credo.»

Jeff mugugnò.

«Se hai bisogno di lui, puoi provare a chiamarlo,» propose, pronta a riagganciare e andarsene.

«Non importa, stavo semplicemente chiedendomi se voi due vi sareste uniti a noi al pub, tutto qui,» rispose. «Evidentemente, entrambi avete altri piani per il fine settimana, quindi ci vediamo lunedì.»

«Sì, certo. Buon divertimento,» rispose Sabrina, uscendo dall'appartamento.

Non fece in tempo a rimettere il telefono nella borsa e chiudere la porta che qualcuno l'afferrò da dietro, tenendole le braccia abbassate, rendendole impossibile qualsiasi movimento.

Il suo cuore batteva furiosamente, temette di essere vittima di un ladro o di un maniaco.

«Cosa vuoi da me? Non ho soldi.» La sua voce tremava e la sua mente cercava disperatamente un modo per sfuggire alla presa.

Questi tirò fuori una corda, ed in pochi secondi le legò le braccia dietro la schiena. Dal modo in cui il corpo dell'aggressore premeva contro il suo, Sabrina intuì che doveva essere alto e ben piazzato.

Senza dire una parola, la spinse dentro il suo appartamento. Afferrò la sedia dalla scrivania e la costrinse a sedersi, legandola strettamente ad essa.

103

Poi si mise di fronte a lei, rivelando la sua identità.

«Dovresti sapere che dire bugie è peccato,» esclamò Jeff, estraendo un coltello dalla tasca dei suoi jeans.

Sabrina avrebbe voluto urlare ed attirare l'attenzione di tutto l'edificio, ma il suo cuore batteva così velocemente che ogni parola le restava in gola.

«Dov'è il tuo amico?» le chiese Jeff, con un sogghigno.

Raccogliendo tutte le sue forze, Sabrina cercò di rispondere. «Te l'ho detto, è a Berlino con suo padre,» bisbigliò.

Jeff si avvicinò e la schiaffeggiò. «Non mentirmi!» La sua voce era furiosa e gli occhi di Sabrina si riempirono di lacrime di paura.

«No, è la verità,» singhiozzò. «Perché non lo chiami?»

«Lo chiamerò, e se ha a cuore la tua vita, dovrà sbrigarsi. La mia pazienza ha un limite.» La sua voce tradiva la sua paura e disperazione.

Con mani tremanti, estrasse il cellulare dalla tasca, scattò una foto a Sabrina e la inviò al numero di Edward.

Capitolo 10

«È un peccato avere avuto solo questi tre giorni per stare insieme,» si lamentò Edward, mentre con il padre si dirigeva verso la porta di Brandeburgo.

Herman prese un profondo respiro; anche lui avrebbe voluto passare più tempo con il figlio. «Anche se tra pochi mesi tornerai a casa per le vacanze, mi dispiace comunque lasciarti. E ricordati che, finché rimarrai sulla retta via, tua madre ed io non giudicheremo mai le tue scelte.»

L'incontro con il detective Lindström lo aveva fatto riflettere sul concetto della parola *onesto*. "È eticamente corretto definire tale il commercio dei gioielli maledetti? Sebbene i miei clienti siano pienamente consapevoli delle storie sanguinose che tali oggetti si portano appresso, ed il commercio delle pietre preziose abbia sempre un lato oscuro, non credo che tale aggettivo si possa usare per definirlo."

«Papà, sei preoccupato? Hai qualche problema?» gli chiese Edward, notando la sua fronte corrugata.

Con un leggero scatto, Herman si voltò verso suo figlio. «Oh, no,» rispose, rilassando la sua espressione.

«Stavo solo riflettendo sugli articoli che mi sono aggiudicato all'asta e mi chiedevo se potessero interessare un cliente che venne in negozio la scorsa settimana.»

Era chiaramente una bugia, e odiava mentire alla sua famiglia ma, in quel caso, era un male necessario.

«Probabilmente, il nonno ti spiegò i vari aspetti relativi al commercio di pietre e gioielli con un passato particolare, ed immagino ti abbia parlato anche del profondo conflitto emotivo che questo comporta...» esordì, ma fu interrotto dal *bip* di un messaggio in arrivo sul cellulare del figlio.

«Aspetta un momento,» disse Edward, recuperandolo dalla tasca della giacca.

Appena aprì il messaggio, il sorriso che aveva sul viso svanì repentinamente, ed i suoi lineamenti delicati si irrigidirono come fossero di pietra.

Il suo cuore prese a battere furiosamente, allentò la presa del telefono che cadde a terra. Avrebbe voluto urlare, ma il suo corpo era come congelato, mentre migliaia di pensieri affollavano la sua mente, rendendolo incapace di qualsiasi reazione.

Herman lo guardò, confuso e al tempo stesso preoccupato dalla sua brusca trasformazione. Raccolse il telefono che mostrava ancora l'immagine che aveva sconvolto suo figlio.

Una giovane donna era legata ad una sedia. Gli occhi, trasfigurati dall'orrore, imploravano aiuto, mentre il volto era imbrattato dal sangue che le fuoriusciva dal naso. *Vuoi che la tua amica sopravviva stasera? Vieni nel suo appartamento, il motivo lo conosci!* recitava il messaggio.

«Edward!» disse con un filo di voce. «Che significa?» chiese; apparentemente, non era l'unico ad avere dei segreti.

Senza rispondere, afferrò il telefono dalla mano di suo padre e guardò l'immagine ancora una volta. Con espressione piena di rabbia, compose il numero di Jeff.

«Quindi, hai deciso di rispondere al mio messaggio,» disse questi, con un ghigno.

«Cosa vuoi?» La sua voce era calma, ma riecheggiava per la strada.

«Voglio che tu venga qui, immediatamente. Il tuo ciondolo mi ha maledetto e devi portarlo via!» Edward comprese che le sue peggiori paure si erano avverate. Jeff sembrava un pazzo, disperato e pronto a tutto pur di riavere la sua vecchia vita indietro.

«Jeff, sono a Berlino con mio padre. Prenderò il primo aereo per raggiungerti e sistemeremo tutto. Non c'è bisogno che tu perda la calma,» gli rispose, in un disperato tentativo di controllare la situazione.

«La mia vita è rovinata ed il tuo ciondolo ne è la causa! Devi venire qui!» Gli occhi di Jeff erano pieni di lacrime e, anche se Edward non poteva vederle, le sentiva scorrere attraverso il suo cuore e prese un profondo respiro carico d'angoscia.

«Prenderò il primo volo, ma non riuscirò ad essere lì prima di stasera. Per favore, lasciala andare e aspettami. Risolveremo questo problema, te lo prometto.»

Jeff rifletté sulla proposta di Edward per alcuni istanti. «Va bene,» accettò, con voce febbrile. «Prometto che non succederà nulla a Sabrina se raggiungerai il suo appartamento entro stasera prima di mezzanotte. Non mettere alla prova la mia pazienza!» Quindi, interruppe la comunicazione e spense il telefono.

Edward rimase immobile per alcuni lunghissimi istanti, poi guardò suo padre. «Ha preso Sabrina. Devo partire subito, o potrebbe...»

Herman strinse suo figlio a sé. Non aveva chiaro cosa stesse succedendo, ma avrebbe voluto essergli d'aiuto.

Edward si staccò da quell'abbraccio, cercando di ragionare. «Non ho tempo per spiegarti. Devo sbrigarmi e prendere il primo volo per Londra. Mi dispiace.»

«Non hai bisogno di scusarti. Verrò con te, così avremo modo di parlarne,» rispose Herman, mentre correvano verso l'hotel.

Raggiunsero l'aeroporto ed acquistarono i biglietti per il volo per Londra che sarebbe partito di lì a due ore, senza scambiarsi una parola.

«È una lunga attesa, ma dovremmo arrivare in tempo per salvare Sabrina,» disse Edward, portandosi le mani al volto, incapace di pensare lucidamente.

«Allora hai abbastanza tempo per spiegarmi cosa sta succedendo. Chi è questo ragazzo, e perché sta minacciando la tua amica?» La voce severa di suo padre lo riportò indietro a quando era bambino e lui lo rimproverava per qualche marachella.

Con un cenno del capo, Edward scelse una panchina isolata nel terminal e si sedette. Si tirò indietro i capelli, cercando di riprendere il controllo di sé.

«Tutto è iniziato mentre frequentavo il corso di psicologia del professor McGillis,» iniziò a raccontare.

«Mi affascinavano le sue lezioni sulla manipolazione psicologica e sul potere della suggestione,» continuò, vagando con lo sguardo per il terminal, evitando di incrociare quello di suo padre.

«Sabrina ed io condividiamo l'interesse per le maledizioni. Nessuno dei due ci crede, ma sappiamo che la superstizione può alterare la percezione della realtà in chi le considera qualcosa di reale. Nello stesso modo in cui un portafortuna viene associato alla buona sorte, spingendo chi lo possiede a compiere scelte giuste, un oggetto maledetto lo si collega alla mala sorte, che conduce il proprietario verso scelte auto-distruttive.»

Herman lo ascoltava in silenzio. Più Edward parlava del suo interesse per gli oggetti particolari che venivano venduti in negozio, più si rendeva conto quanto assomigliasse a suo padre. Le sue spalle si irrigidirono.

«Per mettere alla prova questa teoria, acquistammo un oggetto in un negozio di antiquariato ed inventammo una storia che lo vedeva protagonista di una maledizione che aveva fatto sì che tutti i precedenti proprietari subissero una fine tragica. Con l'aiuto del fratello di Sabrina, esperto di informatica, facemmo circolare alcune notizie false su questo oggetto e la sua maledizione in un gruppo di studenti del corso di gioielleria.» Frugò in una delle sue tasche ed estrasse un piccolo ciondolo blu. «Ne comprai due perché mi sembrarono pezzi interessanti.»

Herman prese il gioiello in mano e lo scrutò in silenzio, in attesa che Edward finisse di raccontare.

«Jeff rimase incuriosito dall'oggetto e dalla storia della maledizione e mi chiese di venderglielo. Il nostro esperimento prevedeva di seguirlo per controllare cosa gli succedesse e come reagisse.»

Fece una breve pausa per controllare l'ora, senza poter fare a meno di chiedersi come stesse Sabrina e se Jeff stesse mantenendo la promessa di non farle del male.

Con un sospiro, continuò a raccontare come il ragazzo avesse iniziato ad avere problemi negli studi e a reagire negativamente. Al termine, trovò finalmente il coraggio di guardare suo padre. «Non mi sono mai sentito così in colpa in tutta la mia vita. Non intendevo fare del male. Non so come comportarmi.»

Herman chiuse gli occhi. «Era questo il legame emotivo di cui ti stavo parlando,» disse. «La nostra famiglia ha sempre trattato questo tipo di oggetti, ma, come hai visto, raramente c'è un lieto fine. Non è d'aiuto sapere che coloro che acquistarono pietre maledette nel nostro negozio sapevano benissimo cosa stessero portando a casa; rimane il fatto che, vendendogliele, diedi loro quello che li avrebbe condotti al suicidio, all'omicidio, o alla rovina finanziaria...»

Gli occhi di Edward brillavano di lacrime che riusciva a malapena a contenere. «Perché non me ne hai mai parlato?»

Herman si voltò a guardare suo figlio. «Sembrava che tu avessi già fatto la tua scelta. Seguendo il tuo istinto, guidato dal destino, hai seguito lo stesso percorso tracciato da tuo nonno e dalle generazioni prima di lui. È nel tuo DNA, e continuerebbe a esserci anche se decidessi di abbandonare quel commercio.»

Suo padre aveva ragione, era pericolosamente attratto dalla zona grigia dove l'attività era legalmente corretta ma moralmente dubbia. Si prese un po' di tempo per rifletterci. Se Sabrina non fosse stata così profondamente coinvolta, non l'avrebbe considerato sbagliato.

"Forse papà ha ragione. Assomiglio a mio nonno?" si chiese, guardando Herman, prima di tornare a fissare il pavimento.

«Quello di cui ho bisogno più di ogni altra cosa è assicurarmi che Sabrina stia bene. Anche se sapeva in cosa ci stessimo cacciando, temo che entrambi abbiamo sottovalutato le possibili conseguenze,» borbottò tra sé, chiedendosi se, da quel momento in poi, sarebbe stato più sicuro tenere le relazioni personali separate dagli affari.

«In che modo il nonno è riuscito a mantenere te e la nonna vivi e al sicuro? E tu?»

Herman sorrise, avvicinandoglisi. «Al nostro livello, non c'è alcun rischio per le nostre famiglie. Quando venderai il tuo primo gioiello, dovrai chiarirne l'origine, la storia e la possibilità che la maledizione esista. Puoi metterlo come uno scherzo, ma non dimenticare mai di menzionarlo. Finora, nessuno è mai tornato al negozio minacciando la mia famiglia o me per averlo maledetto.»

Edward si rilassò. La chiacchierata con suo padre gli aveva fatto capire che Jeff stava agendo in preda alla disperazione. "Se gli offrissi il mio sostegno per rimettersi in piedi, magari potrebbe perdonarmi.

Ovviamente, non ho alcuna intenzione di rivelargli che si è trattato di un esperimento e che la maledizione non è mai esistita."

Alla fine, si imbarcarono e, nel giro di un'ora, lasciarono la Germania.

«Quali sono i tuoi piani?» chiese a suo padre, mentre sedevano uno accanto all'altro.

«Accompagnarti a Londra e cambiare il volo con quello successivo per New York. Non ho intenzione di venire con te. Tuttavia, ti suggerisco di chiamare la polizia; questo Jeff potrebbe essere pericoloso e rappresentare una minaccia per la vita di Sabrina e la tua,» gli consigliò Herman, pronto ad aiutare suo figlio nel caso in cui lo avesse chiesto.

Scuotendo la testa, guardò fuori dal finestrino. L'aereo era decollato ed il suolo si allontanava sempre più. «Se la polizia venisse coinvolta, la vita di Jeff sarebbe sicuramente rovinata. In parte, mi sento responsabile dei suoi problemi, quindi credo sia mio dovere cercare di aiutarlo con quella che considera una maledizione. Sono sicuro che starò bene, così come Sabrina.»

"Jeff non è un assassino. Sono pronto a scommetterci la vita. Non prenderà in considerazione l'idea di ucciderla, nemmeno per un momento."

***

Erano circa le otto di sera quando Edward raggiunse l'appartamento di Sabrina. La porta era stata lasciata socchiusa, in attesa del suo arrivo.

Il suo cuore riprese a battere velocemente. Aveva la bocca secca e le sue guance erano bagnate di lacrime. Chiuse gli occhi e inspirò profondamente, poi trattenne il respiro fino a quando il cuore il suo battito tornò regolare.

Aprì gli occhi e si avvicinò alla porta, aprendola con un piede. Non sapeva se fosse una trappola, né cosa aspettarsi una volta entrato nell'appartamento; quindi, cercò di prendere tutte le precauzioni che poteva.

Appena entrato sentì un gemito soffocato e vide Sabrina che singhiozzava disperatamente attraverso il bavaglio che Jeff le aveva infilato in bocca. Il cuore di Edward sembrò fermarsi alla vista della sua migliore amica con il viso incrostato di sangue secco e gli occhi gonfi di lacrime.

Accanto a lei, seduto su una sedia, c'era Jeff con in mano un coltello. La sua bocca si contraeva nervosamente, mentre i suoi occhi fissavano la porta, persi nel nulla. Aveva lo sguardo furioso di un uomo che sapeva di non avere più nulla da perdere ed era pronto a tutto.

Non appena lo vide entrare nella stanza, ebbe un sussulto e puntò il coltello alla gola di Sabrina.

«Chiudi la porta!» ordinò.

Edward obbedì. Fece un cenno quasi impercettibile a Sabrina per farle capire che aveva la situazione sotto controllo, e presto tutto sarebbe finito.

«Ho mantenuto la mia promessa, ora tocca a te, lasciala andare,» disse, mantenendo la voce ferma.

Jeff scosse la testa. «Prima devi togliermi la maledizione.»

«Come? Non capisci, Jeff, la maledizione è un imbroglio.»

Con una mossa rapida, Jeff affondò il coltello sul ripiano della scrivania, mentre Sabrina sobbalzò, gemendo attraverso il bavaglio. «Allora perché la mia vita sta andando in malora? Perché sto precipitando verso il fondo ogni giorno di più!?» Urlò come un pazzo.

«Sei stato bocciato a quei due esami perché non avevi studiato abbastanza. Sei andato in giro per locali quasi ogni sera, e la gioielleria richiede precisione. Ci vogliono nervi d'acciaio e mani ferme, che sicuramente non puoi avere dopo una notte di bagordi,» lo rimproverò. «Ma sono pronto ad aiutarti. Che ne dici se ti restituisco i soldi e mi riprendo il ciondolo? Questo allontanerà la maledizione da te e potrai riavere la tua vita.»

Jeff riprese il coltello e lo puntò nuovamente alla gola di Sabrina. «Sono già condannato!»

«Per favore, non puoi volere questo! Non sei maledetto, ma lo sarai se la uccidi.» Si sfilò il portafoglio dalla tasca e ne estrasse settanta sterline. «Ecco, questi sono i soldi che mi hai dato.»

Fece alcuni passi ed appoggiò le banconote sul tavolo. «Hai il ciondolo con te?»

Jeff diede un'occhiata ai soldi e annuì.

«Perfetto. Ora appoggia il coltello sul pavimento e metti il ciondolo sul tavolo,» disse, scandendo le parole per tranquillizzarlo.

Jeff esitò. Non voleva uccidere nessuno, ma si sentiva senza speranza.

«Uomini disperati compiono azioni disperate,» sussurrò, iniziando a prendere in considerazione la proposta di Edward.

Guardò Sabrina, che continuava a singhiozzare. Quindi, scuotendo la testa, lasciò cadere il coltello a terra, frugò nelle sue tasche e, con un profondo respiro, appoggiò il ciondolo sul tavolo.

«Ora, prendi i soldi e esci da questo appartamento. Andrà tutto bene. Se hai bisogno di aiuto, puoi contare su di noi. Ricorda, riga dritto e niente più serate selvagge,» suggerì, aprendogli la porta.

Jeff si guardò intorno confuso, ma non appena ebbe la possibilità di fuggire, afferrò i soldi e corse fuori dall'appartamento.

Il rumore della porta sbattuta fece crollare a terra Edward, ormai privo di forze. Alzò gli occhi verso Sabrina e capì che il suo lavoro era ben lungi dall'essere concluso. Era terrorizzata e le ci sarebbe voluto del tempo per riprendersi.

Si affrettò a liberarla e a toglierle il bavaglio dalla bocca.

«Sabrina...» le sussurrò dolcemente, tenendola stretta.

Spaventati, ma al contempo sollevati, si lasciarono cadere sul pavimento, scoppiando in un pianto liberatorio. Ci vollero alcuni lunghi minuti prima che i loro singhiozzi si placassero. Abbracciati, in silenzio, capirono di essere al sicuro e che, da quel momento in poi, tutto sarebbe andato bene.

Sabrina sospirò, guardando Edward negli occhi. Finalmente, le loro labbra si toccarono. Fu chiaro ad entrambi che i loro sentimenti andavano ben oltre la semplice amicizia e che appartenevano l'un l'altra.

Con movimenti incerti, Edward tirò delicatamente verso l'alto la camicetta di Sabrina, per poterne accarezzare la pelle; quindi, entrambi si lasciarono guidare dalla passione, alla scoperta dei loro corpi. Lentamente, la paura lasciò il posto a quei sentimenti che, forse troppo a lungo, avevano ignorato. Si alzarono dal pavimento, guardandosi negli occhi. Sabrina arrossì e, afferrando la propria camicia, nascose il viso contro il petto di Edward, inalando la fragranza della sua colonia.

Con un movimento improvviso, Edward la prese tra le braccia e si diresse verso la camera. Nella semi-oscurità della stanza, la distese delicatamente sul letto e si sdraiò accanto a lei.

Senza alcuna fretta, si baciarono ed accarezzarono a lungo, liberando lentamente i loro corpi dai vestiti, per trovare quel contatto intimo che avrebbe lenito e guarito le loro ferite. Abbracciati, sotto le lenzuola, le loro anime comunicavano attraverso le labbra e le loro mani.

«Non lasciarmi sola,» sussurrò, Sabrina.

«Mai...» le bisbigliò Edward all'orecchio, mentre brividi freddi gli correvano lungo la schiena. La chiacchierata con suo padre era arrivata al momento giusto. «Non ti lascerò andare per nessuna ragione al mondo. Rimarrò al tuo fianco per il resto della mia vita: voglio che tu venga con me per gestire insieme l'azienda di famiglia. Possiamo essere una coppia perfetta.»

Sabrina lo guardò, aggrottando la fronte, mentre le sue labbra tremavano al ricordo di quanto passato con Jeff. Era un'esperienza che non intendeva ripetere per nessuna ragione al mondo. Ma mentre si perdeva nei suoi occhi marroni, fu sicura che Edward avrebbe fatto in modo che non succedesse niente ad alcuno dei due. Non era una decisione facile e, una volta presa, non sarebbe stato possibile tornare indietro.

«Non lascerò che nulla di simile accada di nuovo, te lo prometto,» sussurrò, intuendo i dubbi che avevano preso possesso del cuore di Sabrina.

Lei si strinse a Edward. «L'unico posto sulla Terra in cui desidero essere è tra le tue braccia.»

«È un sì?»

Con un sorriso sul volto, annuì. «Sì.»

Capitolo 11

Un anno dopo

In una bella mattina di primavera, Edward e Sabrina atterrarono all'aeroporto internazionale JFK di New York.

Con passo svelto ed ampi sorrisi sui loro volti, andavano incontro ai mesi frenetici che li aspettavano. Seppur con ancora molte incertezze su come gestirla, erano elettrizzati dall'idea di prendere le redini della Gioielleria Sherwood.

«È una grande responsabilità rilevare un'attività con più di due secoli di storia. Dovremo fidelizzare la clientela, ed ampliarla per quanto possibile,» rifletté Sabrina, quando raggiunsero il ritiro bagagli.

Mordendosi le labbra, Edward si guardò intorno, osservando l'ambiente familiare dell'aeroporto. «Non saremo soli,» la rassicurò, stringendole la mano nella sua. «Papà ha promesso di affiancarci per un anno prima di andare in pensione, e sono più che sicuro che ci terrà d'occhio per il resto della sua vita. E non dimentichiamoci che mio nonno è ancora vivo, e anche lui sarà una guida preziosa.»

Sabrina non aveva mai immaginato di trasferirsi in un altro continente e di andare a vivere a casa dei *possibili* suoceri, almeno finché non avessero trovato un appartamento tutto per loro. Si chiedeva come avrebbe dovuto comportarsi, se e come quella convivenza avrebbe influenzato il suo rapporto con Edward.

«Che tipi sono tua madre e tuo padre? Non ho mai avuto modo di incontrarli di persona e voglio fare una buona impressione,» chiese, ravviandosi i capelli e irrigidendo i lineamenti del viso; sapeva che la prima impressione sarebbe stata decisiva ed avrebbe fatto la differenza tra un periodo di pace e l'inferno in terra.

«Ti preoccupa dover convivere con loro? Capisco che per te possa essere imbarazzante, ma ti assicuro che sono persone fantastiche che ti ameranno tanto quanto ti amo io. Ti prometto che non sarà per molto tempo e che entro martedì prossimo, in un modo o nell'altro trasloccheremo. Ti fa sentire meglio?» disse, mentre sul nastro cominciarono a scorrere le prime valigie.

Sabrina sorrise, ma cercò di evitare il suo sguardo. Il silenzio cadde su di loro, mentre si allontanavano dal ritiro bagagli. «Non voglio forzare nulla, e non so nemmeno come spiegare i miei sentimenti. Sono felice di incontrare i tuoi genitori e grata per la loro ospitalità. D'altra parte...»

«Ehi, non devi spiegare nulla. Ti capisco, e se fossi al posto tuo, proverei i tuoi stessi sentimenti, ma ti prometto che andrà tutto bene.»

***

«Eccoli!» gridò, concitata Josephine. «Eddy!» lo chiamò, agitando la mano.

Alla vista della madre, Edward abbandonò il suo abituale contegno riservato e, con gli occhi pieni di lacrime di gioia, corse verso i suoi genitori.

«Mamma, papà!» gridò.

Sabrina si tenne in disparte, incerta su come comportarsi. Si sentiva come un'estranea e, guardandoli scambiarsi abbracci e sorrisi, avrebbe voluto essere altrove.

Josephine si voltò verso di lei, intuendone l'imbarazzo.

«E tu devi essere Sabrina,» disse, con un ampio sorriso, raggiungendola ed abbracciandola.

Sabrina non si era aspettata quell'accoglienza calorosa che la fece quasi sentire a disagio. A Londra si sarebbe limitata a stringerle la mano con un formale "Come sta, signora Sherwood?"

Josephine, invece, la teneva stretta come se fosse una figlia.

«Edward ci ha parlato così tanto di te che mi sembra di conoscerti da sempre. Com'è andato il viaggio? Sei stanca?» Quell'impetuoso profluvio di domande fece sentire Sabrina come un bersaglio bombardato, e le sue guance divennero un tutt'uno con i suoi capelli rossi. «Grazie, signora Sherwood. È stato un volo tranquillo. Come sta?»

Anche Herman la raggiunse e notò che era molto più bella della foto che Edward gli aveva mandato. «Josephine ha un carattere piuttosto esuberante, ma ti ci abituerai. Benvenuta in famiglia, Sabrina.»

Si strinsero la mano e, lentamente, Sabrina si rilassò. «Quando Edward parlava di casa, parlava soprattutto dell'attività di famiglia. Sono felice di conoscerla e onorata di lavorare in una rinomata gioielleria come la vostra,» disse con voce tremante, abbassando lo sguardo; avrebbe voluto che il pavimento si spalancasse e la inghiottisse.

Lui sorrise e le appoggiò una mano sulla spalla. «Non devi essere imbarazzata o timida. Non condivideremo solo il lavoro, ma saremo una famiglia e voglio che tu ti senta a casa. Non chiamarmi signor Sherwood, chiamami Herman.»

«Grazie... Herman, apprezzo la tua cordialità,» disse, con l'emozione a serrarle la gola. «Ammetto di essere un po' troppo timida, ma non vorrei che la mia natura introversa fosse scambiata per scortesia.»

Josephine scosse la testa. «Sciocchezze! Comprendiamo i tuoi sentimenti. Sei lontana da casa, in un Paese straniero, circondata da persone che non conosci... ma avremo tutto il tempo per familiarizzare.»

«Andiamo, adesso. Non so voi, ma io sto iniziando ad avere fame,» disse Edward, guardando il suo orologio.

***

Come previsto da Herman e Josephine, furono sufficienti solo pochi giorni perché Sabrina si sentisse completamente a proprio agio con loro; cosicché, quando il martedì successivo lei ed Edward se ne andarono a vivere per conto proprio, per lei fu come lasciare di nuovo la propria famiglia.

Passarono alcune settimane, durante le quali tutto procedette a gonfie vele per la giovane coppia.

L'ingresso nell'attività di Sabrina, con il suo indiscusso talento come creatrice di gioielli, aveva portato Edward a riflettere circa un ampliamento dei servizi della *Gioielleria Sherwood*. Così, quando il proprietario del negozio di tessuti adiacente andò in pensione e mise in vendita il locale, Edward decise di acquistarlo per farne un laboratorio orafo, in modo da offrire ai propri clienti anche la possibilità di avere gioielli unici, creati appositamente per loro.

Un giorno, mentre stava esaminando gli oggetti conservati nella cassaforte, Edward notò un piccolo astuccio nascosto in un angolo in fondo.

«Potresti aver dimenticato un vecchio acquisto,» disse sorridendo, come se stesse parlando a suo padre. Quel ritrovamento risvegliò il bambino dentro di sé che ancora sperava di trovare il tesoro di un pirata. Allungò il braccio e lo afferrò, quindi si avvicinò alla scrivania e lo aprì.

Il sorriso sul suo volto scomparve repentinamente.

Esattamente come l'aveva vista anni prima, adagiata su di una nuvola di velluto scuro, l'indimenticabile lucentezza della più grande perla che avesse mai visto sembrò illuminare la stanza.

«L'*Arcobaleno silenzioso*...» bisbigliò.

Per una frazione di secondo il suo cuore si fermò; fu un tempo tanto breve da essere innocuo, ma abbastanza lungo da soffocargli il respiro in gola.

Appoggiò l'astuccio sulla scrivania, incapace di distogliere lo sguardo da quella magnifica lucentezza che ricordava i colori di un arcobaleno.

"Avremo indietro la perla..."

Le parole del padre risuonarono ancora una volta nella sua mente. «L'abbiamo avuta indietro veramente, ma in che modo?»

Scosse la testa, rifiutandosi di saltare alle conclusioni senza prima aver chiesto spiegazioni a suo padre. Andò verso il negozio dove si trovava Herman che aveva accettato di aiutarlo mentre lui si occupava dell'inventario.

Sbirciò dalla porta e lo vide parlare con un cliente che stava acquistando uno dei pezzi esposti.

I suoi movimenti erano affascinanti come il suo sorriso, ed il tono della voce sicuro ed amichevole. Edward quasi dimenticò perché fosse andato a parlargli.

Se ne ricordò appena il cliente, con un'espressione felice sul volto, se ne andò. Si avvicinò al bancone, determinato ad ottenere risposte a tutte le domande che affollavano la sua mente.

«Oh, non ti ho sentito arrivare,» lo salutò Herman. «Come sta andando nel retrobottega? Hai trovato qualcosa di interessante?» gli chiese, con quello che a Edward sembrò un tono di scherno, come se si fosse aspettato che suo figlio avrebbe trovato la perla e sarebbe andato a chiedergli spiegazioni.

Edward socchiuse gli occhi, cercando di decifrare il comportamento di suo padre. «Effettivamente, sì. Ho trovato qualcosa che non dovrebbe essere affatto qui.»

Le velate accuse di suo figlio lasciarono Herman indifferente.

«Perché la perla che vendesti al signor Milton era all'interno della cassaforte, nascosta in un angolo? Come hai fatto a riaverla indietro?» Il suo tono cominciò ad assomigliare a quello che Herman avrebbe usato per rimproverarlo.

Con un cenno del capo, il padre si allontanò dal bancone e si diresse verso la stanza dove Sabrina stava lavorando. Edward lo seguì, chiedendosi cosa avesse in mente.

«Sabrina, ho bisogno di parlare con mio figlio. Potresti, per favore, occuparti del negozio?» chiese, con voce tranquilla.

Lei sollevò lo sguardo dal braccialetto su cui stava lavorando e, annuendo, si alzò dalla sedia. «Certo, è nei guai?» chiese ridendo, mentre un'espressione severa irrigidì i lineamenti di Herman.

«Temo che questa volta sia io ad esserlo, ma non è niente di grave,» rispose, guidandola verso il negozio.

Edward e Sabrina si scambiarono uno sguardo veloce senza dire una parola. Lei non aveva mai visto il suo fidanzato con un'espressione così cupa, e si chiese cosa l'avesse fatto infuriare.

Le narici di Edward erano dilatate e l'angolo della sua bocca si contraeva nervosamente, segno che stava facendo uno sforzo enorme per trattenersi dall'esplodere.

Si avvicinò alla scrivania, con il piccolo astuccio in mano, guardando suo padre. «Adesso mi devi spiegare perché la perla, misteriosamente scomparsa dopo la morte del signor Milton, sia qui. Sono sicuro che non c'è una storia limpida dietro la sua presenza nella cassaforte.»

«Beh, ti sbagli. E adesso ti spiego il perché.»

Herman si sedette sul divano e invitò suo figlio a fare lo stesso. Quando furono entrambi comodamente seduti, iniziò il suo racconto.

«Un giorno, mi chiedesti cosa sarebbe successo se la maledizione fosse stata reale e fosse successo qualcosa al signor Milton. Ti ricordi?» chiese Herman, più che certo che suo figlio lo ricordasse.

«Sì, e ad essere onesti, ci ho pensato spesso da allora,» rispose. «Mi dicesti che, in quel caso, avremmo riavuto la perla. Quella risposta mi sconcertò a tal punto che non ho mai smesso di pensarci.»

Herman guardò l'orologio e si diresse verso l'armadietto dove conservava il whisky che offriva ai migliori clienti.

«Pochi giorni dopo l'incidente, un giovane arrivò in negozio, presentandosi come Robert Milton, il figlio maggiore di Jason Milton. Ciò che avevano ereditato dal padre erano per lo più debiti che non erano in grado di pagare.» Versò del whisky in due bicchieri e tornò sul divano, offrendone uno a Edward.

«Secondo la sua storia, il padre aveva stipulato una generosa assicurazione sulla vita, il cui premio avrebbe potuto salvare ogni membro della loro famiglia dalla rovina. Dal momento che le indagini avevano sollevato dei dubbi circa la dinamica dell'incidente, la compagnia assicurativa si rifiutava di pagare fino a quando non avesse ricevuto il rapporto dalla polizia.»

Herman sorseggiò il whisky, chiudendo gli occhi per ricordare.

«Vendere la perla era l'unica possibilità di risolvere tutti i loro problemi. Se fosse scomparsa facendo ipotizzare un furto, gli investigatori avrebbero seguito la pista dell'omicidio, invece di dichiarare la morte un suicidio. Per questo motivo, Robert mi chiese di comprare ufficiosamente la perla; nessuna ricevuta, nessuna prova.»

Edward era sbalordito, non riusciva a credere a quella storia. «Quindi, l'hai riacquistata? Ma se hai pagato in contanti...»

«Il prezzo non era alto. Ho riacquistato la perla per tutto quello che potevo raccogliere: cinquemila dollari in contanti, più altri cinquemila dollari in oro.»

Edward rimase senza fiato. «La vendesti per mezzo milione!»

«Sì, ma sapevo che non avrei potuto spendere molto di più senza far registrare un movimento di contanti. Se mezzo milione fosse scomparso dal mio conto nello stesso momento in cui si persero le tracce della perla, la cosa avrebbe destato sospetto. Soprattutto, perché la polizia venne anche qui a fare domande,» cercò di giustificarsi.

«La polizia sospettò di te? Non ci posso credere!»

«Solamente per un paio di giorni, e ne sono uscito completamente pulito. Ma se avessero controllato i miei conti e trovato un prelievo di mezzo milione senza giustificazione, allora sì che mi sarei trovato in guai seri, insieme al figlio del signor Milton,» disse, sorseggiando il suo whisky; in quel momento. ne aveva decisamente bisogno.

«Qual è il tuo piano, allora? Non puoi venderla. La perla è considerata rubata...»

«Sottovaluti il tuo vecchio e dimentichi che c'è un altro membro della nostra famiglia ancora ufficiosamente attivo nel commercio di pietre maledette, tuo nonno. Questo è il motivo per cui hai ancora bisogno della nostra guida in questa attività; devi conoscere la nostra rete e capire come funziona.» Herman appoggiò il bicchiere vuoto sul tavolo di fronte a lui, quindi, con movimenti lenti, tornò a sedersi sul divano e guardò suo figlio.

«La perla deve essere rimessa sul mercato, ma dobbiamo aspettare un po' di tempo. Consegnerò la perla a uno dei nostri fidati collaboratori esterni. La venderà un paio di volte per confondere le tracce, quindi, riapparirà in un'asta da qualche parte, ed io ne trarrò profitto.»

Edward ebbe bisogno di una lunga pausa per comprendere il racconto del padre. Finì di sorseggiare il whisky e si mise più comodo sul divano, facendo rotolare il bicchiere tra le dita.

«Sabrina non dovrà mai sapere niente di tutto questo,» disse, infine, voltandosi verso il padre. «Direi che è arrivato il momento che tu mi faccia partecipe di tutti i tuoi contatti d'affari e delle reti di collaboratori. Qui non si tratta di gestire un negozio, siamo al limite della legalità. Se questi limiti devono essere infranti, allora devo conoscere tutte le implicazioni.»

«Sei come tuo nonno,» disse Herman, con un sorriso amaro.

«Hai preso in considerazione l'ipotesi di riacquistarla? Perché non massimizzare il profitto?»

«Non diventare mai troppo avido,» gli consigliò, con un sospiro.

Capitolo 12

Per il resto della giornata, Herman non riuscì a pensare ad altro che non riguardasse la conversazione avuta con il figlio.

Edward era sempre stato coraggioso e curioso, esattamente come suo nonno le cui azioni avevano spesso valicato i confini della moralità e della legalità. Addirittura, c'erano state volte in cui Herman aveva temuto che il padre avesse definitivamente compromesso la reputazione dell'azienda di famiglia. Ciò nonostante, il suo fascino e la sua abilità gli avevano sempre permesso di uscire indenne e con la fedina penale pulita da ogni situazione.

Decise di chiamarlo, per chiedergli consiglio.

***

Era quasi ora di pranzo, e da solo nel retrobottega, Edward prese nuovamente la perla tra le mani. «Non sarai inclusa nell'inventario, amica mia. C'è un posto migliore che ti aspetta, purtroppo non è questo,» bisbigliò.

Rimase in estatica contemplazione di quella meraviglia della natura per alcuni minuti, rigirandola tra le dita. «Indipendentemente dalla storia sanguinaria di oggetti come questo, ci sono persone disposte a pagare mezzo milione per possederli. I desideri umani sono il mistero più grande ed io ne trarrò profitto.»

«Wow!» esclamò Sabrina, avvicinandosi. «Questa è la perla più grande che abbia mai visto!»

Còlto di sorpresa, Edward si voltò di scatto, indeciso su cosa dire.

«Ehm, sì... mio padre l'ha acquistata di recente, ma è già stata prenotata. La porterà con sé questa sera,» borbottò, cercando di trovare velocemente una scusa per metterla via.

«Posso darle un'occhiata?» chiese Sabrina, allungando la mano per poterla osservare da vicino.

Edward sorrise, imbarazzato. "Potrebbe insospettirsi se glielo impedissi," pensò, e con un movimento incerto, le porse il piccolo astuccio.

Sabrina si avvicinò alla finestra per poterla esaminare alla luce del sole. «Non ho mai visto niente di simile,» mormorò. «La sua iridescenza la fa sembrare quasi viva.»

Si voltò a guardare Edward. «Quanto l'ha pagata il cliente? Immagino sia stato un importo a sei cifre...»

«Non lo sappiamo ancora,» intervenne Herman, entrando nel retrobottega. «Ho intenzione di portarlo ad una casa d'aste, ma potrebbe volerci del tempo prima che sia messa in vendita.»

Edward si chiese perché suo padre avesse lasciato il negozio. Poi, dando un'occhiata all'orologio, si rese conto che era già ora di pranzo.

Annuendo, Sabrina ripose la perla nel suo astuccio, continuando ad ammirarla. «Dal momento che Edward mi ha detto che era stata prenotata, ho dato per scontato che un cliente l'avesse acquistata.»

Herman sorrise. «Quando diciamo che un pezzo è prenotato, intendiamo dire che non lo metteremo in vendita in negozio, ma che sarà consegnato ad una casa d'aste.»

Sabrina annuì, apparentemente soddisfatta della spiegazione.

«La porterò con me questa sera, e domani incontrerò i rappresentanti di una casa d'aste di Hong Kong,» continuò Herman. «Prenderanno in consegna la perla e aspetteranno la prossima asta disponibile. Questo è il modo migliore per massimizzare il profitto.»

Quindi, prese l'astuccio e lo mise con cura in una delle sue tasche, poi fece per andarsene; ma quando fu quasi alla porta, si voltò verso il figlio.

«Edward, stasera, dopo la chiusura, il nonno ed io vorremmo parlarti. Crediamo sia giunto il momento che tu conosca i nostri collaboratori ed i rappresentanti che abbiamo all'estero,» disse Herman. Senza aspettare alcuna risposta, uscì e si diresse verso il caffè all'angolo.

«Immagino che anche noi dovremmo andare a mangiare, che ne dici?» chiese Edward, voltandosi verso Sabrina.

«Certo,» rispose, con una punta di esitazione. «Chiudo il laboratorio e andiamo.»

***

La sera, dopo che Sabrina ebbe lasciato il negozio per tornare a casa, Edward chiuse le porte e si ritirò nella stanza sul retro con suo padre e suo nonno.

«È bello vedere di nuovo tutta la famiglia riunita,» esordì Samuel, quando furono tutti seduti. «Da quanto mi ha detto Herman questa mattina al telefono, hai trovato la perla prima che lui trovasse il modo di parlarti dettagliatamente di cosa c'è dietro il commercio delle pietre maledette. Quindi, ancora una volta, mi tocca intervenire.»

«Papà, questo non è il momento...» protestò Herman.

Samuel alzò solennemente la mano, fulminandolo con lo sguardo. «Invece, è proprio il momento, visto che mi hai chiamato per sistemare i tuoi errori.»

Voltandosi verso Edward, continuò. «Spero tu non abbia dimenticato ciò che ti insegnai sul commercio dei gioielli maledetti. Si opera in una zona grigia dove il confine tra legalità e illegalità non è chiaro e definito, e spesso l'una si fonde nell'altra e la moralità svanisce. Non siamo un'organizzazione di beneficenza, ma non necessariamente perseguiamo questa attività per fare soldi. La maggior parte delle volte, seguiamo il percorso degli oggetti maledetti per il brivido e l'eccitazione che questa ricerca ci procura, oltre che per l'incantesimo che questi esercitano su tutti noi. Tuttavia, ora ho bisogno di sentire dalla tua viva voce ed in tutta onestà, qual è la ragione che ti spinge a voler trattare i gioielli maledetti.»

Edward annuì. «Devo ammettere che quando mi trasferii a Londra ed iniziai a seguire un corso di psicologia, il mio interesse per le maledizioni aumentò.» Cercando qualcosa nelle sue tasche, ne estrasse il vecchio ciondolo che suo nonno gli aveva dato quando era ancora un adolescente. «Ci sentiamo più sicuri di noi stessi, più coraggiosi e agiamo in modo più riflessivo quando abbiamo un portafortuna. Allo stesso modo, la nostra mente subisce un'influenza negativa quando possediamo qualcosa considerato maledetto. Hai ragione, nonno, non lo facciamo per il semplice denaro, ma per un motivo ben più profondo...»

Un sorriso soddisfatto apparve sul volto di Samuel. «Questo è il modo in cui parla uno Sherwood, ma devi anche capire che questa è una strada solitaria. Sebbene Sabrina abbia mostrato interesse per gli oggetti maledetti e lavori qui, non dovrà mai conoscere i dettagli di questo commercio, spero che tu capisca.»

Un pesante silenzio cadde nella stanza, rotto solamente dal ticchettio cadenzato dell'orologio a pendolo.

«Sono pronto. Ditemi tutto quello che c'è da sapere in merito,» esclamò Edward, alzandosi di scatto.

Durante le seguenti tre ore, Samuel e Herman spiegarono minuziosamente a Edward il *modus operandi* utilizzato per gestire il commercio delle pietre maledette, metodo che ogni precedente proprietario dell'attività aveva contribuito a creare, aggiornandolo e perfezionandolo.

Gli rivelarono ogni nome, connessione e compito dei loro collaboratori, svelando un'intricata rete su scala mondiale.

«Com'è possibile che, nonostante sia stato qui quasi ogni giorno da quando ero bambino, non ho mai avuto alcun sospetto di tutto questo?» Edward aveva bisogno di capire come suo padre e suo nonno avessero creato e mantenuto quella squadra multinazionale. Mentre scorreva l'elenco dei collaboratori, si rese conto che non stava ereditando una gioielleria, bensì un'organizzazione complessa che aveva bisogno di più competenze e coordinamento di quanto avesse mai immaginato.

«Credo di essere stato bravo a muovermi sottotraccia, ma tu dovrai essere migliore di me, perché Sabrina lavorerà al tuo fianco. Organizzerò un incontro con il resto della squadra, in modo che tu abbia la possibilità di conoscerli tutti,» disse Herman, sorridendo. «Farò un giro di telefonate e vi farò sapere la data entro un paio di giorni. Potrebbe essere necessario andare a Hong Kong.»

Edward annuì, fissando ancora l'elenco sullo schermo del computer. «Dovrò chiedere a Sabrina di occuparsi del negozio; spero non ci siano lavori urgenti per il laboratorio.»

***

Mentre camminava per tornare a casa, Edward rifletteva su quella serata e su quanto aveva saputo relativamente all'attività di famiglia. Non c'era alcuna differenza tra lui e coloro che avevano contribuito a farla diventare quella che era in quel momento. Il suo morboso interesse per le maledizioni, tutte le domande che avevano occupato la sua mente sin da bambino trovarono spiegazioni e risposte nelle sue radici.

Con un sorriso sul volto, i dubbi che aveva avuto svanirono come la nebbia mattutina. Da quel momento in poi, avrebbe seguito il proprio istinto.

***

Non sapendo quando Edward sarebbe tornato, Sabrina aveva deciso di aspettarlo e, magari, ordinare qualcosa al suo ritorno. "Non sono il miglior chef del mondo, e nemmeno di questa famiglia, ad essere onesti," aveva pensato.

Quando uscì dal bagno dopo aver fatto una doccia, lo scatto della porta che si apriva la còlse di sorpresa.

«Ti ho spaventato?» chiese Edward, con una risatina divertita, chiudendo la porta dietro di sé. «Sembra che tu abbia visto entrare un ladro.»

«Ero solo sovrappensiero,» spiegò.

Edward si tolse il cappotto e lo appese delicatamente al gancio accanto alla porta. Con un sorriso sul volto, guardò Sabrina e le si avvicinò, mettendole le mani sui fianchi.

«Ma vedo che eri pronta per il mio ritorno.»

«Come sempre, amore,» sussurrò, con un tono seducente.

Edward aveva fame, ma l'idea di passare la serata a letto era decisamente più allettante.

L'accappatoio cadde a terra e si abbracciarono teneramente, liberando tutta la tensione di una lunga giornata. Edward voleva dimenticare tutto e smettere di pensare a cosa sarebbe successo nelle settimane successive; in quel momento voleva solamente godersi il tocco del corpo nudo di Sabrina.

Le sue mani corsero a stringere il suo fondoschiena, facendo in modo che i loro corpi aderissero attraverso i vestiti che aveva ancora indosso.

Quando le loro labbra si separarono, il respiro di Sabrina diventò leggero. «Che ne dici di andare a letto?» sussurrò, slacciandogli la cintura dei pantaloni.

Andarono verso la camera, lasciandosi dietro una scia di vestiti. Quando, finalmente nudi, si sdraiarono, come attraversati da una scossa elettrica, i loro corpi si fusero in uno scambio di calore e passione.

Edward fu travolto dall'intensità delle proprie sensazioni, e quando l'orgasmo ebbe consumato la sua anima come il fuoco consumava un fiammifero, le sussurrò «Nessuno ti farà del male. Mai più.»

Persa nel suo piacere, Sabrina non prestò attenzione a quelle parole; si strinse saldamente a Edward, come se dovesse evitare di cadere in un abisso senza fine.

Quindi, si separarono, continuando a guardarsi negli occhi.

«Perché hai promesso che nessuno mi farà più del male?» gli chiese.

«Non smetterò mai di sentirmi in colpa per quello che successe a Londra, e farei qualsiasi cosa, anche dare la mia vita, per salvare la tua,» le rispose, con tono convinto.

«Non so perché, ma la foto che Jeff mi inviò è apparsa come un lampo davanti ai miei occhi. Non posso descrivere quello che provai quando aprii quel messaggio. Ebbi la sensazione che tutto fosse crollato. Il terrore che in un attimo si impossessò di me e la paura di perderti mi fecero cadere nel più profondo abisso della disperazione.»

«Potrei diventare troppo emotivo a volte. Averti tra le mie braccia significa felicità per me, e nient'altro conta quando siamo insieme.»

Sabrina arrossì, abbassando lo sguardo verso le sue mani che le accarezzavano delicatamente le gambe. Si sdraiò, ed appoggiò la testa sul suo petto, rasserenata dal battito del suo cuore. Non c'era altro posto in cui avrebbe voluto essere, e anche il suo appetito sembrava scomparire quando erano insieme.

Il silenzio tra loro divenne il loro mondo e i loro pensieri divennero abbastanza forti da essere ascoltati.

«Presto potrei dover fare un viaggio a Hong Kong,» disse Edward, rompendo quella quiete.

Sabrina aggrottò la fronte. «Andrai con tuo padre per decidere quando mettere all'asta la perla?» chiese. Le sarebbe piaciuto creare un gioiello con quella meraviglia della natura.

«No, incontrerò solamente i rappresentanti della casa d'aste,» rispose Edward, mettendosi seduto sul letto. «Questa sera abbiamo avuto una video conferenza con loro ed abbiamo deciso di incontrarci di persona.»

«Vorrei poterli incontrare anche io, ma sono molto impegnata con il laboratorio. Abbiamo continue richieste di creazioni personalizzate.»

«Inoltre, qualcuno deve rimanere e prendersi cura del negozio durante la mia assenza. Siamo una squadra e ognuno di noi ha un compito da svolgere,» disse, tenendole delicatamente la mano. «Spero che tu non ti senta esclusa a lavorare in laboratorio piuttosto che in negozio.»

«Certo che no,» lo rassicurò Sabrina, ridendo.

Ad essere onesti, non si era mai sentita così apprezzata come lo era alla *Gioielleria Sherwood*. Non era sicura che si sarebbe mai considerata parte della famiglia, ma per tutti gli altri già lo era, senza alcun dubbio. Herman la trattava come una figlia, e Josephine la viziava in maniera smisurata.

Strinse forte la mano di Edward e, senza bisogno di altro, si sentì completa.

Capitolo 13

Passarono due anni che videro prima il pensionamento di Herman e poi la morte di Samuel.

Il giorno del funerale sarebbe rimasto per sempre impresso nella mente di Edward. Dopo i suoi genitori e Sabrina, suo nonno era stata la persona più cara che avesse avuto e, con la sua morte, gli sembrò che anche dentro di lui qualcosa si fosse spento: la connessione con l'unica persona in grado di comprendere la sua attrazione per l'origine ed il significato delle maledizioni.

Rimase a lungo davanti alla bara dell'ultima persona ad aver incarnato la quintessenza della *Gioielleria Sherwood,* guardandola con gli occhi offuscati dalle lacrime. Da quel momento in poi, l'attività sarebbe passata completamente nelle sue mani. La paura si impossessò di lui mentre si chiedeva se fosse abbastanza preparato, capace, e all'altezza del compito di portare avanti la tradizione degli Sherwood, commercianti di pietre preziose maledette. «Come farò a sapere se sto facendo crescere l'attività nel modo in cui dovrebbe?» sussurrò.

Si voltò al tocco di una mano che si appoggiava sulla sua spalla, e vide il volto sorridente del padre. «Farai benissimo. Questa è la magia del nostro negozio. Chiunque subentri ha il diritto di modellarlo nel modo che preferisce, quindi hai carta bianca,» disse Herman.

«Mi manca così tanto,» rispose Edward, dolcemente.

«Manca a tutti. È stato un pilastro della nostra attività, oltre che per te e per me. Avevamo le nostre divergenze e le nostre discussioni, ma gli volevo molto bene. Questo mondo non sarà lo stesso senza di lui,» rispose Herman.

Edward annuì in silenzio e pensò alla responsabilità che da adesso avrebbe gravato sulle sue spalle. La loro tradizione sarebbe morta con Samuel se lui non avesse deciso di portarla avanti.

Con il passare del tempo, questo dettaglio smise di preoccuparlo, e non pensò più a quello che sarebbe stato tra trenta o quaranta anni.

***

Era una fredda sera di febbraio e si avvicinava l'orario di chiusura. Gli ultimi ritardatari per i regali di San Valentino erano appena usciti, dopo aver ordinato gli ultimi gioielli personalizzati che Sabrina avrebbe potuto creare in tempo per la ricorrenza. Edward si stava guardando intorno soddisfatto, quando il suo telefono iniziò a squillare.

Riconobbe il numero di Mikhail, il collaboratore russo che era solito occuparsi della sicurezza sua e dei preziosi che portava con sé, durante i viaggi all'estero. Era anche il suo più stretto collaboratore e gli forniva informazioni fondamentali relativamente agli articoli che sarebbero stati messi in vendita.

Con un sorriso, afferrò il telefono. «Ciao, non mi aspettavo una tua chiamata. Ci sono novità?»

«Ti ho inviato un'e-mail su un oggetto interessante. È un rubino, *'L'occhio della Birmania'*. Come già sai, la sua storia risale al 1251 quando il principe ereditario di Birmania, Uzana, lo ricevette in occasione della sua incoronazione. Tuttavia, il suo comportamento negligente ed il disinteresse nel governare, fecero sì che ad amministrare il regno fosse il primo ministro. Uzana morì accidentalmente nel maggio del 1256, durante una battuta di caccia agli elefanti. Qualcuno ipotizzò che non si fosse trattato di un incidente, ma non ci furono prove. Ciò che è vero è che il rubino scomparve misteriosamente, per riapparire alcuni secoli dopo nelle mani di un esploratore britannico, che, a sua volta, morì di una malattia sconosciuta al suo ritorno in Gran Bretagna. L'elenco di coloro che lo possedettero e che furono uccisi in circostanze poco chiare è ancora lungo.» Mikhail non era il tipo di persona da perdere tempo in chiacchiere o convenevoli. Andava sempre dritto al punto, fino a sembrare quasi scortese; del resto, non era pagato per intrattenere le persone con i racconti.

«Non ho avuto il tempo di leggerla, ma dato che hai chiamato, dammi qualche informazione. Quando e dove avrà luogo l'asta?»

«A Mosca, tra tre settimane. Puoi partecipare tu stesso o darmi la procura per essere lì per tuo conto. Ho voluto assicurarmi che lo sapessi con il dovuto anticipo,» rispose.

Edward prese il suo calendario dal cassetto e ne sfogliò le pagine. «Uhm... Non sembra che io abbia questioni urgenti, posso partecipare di persona.»

«Ti suggerisco di prendere precauzioni per la tua sicurezza. Le mie fonti mi hanno informato di altre persone interessate allo stesso rubino. Temo che non si arrenderanno facilmente. Se non riuscissero ad aggiudicarselo, potrebbero essere pronte a seppellirti.» La sua voce era calma come se stesse parlando di come aveva trascorso il fine settimana; per lui non era una novità che qualcuno potesse attentare alla sua vita, ed era abituato ad affrontare tali minacce con il necessario sangue freddo. «Il nome *Kozar*, probabilmente non ti fa suonare alcun campanello d'allarme, ma sono una delle Bratva[2] più temute in Russia. Se, nonostante ciò, deciderai di provare ad aggiudicartelo ad ogni costo, posso occuparmi della tua protezione personale.»

«Capisco,» borbottò Edward, riflettendo che avrebbe dovuto fare in modo di proteggere anche Sabrina, durante la sua assenza. «Allora dovrai venire all'asta con me per guardarmi le spalle; preferirei avere te, piuttosto che qualcun altro.»

«Non preferiresti avere una scorta dal momento in cui esci di casa fino al momento del tuo ritorno?» gli suggerì Mikhail. «Ti consiglio di prendere sul serio questa minaccia. Posso assicurarmi che non accada nulla a te e ai tuoi cari, ma non sottovalutare i Kozar.»

Edward rifletté su quella proposta.

«Va bene, allora occupati tu di tutto, perché non intendo tornare senza il rubino,» disse, stringendo i pugni; quella pietra gli avrebbe procurato un grosso guadagno. «Non ho visto le foto, ma sono sicuro che

---

[2] Organizzazione criminale

qualsiasi pietra preziosa con un passato del genere sia qualcosa di eccezionale.»

«Per quanto mi riguarda, posso dire di non aver mai visto nulla di simile in vita mia,» commentò Mikhail. «Adesso devo lasciarti. Mi metto subito al lavoro,» disse e, senza attendere una risposta, interruppe bruscamente la comunicazione.

Respirando lentamente, Edward chiuse gli occhi. «Non credo che riuscirò mai a capirlo, ma la cosa importante è che posso fidarmi di lui ciecamente.»

Appuntò quelle date sul calendario, quindi, iniziò la sua abituale routine per la chiusura serale del negozio.

Non riusciva a togliersi dalla mente la conversazione avuta con Mikhail. «Preferirei evitare di avere qualcuno che rappresenti una minaccia per l'incolumità della mia famiglia o mia, ma ho bisogno di maggiori informazioni su quei Kozar,» borbottò.

«Stai parlando da solo?» chiese Sabrina, entrando dalla stanza sul retro. «Ti ho sentito borbottare qualcosa, e mi sono chiesta se avessi avuto una brutta giornata o ci fosse qualcosa di più serio ad infastidirti.»

Edward trasalì. «Mi hai spaventato!» gridò; poi, quando il suo cuore riprese a battere regolarmente, sorrise.

«Sembri nervoso. Qualche brutta notizia?» gli chiese, avvicinandosi per aiutarlo a spengere le luci dell'esposizione ed abbassare la grata di sicurezza.

«No, niente del genere. Ho ricevuto una chiamata da uno dei miei associati. Tra tre settimane ci sarà un'asta a Mosca, e sarà battuto l'*Occhio della Birmania*, un rubino che ha lasciato dietro di sé più morti di un serial killer, per usare le sue stesse parole.»

«Per una volta, mi piacerebbe vederlo,» disse Sabrina, sorridendo.

«Ho alcune foto. Mikhail mi ha inviato una mail con tutte le informazioni su di esso e sull'asta, per guardarle insieme. Ma adesso, voglio solo lasciare questo negozio e concentrarmi su questioni più piacevoli.»

«Quanto tempo starai via?» chiese Sabrina. Con Edward all'estero avrebbe dovuto occuparsi del negozio e sospendere l'attività del laboratorio, allungando così il tempo d'attesa dei clienti che volessero un gioiello personalizzato.

«Non starò via per più di tre giorni. L'asta è di venerdì, quindi potrei partire il mercoledì sera, per poi tornare tra sabato e domenica. Dovrai occuparti tu del negozio, ma se avrai troppo lavoro in laboratorio potrò sempre tenerlo chiuso per un paio di giorni; non andremo certo in bancarotta per questo.»

Sabrina annuì. «Tra tre settimane S. Valentino sarà passato e anche in laboratorio tornerà la calma, potrò occuparmi del negozio senza problemi. Stare lontano da te sarà, invece, difficile,» disse, stringendo la mano di Edward nella sua.

***

Quella sera, decisero di mangiare fuori per dedicare il tempo a casa ad esaminare l'e-mail inviata da Mikhail. Guardando le foto del rubino sul sito web, Edward comprese perché la mafia locale ne fosse interessata.

«Una pietra di tali dimensioni, profondità di colore e perfezione sarà rivenduta a non meno di duecentocinquantamila dollari,» disse Sabrina, quasi senza fiato, dal momento che la base d'asta era altissima.

«Vedremo. Con un po' di fortuna, potrei riuscire ad ottenerlo per un importo ragionevole,» sottolineò Edward. «Tuttavia, ricorda che c'è anche il valore storico, per non parlare della maledizione. Con mio padre e mio nonno, ho imparato che il prezzo di vendita dei gioielli può lievitare molto quando ha una storia raccapricciante che suscita l'interesse dei potenziali acquirenti.»

«Ed entrambi sappiamo che è vero,» ridacchiò Sabrina, alzandosi in piedi.

Era impressionante che alcune persone fossero pronte a pagare anche il doppio del valore per un oggetto la cui storia si basa su delle leggende. «Spero che le cose non degenerino come accadde con Jeff. Nel suo caso, era una questione di settanta sterline, ma pensa se qualcuno spendesse un milione per poi scoprire che la maledizione esiste, e che non può liberarsene...» Tremò al ricordo di dove fosse arrivata una persona in un momento di disperazione.

«Una volta lo chiesi a mio padre,» disse, portando un pugno chiuso alla bocca, con lo sguardo incollato allo schermo del computer.

Prese un profondo respiro, voltandosi verso di lei. «Mi assicurò che, quando si tratta di somme considerevoli, i clienti conoscono perfettamente i rischi che potrebbero correre; e, in effetti, durante la sua carriera nessuno minacciò me o mia madre. Non mi rimane altro che prenotare il volo e la camera d'albergo; quindi, informerò Mikhail del mio programma,» aggiunse.

«Che cosa fa effettivamente questo Mikhail?» chiese Sabrina, sedendosi sul divano dall'altra parte della stanza.

Edward girò la sedia verso di lei e incrociò le gambe. «È una sorta di mediatore, ma, soprattutto, si occupa della mia sicurezza.»

«Perché dovresti avere bisogno di una guardia del corpo? Non stai andando in guerra, ma ad un'asta, posto ben lontano dall'essere pericoloso...»

Edward sbadigliò, stiracchiandosi, quindi la raggiunse sul divano. «Nel caso in cui mi aggiudicassi quel rubino, non vorrei correre il rischio di essere derubato. Se mi dovesse succedere qualcosa, non potrei mai perdonarmi di averti lasciata sola. Inoltre, mi piacerebbe vivere a lungo e vedere cosa la vita ha in serbo per noi,» disse, allungando un braccio sulle sue spalle.

Lo squillo del telefono interruppe quella che stava per diventare una situazione decisamente calda.

Edward si avvicinò alla scrivania mugugnando, deciso a spengerlo e a riaccenderlo solamente la mattina successiva.

La sua espressione arrabbiata cambiò improvvisamente quando vide sul display il nome di suo padre. «È papà. Non ci vorrà molto, lo prometto,» disse, guardando Sabrina.

«Salutalo da parte mia,» rispose lei, sorridendo, ed uscendo dalla stanza.

«Ciao, papà.»

«Ciao, spero di non aver interrotto nulla,» lo salutò Herman.

«N-No, in realtà stavamo dando un'occhiata a un rubino che sarà battuto all'asta di Mosca,» rispose Edward.

«Ti chiamo proprio per questo. Andrai tu, o ti farai rappresentare da Mikhail?»

«Andrò personalmente, mentre lui si occuperà della sicurezza. Mi ha chiamato poche ore fa, subito dopo avermi inviato il link dell'asta. Non condivide la mia decisione di partecipare; secondo le sue fonti, potrebbero esserci altre persone interessate che non amano perdere,» spiegò Edward, determinato a non scendere nel dettaglio.

«È proprio necessario che tu partecipi personalmente?» borbottò Herman, con tono preoccupato. «Possiamo fidarci di Mikhail per aggiudicarci il rubino, e, ancor di più, quando si tratta di sicurezza,» aggiunse. Sapeva che il loro collaboratore non era una persona che scherzava, e non aveva problemi a dire quello che pensava. Gli aveva consigliato di rimanere a casa, esclusivamente per proteggerlo.

Edward iniziò a camminare nervosamente nella stanza. «Pensi che dovrei ascoltare il suo suggerimento ed evitare di andare? Ti sei mai trovato in una situazione simile?» gli chiese, sperando che il padre gli potesse suggerire se prendere ulteriori misure di sicurezza, oltre a quelle offerte da Mikhail.

«Ad essere onesti, no,» ammise Herman.

«Beh, quando ho informato Mikhail della mia decisione, non ha obiettato, né ha cercato di convincermi a cambiare idea...»

«Lo conosci, non andrebbe mai contro il suo datore di lavoro,» lo interruppe Herman. «Il suo compito non è farti cambiare piano, ma suggerirti la soluzione migliore per metterlo in pratica. Starà poi a te decidere se seguire i suoi suggerimenti o meno. Si comporta con te come con un adulto consapevole di trattare affari pericolosi.»

«Almeno per il momento, il mio piano rimane quello di andare a Mosca e di affidarmi a lui per quanto riguarda la sicurezza là. Magari, potrei chiamarlo di nuovo per chiedergli maggiori informazioni sulle persone di cui mi ha parlato,» disse, mentre il suo cuore accelerò il battito e gli sembrò di rimanere senza aria.

«Va tutto bene?» gli chiese suo padre.

«Sì, sono solamente un po' nervoso, ma farò del mio meglio per tenermi al sicuro.» Cercò di sorridere di quella situazione che stava iniziando a divenire sgradevole.

«Mi fido completamente di te. Se deciderai di partecipare all'asta, potrai contare sul mio pieno sostegno.»

«Grazie, papà, apprezzo il tuo interessamento. Torno a godermi il resto della serata, o qualsiasi cosa ne rimanga.»

Edward guardò l'orologio, con una smorfia. Si era fatto tardi e avrebbe dovuto andare a dormire per poter essere efficiente in negozio il giorno successivo.

Una volta terminata la chiamata, appoggiò il telefono sulla scrivania e si coprì il viso con le mani, incerto su quale fosse la decisione migliore. Ormai, era più che altro una questione di principio: doveva aggiudicarsi quel rubino partecipando all'asta di persona, esattamente come era successo per le pietre maledette acquistate in passato.

«Perché non mi hai parlato dei rischi del tuo viaggio a Mosca?» gli chiese Sabrina, che aveva ascoltato quella conversazione.

Edward si voltò verso di lei, mordendosi il labbro inferiore.

«No! So cosa significa quando ti mordi il labbro così,» lo avvertì. «Stai cercando di trovare una scusa per non farmi preoccupare. Ora voglio la verità perché penso di meritarla!»

A malapena riconosceva Sabrina nella donna arrabbiata che aveva di fronte, con le braccia incrociate al petto e che lo fissava con un'espressione dura.

«Non ti mentirò, ma la situazione non è chiara nemmeno a me o a mio padre,» esordì. Quindi, le parlò degli avvertimenti di Mikhail circa i possibili rischi che avrebbe corso la sua vita se avesse partecipato a quell'asta per aggiudicarsi il rubino.

«Non so cosa fare, non ho un'idea chiara della situazione. Vorrei poterti dire di più su questi rischi, ma non ne so molto nemmeno io.»

Si diresse verso Sabrina. Sperava di dimostrarle che non era stata sua intenzione nasconderle qualcosa, ma, semplicemente, aveva preferito attendere di saperne di più, prima di parlargliene.

Sabrina sospirò e i lineamenti del viso le si addolcirono, ritrovando l'espressione tenera che era solita rivolgergli. «Avrei preferito che me ne avessi parlato, incertezze comprese. Avremmo potuto discutere di una possibile soluzione,» disse, appoggiando le mani sui fianchi di Edward ed abbassando lo sguardo.

«Non voglio che tu rischi la vita per un rubino, non ne vale la pena. Potremo trovare altre pietre maledette, ma se ti uccideranno, niente ti riporterà da me. Ti perderò per sempre e non riuscirò a perdonarti per avermi lasciata sola.»

«Hai ragione, e mi dispiace non averti detto subito tutto. Considererò ogni aspetto, e prometto che, appena avrò notizie da Mikhail, le condividerò con te e decideremo insieme cosa fare,» disse Edward, con un nodo allo stomaco.

Quindi, con una mano le sollevò il mento per guardarla negli occhi. «Non immagini quanto ti ami,» sussurrò.

Capitolo 14

La mattina seguente, come spesso succede, la minaccia rappresentata dai Kozar sembrò già meno pericolosa agli occhi di Edward e Sabrina. Nonostante ciò, decisero di chiedere a Mikhail maggiori informazioni in merito.

Quindi, si recarono in negozio con un'ora di anticipo, e Edward lo chiamò, attivando il vivavoce, in modo che anche Sabrina potesse ascoltare e, eventualmente, intervenire.

«Ho riflettuto attentamente su quanto mi hai detto. Pensi che sarebbe meglio che io non partecipassi, lasciando gestire a te la trattativa?»

«Quella famiglia non è composta da normali commercianti di pietre preziose. Hanno contatti in tutto il mondo, non puoi immaginare quanto siano potenti,» spiegò Mikhail. «Non intendevo scoraggiarti, ma avvisarti di prendere tutte le precauzioni possibili. Per quanto mi riguarda, posso occuparmi della tua sicurezza durante la tua permanenza sul suolo russo, mentre tu dovrai fare in modo di essere protetto durante i voli da e per gli Stati Uniti.»

Edward annuì in silenzio e guardò Sabrina, che sembrava più preoccupata del necessario.

«Come già detto,» proseguì Mikhail, «se ti aggiudicherai il rubino, i Kozar potrebbero considerarlo un affronto personale, e tentare di prendertelo, anche a costo di passare sul tuo cadavere.»

«Per il giusto compenso non avrei problemi a rinunciare all'asta. Mentre, da uomo d'affari intenzionato ad acquistarlo per trarne il maggior utile possibile, una volta che il rubino sarà nelle mie mani, se i Kozar lo vorranno, sarà solamente una questione di trattare il prezzo,» rispose Edward, appoggiandosi allo schienale della sedia.

Sabrina era sconvolta, e Edward le fece un cenno con la testa per rassicurarla che avrebbe avuto la situazione sotto controllo, sin dal momento in cui sarebbe uscito di casa.

Lei si limitò ad un sorriso nervoso. Si tormentava le dita e aveva la fronte aggrottata, segno inequivocabile di quanto la mettesse a disagio quel viaggio. Nonostante ciò, non tentò di dissuaderlo, consapevole di quanto fosse importante quell'asta, sia per lui che per il negozio.

Da quando si erano incontrati a Londra, non c'era stato altro nella mente di Edward che tornare a casa ed eccellere negli affari. Le prese le mani, tenendole tra le sue, cercando così di rassicurarla che tutto sarebbe andato bene.

«Organizzerò un servizio di sicurezza qui negli Stati Uniti, e farò in modo di avere una guardia del corpo che viaggi con me,» aggiunse, rivolto a Mikhail. «Vi metterò in contatto in modo che possiate coordinare le vostre azioni senza uccidervi a vicenda.»

Inaspettatamente, una risatina sfuggì a Mikhail. «Non vorrei essere responsabile della morte di uno dei tuoi uomini. Mandami il suo numero, per favore, lo contatto subito.»

Edward fece una smorfia. Sapeva che Mikhail era una macchina per uccidere e che non avrebbe mai provato rimorso per aver spezzato una vita, ed era proprio questa freddezza a farne la persona migliore a garantire la sua sicurezza.

«Allora è deciso, ci vediamo tra tre settimane a Mosca,» disse Edward.

«Certamente, buona giornata.»

Edward appoggiò il telefono sulla scrivania. Con un profondo respiro, guardò Sabrina. «Andrà tutto bene, vedrai. Non mi succederà nulla. Temo che Mikhail sia così preso dal suo compito di rilevare minacce da vederle ormai ovunque.»

Sabrina mise da parte tutti i suoi dubbi e si sforzò di sorridere. «Lo spero,» disse, quindi si alzò e si diresse verso il laboratorio, dove i numerosi ordini per S. Valentino la stavano aspettando.

Tre settimane dopo
Mosca, Federazione Russa

Quando Edward raggiunse Sotheby's al Centro Affari Romanov Dvor, la stretta via dove era posto l'ingresso gli fece temere di non avere una via di fuga, in caso di necessità. «Non si preoccupi, signore, la aspetto qui con il motore acceso,» lo rassicurò Steve, la sua guardia del corpo che l'aveva accompagnato dagli Stati Uniti.

Senza rispondere, Edward scese dall'auto e diede un'occhiata all'edificio. Come per farsi coraggio, chiuse gli occhi ed inspirò profondamente; quindi, entrò, e seguì le indicazioni per raggiungere la *saleroom,* la sala dove si sarebbe tenuta l'asta.

Le guardie del corpo che si occupavano della sua sicurezza rimasero a debita distanza, tenendo d'occhio i presenti, e posizionandosi strategicamente per scoraggiare qualsiasi tentativo di aggressione.

Una volta raggiunta la sala, Edward rimase colpito dalla sua eleganza. In essa il design moderno sembrava prendersi gioco dei vecchi resti di un passato lontano, come un monello dell'anziano nonno.

Edward ispezionò i lotti che sarebbero stati battuti. Oltre al rubino, un paio di altre pietre catturarono il suo interesse, ma cercò di apparire indifferente e le superò rapidamente.

Ricordando il monito di Mikhail, si guardò intorno. Non lontano da lui, scorse due uomini con indosso completi eleganti scambiarsi convenevoli e battute. Non sembravano così pericolosi come gli erano stati descritti, ma sapeva che le apparenze potevano ingannare, soprattutto all'estero, in un contesto sconosciuto.

"Credo che anche il peggior criminale abbia amici e familiari che lo considerano una persona amabile. Ma se chiedessimo il parere di coloro che fanno affari con lui, suppongo che la loro opinione sarebbe diametralmente opposta," pensò, sperando che

Mikhail e la sua squadra sarebbero stati in grado di intervenire in caso di bisogno.

Finalmente, arrivò il banditore e l'asta ebbe inizio. Il primo articolo fu un bellissimo dipinto raffigurante un paesaggio autunnale di un famoso artista russo.

Il quadro raggiunse rapidamente un prezzo talmente alto che lui non avrebbe mai pagato.

Poi, finalmente, fu la volta del rubino.

La sua esperienza e le lezioni di suo padre gli avevano insegnato ad attendere che rimanesse un solo offerente. Nel frattempo, poteva studiare i suoi avversari e capire quale cifra massima avessero in mente di offrire. L'ultima offerta fu di circa ventimila dollari.

"Posso pagare decisamente di più," rifletté e, con una mossa rapida, alzò la mano per fare la sua offerta.

Immediatamente, sentì gli sguardi di tutta la sala su di sé, ma cercò di tenere gli occhi sul banditore.

Con la coda dell'occhio, osservò i suoi avversari. I loro sguardi verso di lui erano tutt'altro che amichevoli. Anche loro fecero un'offerta, ma quando Edward arrivò ad offrire centoventimila dollari, desistettero.

Edward li scrutò attraverso gli occhi socchiusi, chiedendosi perché si fossero fermati ad un prezzo così ridicolo. Sembravano abbastanza ricchi da arrivare fino al limite che si era posto, duecentocinquantamila dollari.

Si alzò senza guardare nessuno, tenendo gli occhi sulla porta, con l'intenzione di pagare, prendere il suo rubino, e lasciare immediatamente il Paese.

Il suo aereo sarebbe partito di lì a sei ore, ma sentì che era meglio andarsene immediatamente e raggiungere l'aeroporto. Il suo bagaglio era già nell'auto che lo aspettava fuori dall'edificio.

«Se ne va così presto?» chiese una voce con un forte accento russo dietro di lui, una volta che ebbe pagato e preso il rubino. Come se qualcuno gli avesse dato un pugno nello stomaco, il suo cuore si fermò per una frazione di secondo.

Fece un respiro profondo e, con un sorriso stampato in volto, si girò lentamente verso quella voce. I due uomini da cui Mikhail lo aveva messo in guardia stavano lentamente avvicinandosi a lui, come ghepardi alla loro preda.

«Ho un aereo da prendere e, di solito, sono una persona impegnata,» rispose con calma.

«Vede, abbiamo un problema. Il rubino è stato messo all'asta per errore, quindi lei non poteva acquistarlo,» disse l'uomo con i capelli biondi e con indosso un completo scuro. Sembrava essere il più anziano dei due. Parlava lentamente, senza fretta, certo che un uomo come Edward ne sarebbe rimasto impressionato. L'uomo più giovane, invece, si limitava a fissarlo, pronto a passare all'azione.

«Capisco,» rispose Edward, divertito. «In che modo potremmo risolvere il problema? Sono una persona ragionevole, al giusto prezzo potrete riaverlo indietro.»

I due uomini si guardarono l'un l'altro, ridacchiando. Evidentemente, riprendersi il rubino pagandolo non era un'opzione.

"Peccato. Non ho intenzione di rinunciare a un affare, e non me ne frega niente quanto lo vogliano. Ovviamente, non abbastanza da pagarlo," pensò Edward.

«E quale prezzo considererebbe appropriato?» gli chiese l'uomo, con un sogghigno.

«Mezzo milione di dollari sarebbe ragionevole, anche se il mio cliente lo avrebbe pagato di più.»

L'uomo più anziano rimase di sasso davanti a quell'importo. L'altro spostò leggermente il suo blazer alla sua destra, rivelando una pistola Baikal-442. «Le faccio una controproposta: lei rimane vivo e noi prendiamo il rubino. Lo ritengo un equo scambio, immagino che la sua vita valga anche di più.»

Edward arretrò, chiedendosi come fossero riusciti a far passare le loro pistole attraverso il body scanner all'ingresso. Poi, da un angolo buio, vide spuntare Mikhail e Aleksey, puntando le loro pistole alle teste dei due signori. «Potremmo farvi la stessa domanda,» disse Mikhail, con un sorriso, sperando di poter premere il grilletto della sua pistola PB.

«Signore, credo che il suo autista la stia aspettando fuori,» aggiunse, rivolgendosi a Edward.

Questi non se lo fece ripetere e corse verso l'uscita. Non gli importava come Mikhail fosse riuscito a far entrare le pistole all'interno dell'edificio, ma gliene fu grato.

Steve, la guardia del corpo che lo avrebbe accompagnato a New York, lo aspettava con il motore acceso, e non appena Edward chiuse la portiera, l'auto schizzò via con uno stridìo di gomme.

«Sembra sia stata un'asta interessante,» disse, sorridendo Steve, rilassandosi mentre si avvicinavano all'aeroporto.

«Puoi dirlo forte. Per un momento, ho pensato che fosse il mio ultimo giorno. Mikhail mi ha letteralmente tolto dai guai.» Al pensiero di aver visto la propria fine, il suo cuore prese a battere all'impazzata.

Pensò a Sabrina. Nonostante il tempismo perfetto e l'attenta organizzazione della sua sicurezza, promise a sé stesso che, se mai Mikhail gli avesse nuovamente consigliato di partecipare ad un'asta per suo conto, avrebbe seguito il suo suggerimento.

Non appena raggiunse il controllo di sicurezza del terminal, prese un profondo respiro, sollevato per essere ancora vivo. Mancava ancora molto alla partenza del suo volo, quindi, cercò di riacquistare completamente la calma, prese il telefono e chiamò sua moglie.

***

Sabrina stava lavorando a un braccialetto e non si rese conto che era già ora di aprire il negozio. Durante l'assenza di Edward aveva deciso di lavorare in laboratorio la mattina e tenere aperto il negozio nel pomeriggio.

Lo squillo del telefono la còlse di sorpresa e quasi lasciò cadere il braccialetto. Divertita dalla sua suscettibilità, lo prese, e un sorriso apparve sul suo volto quando vide il nome di Edward sullo schermo.

«Ciao, tesoro.»

«Ciao, piccola! Come va? Sei già a pranzo?» le chiese, calcolando la differenza di fuso orario.

«Me ne sono completamente dimenticata. È quasi ora di aprire,» rispose.

«Adesso sono all'aeroporto e non sono solo. Ho un amico rosso sangue in tasca che mi è costato centoventimila dollari,» disse, orgoglioso di aver battuto quei *gentiluomini* che lo avrebbero voluto senza pagarlo.

Non scese nei dettagli, lo avrebbe fatto quando sarebbe stato in grado di raccontare gli eventi come effettivamente erano accaduti; in quel momento si sentiva confuso. Adesso era sufficiente che Sabrina sapesse che era sano e salvo e che era riuscito ad aggiudicarsi il rubino.

«Questa è una notizia fantastica! Il prezzo è piuttosto alto, ma credo che la sua storia o incastonarlo in un gioiello aumenteranno il suo valore, ben oltre la cifra che hai speso,» disse.

«Non sono sicuro di farne un gioiello. Sto pensando di metterlo in vendita puntando sulla storia della maledizione,» spiegò Edward, mentre andava a sedersi su una panchina. Steve lo seguiva da lontano, per avere una più ampia visuale di quanto accadeva intorno a lui.

Sabrina andò ad aprire la porta del negozio, quindi accese l'illuminazione delle vetrine, assicurandosi che tutti gli oggetti fossero bene in mostra. «A proposito, quando dovremmo cambiare l'allestimento delle vetrine?» chiese.

"Il fatto che non mi ricordi quanto tempo è passato dall'ultima volta significa che è ora di cambiarlo," rifletté Edward, con una smorfia.

«Potresti occupartene tu?» le chiese, con tono implorante. Si vergognava di essersene dimenticato.

«Certo, lo farò domani pomeriggio. Immagino che non ci sia bisogno che ti venga a prendere all'aeroporto, dal momento che c'è Steve con te.»

Edward si voltò verso la sua guardia del corpo, con un sorriso soddisfatto. «No, non c'è bisogno, meglio se ti concentri sulle vetrine e mi aspetti. Non ricordo l'orario d'arrivo, ma ti chiamerò non appena atterreremo.»

Era via solo da un paio di giorni, ma gli sembrarono un'eternità. Gli mancavano gli odori e la sensazione di casa, ma, soprattutto, la presenza di Sabrina.

«Oh, un paio di clienti stanno per entrare,» lo interruppe Sabrina. «Ci vediamo domani!» lo salutò, prima di interrompere la chiamata.

Edward rimase a guardare il suo telefono come se potesse vedere la loro casa attraverso di esso. "Ma sarò mai al sicuro?" si chiese.

Con la mano tastò la tasca interna della giacca, dove teneva il rubino.

"Qualcuno è al sicuro? Chi sarà la prossima vittima della maledizione?"

Con un sorriso, cominciò a camminare, osservando le vetrine dei negozi nel terminal.

"Quando non puoi influenzare il fato, la cosa migliore da fare è goderti il momento senza pensare troppo a ciò che la vita potrebbe portare."

Arrivò davanti la vetrina di una gioielleria, e prese ad osservare il modo in cui erano disposti i vari articoli. La sua attenzione fu catturata da un paio di fedi nuziali.

Un sorriso apparve sul suo volto mentre si chiedeva se fosse il momento giusto per chiedere a Sabrina di sposarlo. Avevano vissuto insieme abbastanza a lungo da capire che erano fatti l'uno per l'altra.

"Dopo tutto quello che abbiamo passato, non c'è dubbio che questo è il nostro destino."

Senza esitare, entrò nel negozio, deciso a comprarle un anello di fidanzamento. Poi, impaziente di vedere la reazione della sua fidanzata, si imbarcò.

Capitolo 15

L'aereo atterrò all'aeroporto JFK il giorno seguente, e pochi istanti dopo averlo acceso, il telefono iniziò a squillare.

"Gli affari non dormono mai," pensò Edward, con un sorriso divertito.

«Sherwood,» rispose.

«Volevo assicurarmi che fossi tornato a casa sano e salvo,» disse Mikhail, senza perdere tempo in saluti e convenevoli.

«Sì, il volo è andato liscio. Voglio ringraziarti per l'ineccepibile servizio di sicurezza, ne sono rimasto impressionato. Senza il tuo aiuto, sarei morto.»

«È il motivo per il quale mi paghi, ed è sempre un piacere fare affari con te. Ogni volta che avrai bisogno dei miei servizi, saprai dove trovarmi. Tuttavia, faresti bene a sbarazzarti di quel rubino. Quelle persone non si fermeranno fino a quando non lo avranno nelle loro mani, in un modo o nell'altro; e, credimi, meglio non conoscere quel modo,» Mikhail tenne ad avvertirlo.

Era riuscito a tenerli a bada durante l'asta, ma non avrebbe potuto proteggerlo per sempre.

«Quindi, devo trovare rapidamente un acquirente. Quanto gli accadrà in seguito, non dipenderà da me; dopotutto, la leggenda sulla maledizione potrebbe essere vera e qualsiasi sventura sarà attribuita ad essa,» disse, sorridendo.

«La minaccia rappresentata dai Kozar è concreta, ma potresti avere ragione; ogni leggenda deve pur aver avuto un fondamento di verità, non fu inventata di sana pianta. Comunque, maledizione o no, ho voluto metterti in guardia sui rischi e assicurarmi che ne fossi pienamente consapevole per agire di conseguenza.»

Edward serrò la mascella. Per vendere velocemente il rubino avrebbe dovuto concentrarsi sui clienti che avevano disponibilità economica e che, presumibilmente, potessero essere interessati a spendere non tanto per acquistare una pietra preziosa, ma per provare l'emozione di sfidare la morte stessa.

«Mentre cercherò il cliente giusto, manterrò un profilo basso e non lo pubblicizzerò; del resto, non è un articolo alla portata di chiunque,» spiegò. «Adesso, però, devi togliermi una curiosità. Come avete fatto, tu ed i Kozar, a far entrare le pistole all'interno della sala dell'asta? Pensavo che ci fossero regole più severe sul controllo delle armi rispetto agli Stati Uniti.»

Mikhail sorrise. «Ho un'agenzia di sicurezza privata regolarmente autorizzata, quindi mi è permesso portare armi con me quando sono in servizio. Per quanto riguarda i Kozar, in un sistema corrotto il crimine organizzato può arrivare ovunque. Fu questo il motivo per cui ti suggerii in primo luogo di non partecipare personalmente all'asta.»

Mikhail fece una lunga pausa durante la quale Edward ebbe modo di riflettere sulle sue mosse future, e se fosse il caso di rinunciare a partecipare ad una qualsiasi delle prossime aste.

«Bene, fammi sapere se avrai bisogno di me,» concluse ed interruppe la conversazione.

«Qualche brutta notizia?» chiese Steve, sopraggiungendo con i loro bagagli.

«Quando Mikhail chiama, ci sono sempre problemi. Tuttavia, niente che non mi aspettavo. Sembra che le persone dalle quali sono fuggito all'asta potrebbero non arrendersi tanto facilmente,» rispose, riponendo il telefono nella tasca del cappotto.

L'autista era andato a prenderli all'aeroporto, e, una volta accomodatosi sul sedile posteriore, Edward chiuse gli occhi, concentrandosi esclusivamente su Sabrina.

***

Con un sorriso soddisfatto, Sabrina guardò il nuovo allestimento delle vetrine. «Bene, direi che è perfetto,» disse a sé stessa, osservandole dal marciapiede. «Se ci passassi davanti, mi fermerei sicuramente e, magari, entrerei anche a dare un'occhiata.»

Guardò l'orologio, chiedendosi se Edward fosse già arrivato a casa. Nonostante la sua promessa, non l'aveva chiamata, quindi decise di farlo lei.

***

Edward trasalì allo squillo del telefono. Si rese conto di essersi addormentato sul divano, appena entrato in casa.

Brontolando e imprecando per trovare il telefono, alla fine rispose. «Pronto!?»

«Buongiorno a te. Il tono della tua voce mi fa supporre di averti svegliato,» ridacchiò, divertita.

«Sì, temo di aver sottovalutato il jet lag. Avrei voluto chiamarti appena arrivato a casa, ma sono crollato sul divano,» spiegò, sedendosi.

«Nessun problema, ho passato il pomeriggio ad allestire le vetrine e ho immaginato che fosse successo qualcosa del genere. Com'è andato il volo?»

Edward si avvicinò alla finestra, sbalordito dal panorama della città illuminata che si aprì davanti ai suoi occhi. «Tutto bene, come al solito. Era un volo notturno, quindi è stato tranquillo. Stai arrivando?» chiese, dirigendosi verso la camera da letto per prendere dei vestiti puliti e quindi in bagno per farsi una doccia prima del suo arrivo.

«Sarò lì tra mezz'ora, ho appena chiuso il negozio.»

«Allora, a dopo,» rispose.

Molti pensieri si rincorrevano nella sua mente ed una doccia calda era quello che ci voleva per metterli in ordine.

Rifletté sulla conversazione avuta con Mikhail. Indubbiamente, i Kozar rappresentavano ancora una minaccia concreta e, verosimilmente, avrebbero tentato di rintracciarlo per riprendersi il rubino. Doveva trovare un compratore quanto prima e, una volta venduto, avrebbe dovuto diffondere la notizia ai quattro venti.

«Il mondo intero dovrà sapere che Edward Sherwood non sarà più in possesso della pietra maledetta. Se vorranno dare la caccia a qualcuno, meglio che sia qualcun altro.»

Probabilmente, non era la cosa più onesta da fare, ma prima di tutto doveva pensare alla propria sicurezza. «Inoltre, chiunque acquisterà il rubino sarà completamente consapevole della maledizione che si porta dietro; quindi, se un giorno la mafia russa busserà alla sua porta, saprà a chi dare la colpa.»

Uscì dal bagno, prese il rubino, e iniziò ad ammirarlo sotto la luce del lampadario del soggiorno. Era una pietra splendida e si sentì fortunato ad averla acquistata per soli centoventimila dollari. «Non è grande come il Rubino del Principe Nero, ma il taglio fine, l'intenso colore rosso scuro e la sua lucentezza sono sufficienti a raccontarne la storia.»

Magari dietro la leggenda della maledizione c'erano solamente invidia e gelosia. «Le stesse che hanno fatto sì che il mio nome finisse sulla lista nera della mafia russa,» disse, girando la pietra tra le dita, per apprezzarne la perfezione dei riflessi.

Sabrina entrò nell'appartamento e sorrise vedendo il suo fidanzato immerso nella contemplazione della nuova gemma.

«Sono impaziente di vederla,» disse, togliendosi il cappotto ed appendendolo all'attaccapanni accanto alla porta.

Edward distolse lo sguardo dal rubino e lo appoggiò sul tavolo. Quindi, si avvicinò a quello che per lui era il tesoro più prezioso del mondo. «Mi sei mancata così tanto! Anche un'ora lontano da te è un'eternità.»

«Non hai idea di quanto siano state solitarie le mie notti,» sussurrò Sabrina, abbracciandolo stretto. «Adesso, però, devi raccontarmi nei minimi particolari come sei riuscito ad aggiudicartelo.»

Si separarono e andarono verso il tavolo dove era il rubino. «Credo che la maggior parte delle persone presente all'asta temesse i Kozar; del resto, avresti dovuto vedere i loro sguardi quando alzai la mano per superare la loro offerta. Senza di me, si sarebbero aggiudicati il rubino per ventimila dollari.»

Sospirò, sapendo che la parte della storia più difficile da raccontare era arrivata; doveva spiegarle la necessità di vendere la pietra prima possibile, senza fare il minimo accenno alla possibilità di essere diventato un bersaglio.

«Appena il banditore batté il martelletto per aggiudicare a me il rubino, l'unico mio pensiero fu quello di andare a pagare, prenderlo, e scomparire dalla Madre Russia,» spiegò, evitando lo sguardo interrogativo di Sabrina. «Appena fu nelle mie mani, i due uomini si avvicinarono, intimandomi di consegnarlo loro.» A questo punto, la sua voce divenne incerta e si voltò verso Sabrina per osservarne la reazione. «Fortunatamente, tutto andò bene, grazie a Mikhail e Aleksey che gestirono la situazione in maniera impeccabile. Così, mentre loro tenevano a bada i due uomini, io scappai e raggiunsi Steve, che mi stava aspettando fuori in macchina.»

«Quelle persone costituiscono ancora una minaccia, lo sai, vero?» disse Sabrina, sperando che Edward fosse a conoscenza di qualche dettaglio in grado di rassicurarla. Sfortunatamente, non lo era.

«Devo venderlo quanto prima. Non voglio averlo qui e nemmeno nel caveau di una banca. Questo rubino potrebbe maledire la mia vita,» rispose Edward, con tono di scusa.

Il silenzio cadde tra di loro. Era come se si stessero preparando per un funerale, senza che ci fosse un cadavere. Non ancora, almeno.

Sabrina gli teneva la mano, cercando di sorridere. «Non permettiamo che questo ci abbatta. Finora non è successo nulla e domani cercheremo l'acquirente giusto. Perché non contatti i clienti che sai potrebbero essere interessati?»

Edward annuì. Improvvisamente, ricordò l'anello di fidanzamento che aveva comprato all'aeroporto di Mosca, ed un sorriso luminoso apparve sul suo volto. «Hai ragione, dovremmo essere felici di aver concluso un ottimo affare. Questo rubino ci porterà fortuna,» disse, cercando di convincere anche sé stesso. «Tuttavia, ho qualcosa che migliorerà senza dubbio l'umore di questa serata.»

Non era un uomo romantico, non aveva idea di come avrebbe dovuto farle la proposta.

"Sono sicuro che questo è sbagliato, ma forse essere spontaneo è più romantico di un discorso recitato a memoria," pensò.

Quasi trattenendo il respiro, lei lo osservò mentre cercava qualcosa nelle sue tasche, pensando si trattasse di un ricordo della Russia. I suoi occhi si spalancarono quando Edward aprì un astuccio di una gioielleria, rivelando un anello di diamanti.

Rimase impietrita, incapace di capire cosa stesse succedendo fino a quando Edward non si inginocchiò di fronte a lei.

«Sabrina, sei stata la mia migliore amica, la mia ragione quando non ne avevo nessuna, la mia anima quando pensavo che tutto fosse perduto e il mio cuore quando sento che lo sto perdendo. Senza di te, la mia vita non ha senso, e preferirei perdere tutto ciò che ho, piuttosto che te.» La sua voce cominciò a tremare mentre la fissava negli occhi.

«Vuoi sposarmi?» Pronunciò quelle parole in un sussurro, come se fossero proibite e temesse di essere ascoltato.

Sabrina era incredula; aprì la bocca per dire qualcosa, ma non trovando le parole, iniziò a ridacchiare nervosamente.

«Certo che ti sposerò! Non c'è nessun altro uomo al mondo con cui potrei pensare di passare la mia vita.» Lo aiutò ad alzarsi dal pavimento. «Sei goffo, signor Scrooge. Ma quando vedo il modo in cui mi guardi, è come se potessi sentire parlare il tuo cuore. Non potrei mai rifiutarti e continuare a vivere la mia vita senza rimpiangere una decisione così stupida.»

Senza dire nient'altro, le tenne la mano e fece delicatamente scivolare l'anello all'anulare sinistro. «Non mi sono sbagliato, la misura è perfetta,» disse, mentre Sabrina lo fissava con un'espressione incredula.

«Non ci posso credere!» disse, alzando lo sguardo verso di lui, e gettandogli le braccia al collo, come se la sua vita dipendesse da quell'abbraccio.

***

Dalle prime ore della mattina seguente, Edward fu impegnato a contattare tutti i clienti che sapeva essere sempre alla ricerca di qualcosa di unico.

La fortuna non fu dalla sua parte, poiché, nonostante l'eccellente qualità del rubino e la sua storia interessante, nessuno di essi si dimostrò interessato all'acquisto.

«Devo trovare un modo migliore, qualcosa di più persuasivo della bellezza e della storia che c'è dietro; un dettaglio che attiri la loro attenzione e faccia diventare il rubino un oggetto indispensabile da possedere,» disse, continuando a scorrere la sua lista di clienti.

Si prese la testa tra le mani, come se il mondo stesse crollando su di lui. Inspirava profondamente, ma ad ogni secondo la calma sembrava scemare.

Si guardò intorno e pensò che per il momento, fosse meglio mettere da parte il rubino e concentrarsi su altre questioni. Con Sabrina erano entrati dalla porta sul retro, e non aveva ancora avuto modo di controllare il nuovo allestimento delle vetrine; quindi, decise di dare un'occhiata.

Una volta sul marciapiede, rimase sbalordito. Sembravano quelle di uno di quei negozi di caramelle vecchio stile, ma, invece dei dolciumi, erano esposti i loro migliori gioielli. La primavera era in arrivo e i colori pastello delle tende completavano la decorazione, dando a chiunque guardasse l'impressione di essere su una nuvola, osservando la Terra dall'alto.

«Questo è uno dei migliori allestimenti che io abbia mai visto qui,» disse una voce, interrompendo i suoi pensieri.

Edward si voltò nella sua direzione e riconobbe il signor Sean Hopkins, uno dei suoi clienti abituali. Di solito, si recava lì quando era alla ricerca del regalo giusto per i suoi cari.

Il denaro non era mai stato un problema. Arrivava, sceglieva un oggetto che gli piaceva, pagava senza trattare il prezzo e se ne andava.

«Buongiorno, signor Hopkins,» lo salutò, stringendogli la mano. «In effetti, lo stavo ammirando anch'io. È opera di Sabrina, se ne è occupata durante il fine settimana.»

«Sono venuto per il messaggio che ha lasciato nella mia segreteria telefonica. Ero impegnato e non potevo rispondere al telefono,» disse.

Il volto di Edward si illuminò in un ampio sorriso, sapendo che quella era la migliore possibilità che avrebbe avuto di vendere il rubino. Aprì la porta al signor Hopkins e lo guidò verso il retrobottega.

«Prego, si accomodi. Vado a chiedere a Sabrina di occuparsi del negozio mentre parliamo,» disse Edward, allontanandosi.

Senza rispondere, il signor Hopkins si sedette e si mise comodo. Dopo alcuni istanti, Edward tornò e si diresse verso la cassaforte.

«Ho partecipato ad un'asta di Sotheby's a Mosca la scorsa settimana, e ho avuto il privilegio di acquistare l'*Occhio della Birmania*, una delle pietre più belle che abbia mai visto,» disse, avvicinandosi alla poltrona dove sedeva il signor Hopkins ed aprendo l'astuccio che la conteneva.

«È semplicemente meraviglioso!» esclamò, sbalordito, il signor Hopkins, prendendo il rubino tra le mani.

Con un gesto elegante, Edward gli porse una lente per apprezzarne i più piccoli dettagli.

Con un semplice «grazie», il signor Hopkins la prese e ispezionò la pietra. Edward sapeva che la bellezza del rubino lo aveva già ammaliato; quindi, avrebbe dovuto giocare d'astuzia ed essere convincente ma con discrezione, come suo padre gli aveva insegnato.

Il signor Hopkins continuava a scrutare il rubino, mormorando qualcosa che Edward non riuscì a capire. Quindi, appoggiò la lente sul tavolo e ripose il rubino nella scatola. «È davvero una pietra straordinaria. Ho fatto qualche rapida ricerca su di essa, prima di venire qui. Se credessi nel paranormale, scapperei da questo negozio, e non ci metterei più piede. Tuttavia, lei ce l'ha e non le è successo niente, come, del resto, al personale di Sotheby's. Pertanto, devo dedurre che la leggenda è solamente frutto della fantasia, e che qualsiasi disgrazia accaduta ai precedenti proprietari fu causata dal potere della suggestione. Mi chiedo se ha intenzione di far pagare un extra per questo.»

«Posso capire la sua curiosità. Come ha intuito, la sua storia ha un prezzo. Pietre simili sono di solito esposte nei musei, e questo si rifletté anche sulla base d'asta. Rimasi sorpreso quando il banditore la annunciò.»

Il signor Hopkins distolse lo sguardo da lui, mordendosi le labbra. Anche se non era sua abitudine mercanteggiare, quella volta si chiese se Edward fosse disponibile a trattare.

«Uhm...» mormorò, appoggiandosi sul divano e portando la mano alla bocca. «Quale sarebbe il prezzo?» chiese, dopo una lunga pausa.

«Considerando tutto, direi quattrocentomila dollari,» rispose, tenendo gli occhi fissi sul signor Hopkins.

«Oh! Ad essere onesti, è più di quanto mi aspettavo, anche se la pietra è indubbiamente notevole,» esclamò il signor Hopkins.

«Questo non è un rubino comune come quelli che vengono utilizzati per creare gioielli. Questo è un sangue di piccione AAAA naturale, non trattato, un rubino birmano di 23,4 carati, è l'*Occhio della Birmania*,» disse lentamente Edward, scandendo ogni parola.

Sapeva che alcuni rubini potevano essere acquistati a un prezzo d'occasione, tuttavia, quello davanti ai loro occhi era decisamente un pezzo raro per la sua perfezione, colore e trasparenza, per non parlare della sua storia. «Rubini più famosi sono stati venduti per milioni.»

«Sì,» rispose Hopkins, «ma erano appartenuti a contesse o maharajah!»

«Come quello che ha tenuto tra le mani, che vide intere dinastie attraversare ogni sorta di calamità. Se credesse nella maledizione, potrebbe tentare la fortuna e donare la pietra a uno dei suoi nemici. Forse i re birmani non sono così famosi e raffinati come altri dignitari, ma meritano almeno una menzione d'onore.»

Entrambi risero di cuore al pensiero. «Lei è una persona con la quale è un piacere parlare, nonché uno scaltro negoziatore, ma possiamo concordare un prezzo più basso?» chiese il signor Hopkins, riprendendosi dalle risate.

«Poiché lei è uno dei miei migliori clienti e apprezzo la sua attività, posso scendere a trecentomila; un prezzo inferiore non mi permetterebbe di avere margine di guadagno.» Al prezzo pagato per il rubino doveva aggiungere il costo dei voli, quello per la sicurezza, nonché le tasse di importazione.

Il signor Hopkins ci rifletté per alcuni istanti.

Per Edward il tempo sembrò essersi fermato. Le sue mani cominciarono a sudare, e sentì l'agitazione crescere dentro di sé. Tuttavia, era di fondamentale importanza mantenere un contegno calmo e professionale. La sua mente andò a Sabrina e al loro fidanzamento, l'unico pensiero in grado di calmare il tumulto nella sua anima. Con un sorriso calmo sul volto, aspettò una risposta dal suo cliente.

«Bene, accetto,» disse sorridendo il signor Hopkins, tendendogli la mano.

«È sempre un piacere fare affari con lei,» disse Edward, stringendogliela, con un sorriso ancor più smagliante. «Spero che questa pietra porti gioia e fortuna a chiunque la indosserà,» aggiunse, alzandosi e facendo strada al suo cliente verso il negozio, per finalizzare la vendita.

«Attenda un attimo,» disse il signor Hopkins. «Potrebbe incastonarlo in un anello? Questa pietra merita più di un semplice astuccio per gioielli.»

«In questo caso, dovrà parlare con Sabrina, la nostra creatrice di gioielli. Le suggerirà la soluzione migliore per esaltare la bellezza del rubino,» rispose Edward. «Le farò un prezzo speciale. Voglio che sia completamente soddisfatto del nostro servizio,» aggiunse, tornando in negozio.

«È per questo motivo che sono un cliente affezionato da tanto tempo. Oltre alla qualità, sapete sempre come rendere felice la vostra clientela,» disse il signor Hopkins, sorridendo.

Quando questi se ne fu andato, Edward sentì le sue gambe cedere.

«Va tutto bene?» gli chiese Sabrina.

«Questa è stata una delle trattative emotivamente più difficili che abbia mai fatto,» le spiegò Edward, sollevato dal fatto che la mafia non lo avrebbe più cercato.

"Secondo la leggenda, quel rubino tornerà a casa prima o poi."

Capitolo 16

Edward acquistò spazi pubblicitari su giornali e siti web per dare il maggior risalto possibile alla notizia della vendita dell'*Occhio della Birmania*. Sperava, in questo modo, che giungesse anche alle orecchie di coloro che, presumibilmente, erano sulle sue tracce, distogliendone l'attenzione da sé e dalla sua famiglia.

Sebbene lui non avesse reso pubblico il nome dell'acquirente, di fatto questa sua mossa aveva aggiunto il signor Hopkins alla lista delle vittime della maledizione, e a Edward non rimase altro che sperare che nessuno sarebbe andato a cercarlo.

"So che è eticamente scorretto non aver informato il signor Hopkins che la mafia russa vuole impossessarsi del rubino, ma sono affari, niente di personale," pensò.

Non andava fiero del suo comportamento, ma si sentiva sollevato che né Sabrina né lui erano più in pericolo.

Lo squillo del telefono lo riportò alla realtà. «Sherwood,» rispose, con il suo solito tono occupato.

«Ho visto il modo in cui hai enfatizzato la vendita del rubino. È stata una mossa intelligente per proteggersi, seppur non la più giusta.» Come suo solito, Mikhail aveva saltato qualsiasi convenevole ed era andato dritto al punto.

«È la vita stessa a non esserlo, amico mio. Dobbiamo prenderci cura di noi stessi e di coloro che amiamo,» si difese. «Se non avessi avuto Sabrina al mio fianco, avrei potuto correre il rischio e vedere se sarebbero riusciti a prendermi. Sono un uomo d'affari, non acquisto gioielli per il mio piacere personale. Questo è un hobby che lascio ai miei ricchi clienti.»

«Non era una critica, ma una semplice osservazione,» rispose Mikhail, dopo aver percepito la sfumatura di amarezza nella voce di Edward.

«Nessun problema. Del resto, hai ragione. Pur non infrangendo alcuna legge, la mia condotta potrebbe essere definita eticamente discutibile. Ma negli affari funziona così; ci si imbroglia reciprocamente pur di trarre maggior vantaggio per noi stessi.»

«Comunque, ti ho chiamato solamente per avvisarti che se quei gentiluomini fossero ancora determinati a riprendersi la pietra, tu potresti essere ancora nel loro mirino,» disse Mikhail. «Hai fatto in modo che tutto il mondo sapesse che lo hai venduto, ma se non riuscissero a risalire all'acquirente, verrebbero da te. Dì alla tua guardia del corpo di tenere gli occhi aperti, perché queste persone sono imprevedibili.»

«Ho già organizzato la protezione per la mia famiglia. Come ho detto, il mondo degli affari non ha una morale e a qualcuno potrebbe venire l'idea di vendicarsi. Mi è successo in passato, quindi penso di aver imparato la lezione,» disse.

«Ottimo, in questo caso non ho altro da aggiungere. Se in futuro avrai di nuovo bisogno di me, saprai come raggiungermi. Sempre che sarò ancora vivo.»

«Me lo auguro. Abbi cura di te.»

***

«È ora di tornare a casa!» esclamò, Edward, entrando in laboratorio.

Sabrina alzò gli occhi, rossi e gonfi dopo una lunga giornata di lavoro. «È già ora di chiudere?» chiese, allungando la schiena sulla sedia.

«Sì, e dovresti prenderti cura dei tuoi occhi, farli riposare di tanto in tanto.» Lentamente, con una mano raggiunse la sua guancia per accarezzarle la pelle morbida.

«Lo so, ma c'è così tanto da fare. Non riesco nemmeno a pensare di andare sul divano e chiudere gli occhi per un momento.»

Misero al sicuro i gioielli nella cassaforte, attivarono il sistema di allarme e se ne andarono.

Le giornate avevano iniziato ad allungarsi e le temperature serali erano abbastanza miti da far prendere loro in considerazione l'idea di abbandonare i loro cappotti invernali.

Edward inspirò profondamente. «L'arrivo della primavera mi mette di buonumore. È come quando ti svegli al mattino dopo un brutto incubo, ed improvvisamente, l'oscurità svanisce.»

Sabrina sorrise e lo guardò. «Che modo poetico di descriverlo. Nonostante la mia stagione preferita sia l'estate, anche a me la primavera riempie di allegria.»

«Stavo pensando che potremmo assumere qualcuno per aiutarti,» propose Edward, mentre camminavano verso casa. «Inoltre, durante le mie assenze per partecipare alle aste, ci permetterebbe di tenere aperti sia il laboratorio che il negozio. Pagare uno stipendio non sarebbe un problema, e ci garantirebbe maggiori guadagni. Dovremmo iniziare a selezionare alcuni candidati.»

Edward era di buon umore. Nonostante l'onnipresente minaccia rappresentata dalla famiglia Kozar, avere il rubino lontano dal suo negozio lo faceva sentire sollevato. Naturalmente, Steve ed i suoi collaboratori si occupavano ancora della sicurezza sua e di Sabrina, e, se fosse successo qualcosa, avrebbe potuto contattare Mikhail per ulteriore supporto.

«Sono d'accordo, è un'ottima idea,» rispose Sabrina.

Continuarono a camminare in silenzio. Man mano che si faceva buio la luce dei lampioni si sostituiva a quella del sole per illuminare le strade. Uno dopo l'altro, i negozi chiudevano, mentre bar e ristoranti aprivano per la serata. Era giovedì, ma la temperatura gradevole aveva invitato molte persone ad uscire.

Sabrina scrutava il suo fidanzato. Un quasi impercettibile tremolìo nella sua voce le aveva suggerito che stava cercando di nascondere qualcosa, e lei aveva intenzione di scoprire se fosse legato al suo viaggio in Russia o a qualcos'altro.

«Cosa c'è che non va?» le chiese Edward. «Sei così silenziosa...»

Sabrina smise di camminare e si voltò verso di lui. «Stavo pensando...» esordì, incerta. «Mi stai nascondendo qualcosa?» chiese. Quindi, prendendo un profondo respiro, lo fissò. «Prima, mentre parlavi di assumere una persona, ho avuto l'impressione che stessi cercando di nascondere qualcosa. Potrei sbagliarmi, ma preferisco chiarire subito tutto, piuttosto che rimuginarci sopra.»

"Non posso dirle la verità," pensò Edward. "Per la sua sicurezza, non deve conoscere tutti i dettagli della nostra attività."

Cercò un modo per rivelarle qualcosa senza scendere nei dettagli. «Non ti sto nascondendo nulla, tesoro. Sai quanto può essere complicato il commercio dei preziosi. In particolare, in quello delle pietre maledette ci sono sempre più dettagli da considerare. Il prezzo è uno di questi. Il valore dell'*Occhio della Birmania* non si avvicinava nemmeno ai trecentomila dollari per i quali l'ho venduto; anzi, anche i centoventimila che lo pagai erano, probabilmente, troppi. Quindi, ogni volta devo trovare un modo di vendere la pietra ed ottenere il massimo profitto. E per ottenere ciò, le maledizioni sono il migliore valore aggiunto.»

«Non pensi che sia sbagliato?» chiese Sabrina.

«Le regole del mercato non sono giuste. Mi assicuro sempre che chi acquista la merce non creda alle maledizioni, ed alzo il prezzo, puntando sulla storia del gioiello, piuttosto che sulle leggende.»

Sabrina annuì pensierosa, tenendo gli occhi a terra. «Ma ci deve essere un confine dell'etica...»

«... che io non sto attraversando,» la rassicurò, finendo la sua frase. «Tesoro, non farò nulla di illegale, lo prometto. Non c'è alcuna differenza tra le mie strategie pubblicitarie e quelle della tavola calda che pubblicizza che il loro è il miglior hamburger della città.»

Lei ridacchiò, divertita da quel paragone, ma Edward aveva còlto nel segno. Di tutti gli annunci di ristoranti che vantavano di avere 'il miglior hamburger della città', probabilmente nessuno di essi era abbastanza buono da meritare quel titolo.

Edward la tenne stretta mentre entravano nel loro appartamento. «Non parliamo di ciò che è giusto o sbagliato. Non sono un assassino... almeno non ancora,» disse, ridendo di cuore a quella battuta.

«Allora penso di poter gestire il tuo mistero.»

Non era facile per lui nascondere i segreti più oscuri.

"Alcune pietre tornano da sole, come nel caso della perla del signor Milton; altre hanno bisogno di un piccolo aiuto, ma questo è un dettaglio che devo tenere nascosto. Non solo a Sabrina ma anche a mio padre perché questo era un segreto tra me e il nonno."

Edward era convinto che meno Sabrina sapeva, meglio sarebbe stato per tutti. Solo poche persone conoscevano tutti i dettagli nascosti nel lato oscuro del commercio dei gioielli, e sapevano come mantenerli segreti.

Capitolo 17

Passarono alcuni mesi, durante i quali Edward e Sabrina furono sommersi dal lavoro. Nonostante ciò, decisero di sposarsi comunque. Fu una cerimonia semplice e rinunciarono al viaggio di nozze, ma si ripromisero di rifarsi una volta assunto più personale e con maggior tempo libero a disposizione.

Era una calda giornata di luglio, e in negozio c'erano alcuni clienti in attesa di parlare con Sabrina per dei gioielli personalizzati.

Edward stava controllando online quando si sarebbe tenuta la prossima asta e valutava la possibilità di acquistare nuove pietre dai suoi fornitori. Calcolò mentalmente che il prossimo viaggio lo avrebbe tenuto lontano dal negozio più di un paio di giorni; quindi, sarebbe stato tutto nelle mani di Sabrina e di Janice, la nuova orefice che avevano assunto.

La porta si aprì, facendo tintinnare il campanellino sopra di essa. Edward alzò lo sguardo dal computer per accogliere con un sorriso il cliente appena entrato.

«Buon pomeriggio,» lo salutò, con un'espressione cordiale.

L'uomo, con un distintivo del dipartimento di polizia di New York appeso al collo, non rispose immediatamente. Si guardò intorno e si diresse verso il bancone. «Buon pomeriggio. È possibile fare due chiacchiere con il proprietario del negozio?» chiese.

«Ce l'ha di fronte. Piacere, Edward Sherwood.»

«In questo caso, le devo delle scuse. Pensavo che suo padre gestisse ancora l'attività.»

«Mio padre è andato in pensione anni fa. Da allora sono l'unico proprietario. Cosa posso fare per lei, signor...?»

«Detective Lindström, Lars Lindström. Incontrai suo padre durante l'indagine sulla morte del signor Milton,» si presentò l'uomo.

«Ricordo l'incidente. Fu terribile,» rispose Edward, scuotendo tristemente la testa.

Il detective annuì. «Sì, il signor Milton fu decisamente sfortunato. Ma il caso è tuttora irrisolto, non essendo stato chiarito se si sia trattato di incidente o di omicidio. La cosa strana fu che, dopo la tragedia, la perla che il signor Milton aveva acquistato da suo padre scomparve misteriosamente.»

«Me la ricordo, un esemplare unico e straordinario. Girava voce fosse maledetta. Chissà, magari non era del tutto una fantasia,» sospirò Edward, con un sorriso triste.

«Non credo nelle maledizioni,» rispose Lindström, con una smorfia.

«Nemmeno io, ma ammetterà che c'è sempre un minimo fondamento di verità in ogni leggenda. Ma non credo che lei sia venuto qui a discutere di maledizioni, vero?»

Il detective ridacchiò. «Ovviamente, no. Sono venuto per l'incidente che è quasi costato la vita al signor Sean Hopkins. Ne ha sentito parlare?»

Improvvisamente, i moniti di Mikhail gli tornarono in mente. Nonostante fosse sorpreso, riuscì a non farlo trapelare, mostrando al detective un atteggiamento calmo.

«Non ne so niente. Cos'è successo? Quando?»

«È successo una settimana fa. È ancora in ospedale e le sue condizioni sono critiche. Sembra che i freni della sua auto non abbiano funzionato. Abbiamo eseguito un accurato controllo del veicolo, ma senza trovare alcun segno di manomissione. La scientifica lo ha descritto come uno sfortunato incidente, che avrebbe potuto accadere a chiunque.»

Lindström non poteva accusare alcuno di quanto successo al signor Hopkins. Eppure, non poteva fare a meno di chiedersi come fosse possibile che due persone che avevano acquistato pietre presumibilmente maledette alla *Gioielleria Sherwood* avessero entrambe incontrato un tragico destino.

«Vede, a rendermi ulteriormente sospettoso è il fatto che, anche in questo caso, un articolo acquistato in questo negozio è misteriosamente scomparso. La moglie del signor Hopkins ci ha parlato di un anello con un rubino,» spiegò il detective.

Il tono velatamente accusatorio di Lindström non piacque a Edward.

«Mi perdoni, ma non capisco dove lei voglia arrivare. L'ultima volta che ho visto l'anello è stato il giorno in cui glielo consegnai,» rispose Edward, con tono tranquillo.

Nonostante l'apparente calma mostrata, il detective notò il modo in cui era impallidito ed il tremore delle sue mani.

«Un incidente potrebbe essere una coincidenza,» proseguì, fissandolo negli occhi. «Ma due mi fanno pensare ad uno schema che riporta direttamente a questo negozio.»

Edward scosse la testa e deglutì. «Sta forse insinuando che, in qualche modo, io sia responsabile di questi due incidenti?»

«Certo che no. Voglio solamente scoprire il motivo perché, in entrambi i casi, i tecnici non siano riusciti a trovare un guasto nei mezzi coinvolti,» insistette Lindström. «Inoltre, sono curioso di sapere che fine hanno fatto la perla del signor Milton e l'anello con il rubino del signor Hopkins.»

«Capisco,» disse Edward, mantenendo la calma. «Qualsiasi gioiello o pietra preziosa può avere una storia raccapricciante, ma non significa che sia maledetta. La storia è piena di reali, nobili, guerrieri che avevano un oggetto a cui tenevano particolarmente; alcuni di loro caddero in disgrazia, altri furono uccisi. Le persone sono mortali, mentre le pietre sono eterne e passano di generazione in generazione, di proprietario in proprietario assimilandone sogni, speranze, amore, ma anche odio, cattiveria, vendetta; quindi, per un collezionista possederne uno o più significa diventare parte della storia, un modo per perpetuare nei secoli il proprio nome ed i propri sentimenti. Nel mondo ci sono numerosi gioielli e pietre antichissime, non ho bisogno di uccidere nessuno per soddisfare la crescente richiesta.»

"Non ha idea di cosa stia parlando. Tuttavia, temo che si stia avvicinando pericolosamente alla mia attività," pensò.

Non vedeva l'ora che quel detective ficcanaso uscisse dal suo negozio; aveva bisogno di parlare con Mikhail e con suo padre. In particolare, quest'ultimo doveva pur sapere qualcosa della sua curiosità morbosa verso la loro attività.

Percependo il disagio di Edward e sapendo che non c'era alcun indizio a collegare il negozio e i suoi proprietari agli incidenti, Lindström ammorbidì la sua espressione.

«Come le ho detto, non sto accusando né lei, né suo padre. Sto solamente cercando di risolvere questi due casi. Troppi dettagli non combaciano ed io vorrei capirne il perché.»

Il detective lo guardò di nuovo. Nonostante gli sforzi per mantenere la calma, la fronte del signor Sherwood era imperlata di sudore.

«Bene. Se avrà bisogno di aiuto, saprà dove trovarmi,» assicurò Edward, poggiando le mani sul bancone.

Per alcuni lunghi istanti, rimasero a guardarsi negli occhi, studiandosi a vicenda.

Edward sapeva che l'interesse di Lindström sulla sua attività avrebbe causato solamente ulteriori problemi, cosa che avrebbe preferito evitare.

Il detective, dal canto suo, non si era aspettato di dover avere a che fare con il figlio di Herman, e in quel primo incontro, il giovane nuovo proprietario non gli fece una buona impressione. I suoi movimenti, ed il modo in cui lo guardava suggerivano che nascondesse qualcosa di oscuro.

Senza distogliere lo sguardo da lui, Lindström prese un profondo respiro. «Apprezzo la sua disponibilità e spero che, con la sua collaborazione, arriveremo alla soluzione di questo mistero. Per il momento, mi accontenterei di scoprire qual è stata la causa dell'incidente del signor Hopkins e dove si trova il rubino.»

Detto questo, senza aspettare alcuna risposta da parte di Edward, voltò le spalle e se ne andò.

Non appena la porta si chiuse dietro di lui, Edward afferrò il telefono. Dal momento che non c'erano clienti, non aveva motivo di rimandare la chiamata a suo padre.

«Che sorpresa sentirti!» lo salutò Herman, allegramente.

Al suono di quella voce, i tratti del volto di Edward si rilassarono, ma non l'agitazione che aveva dentro di sé.

«Papà, ti chiamo perché è successa una cosa, in negozio,» esordì. «Ti ricordi il caso del signor Milton?»

«Certo. Stavi studiando a Londra e mi chiamasti nel cuore della notte,» gli rispose.

«Ti ricordi il detective che venne ad interrogarti al riguardo?» proseguì, cercando di mantenere la voce ferma.

Ci fu una breve pausa di silenzio. «Non potrei mai dimenticare quel giorno. Ma cosa ha a che fare con te?» chiese Herman, con una nota di preoccupazione nella voce.

«È venuto di nuovo, sta indagando su un incidente accaduto al mio ultimo cliente. Il signor Hopkins è stato recentemente coinvolto in un incidente d'auto. Ti ricordi che gli vendetti il rubino?» Fece un lungo respiro per raccogliere i suoi pensieri e strinse il pugno sul bancone.

Una coppia si fermò davanti alla vetrina, ammirando un particolare gioiello. Edward rimase a guardarli in silenzio, trattenendo il respiro, fino a quando non si allontanarono.

«Il signor Hopkins non è morto, ma è in condizioni critiche in ospedale. Il detective sta indagando sulle cause dell'incidente e sulla misteriosa sparizione del rubino,» continuò.

«Secondo la scientifica, i freni dell'auto non funzionarono, ma non hanno trovato alcun segno di sabotaggio. Sembra che il detective sia intenzionato a trovare un collegamento tra questo incidente con la sparizione del rubino e quello del signor Milton con la sua perla. È venuto al negozio aspettandosi di trovarti ed è stato un po' sorpreso di scoprire che eri andato in pensione, lasciando l'attività a me. Temo mi sospetti per quello che è successo al signor Hopkins,» concluse Edward.

«Non devi preoccuparti, a meno che non sia stato tu a causare l'incidente e rubare il rubino. Vedi, fu proprio questo il motivo a spingermi a mettere in secondo piano il commercio degli oggetti maledetti, privilegiando l'attività della gioielleria. Sappiamo che, a volte, gli oggetti maledetti tornano al nostro negozio.»

La lunga pausa che seguì spinse Edward a meditare sulla sua scelta di portare avanti la tradizione degli Sherwood, come commercianti di pietre preziose maledette.

«A proposito, come sta andando il laboratorio?» chiese Herman, desideroso di cambiare argomento. Da quando era andato in pensione, preferiva non sentire più parlare di pietre maledette.

«Tutto sta andando alla grande. La richiesta di gioielli personalizzati è aumentata, quindi abbiamo dovuto assumere un'altra persona, Janice. Aveva appena terminato gli studi come designer di gioielli e stava cercando un apprendistato. Non ci è voluto molto per capire che aveva molto talento, quindi l'abbiamo assunta.»

La voce di Edward si rilassò. «Come sta la mamma? L'ho chiamata la settimana scorsa, e non sembrava lei.»

«Sta bene. Sta solo attraversando un periodo stressante, nient'altro,» disse Herman. «Ha deciso di coltivare le verdure, solo per il nostro consumo, ma credo che quello che avrebbe dovuto essere un hobby, sia diventato un impegno troppo grande.»

La nostalgia velò il volto di Edward. Da quando i suoi genitori si erano trasferiti sull'isola di Maui, gli mancava la loro presenza quasi quotidiana, poterli andare a trovare ogni volta che lo desiderasse, invece che solamente una volta l'anno. «Dovrebbe prendersi cura di sé stessa. La chiamerò presto e organizzerò la prossima vacanza per venire a trovarvi.»

«Sarebbe fantastico, ci manchi tanto. E vorremmo rivedere anche Sabrina, sai quanto le siamo affezionati...»

«Ti farò sapere appena avremo deciso quando venire a trovarvi, e ti terrò aggiornato su qualsiasi novità da parte di Lindström...»

«Fai attenzione e fammi sapere se c'è qualcosa che posso fare per aiutarti,» disse Herman, con la voce che gli tremava.

Capitolo 18

Appena terminata la telefonata con suo padre, Edward rifletté se fosse il caso di informare Mikhail delle indagini e chiedergli come gestire il detective.

«Devo aspettare fino a questa sera, ora sarebbe troppo presto,» mormorò, considerando la differenza di fuso orario.

Il silenzio nel negozio aumentò la sua angoscia, e mai come in quel momento, aveva sperato che qualcuno entrasse, anche solamente per dare un'occhiata. La porta del laboratorio che si aprì lo fece sussultare e si voltò di scatto, come se si aspettasse di vedere un fantasma.

Tirò un profondo sospiro di sollievo quando vide Sabrina e Janice. «Mi avete quasi spaventato. È già ora di chiudere per il pranzo?»

«Ti spaventi abbastanza facilmente, ma sì, siamo venuti qui per salvarti dal troppo lavoro,» disse Sabrina, sorridendo, mentre andava a chiudere a chiave la porta d'ingresso.

«Ero così preso a controllare gli oggetti che saranno battuti alla prossima asta, che ho perso la cognizione del tempo,» spiegò, chiudendo il suo computer e attivando il sistema di allarme.

«Oltre a un paio di clienti, è stata una mattinata fin troppo tranquilla,» osservò Janice, aggrottando la fronte.

«Nella nostra attività ci sono spesso giornate così. Di solito, il pomeriggio c'è maggior movimento,» la rassicurò Edward, dandole una leggera pacca sulla spalla.

Durante il pranzo in un ristorante lì vicino, Sabrina e Janice parlarono del più e del meno. La mente di Edward, invece, era concentrata sulla visita del detective ed il futuro del negozio. Non aveva alcuna intenzione di abbandonare i suoi affari più redditizi, e quei pensieri gli impedirono di godersi il pasto e seguire i discorsi delle due ragazze.

"L'ultima cosa di cui ho bisogno è una fedina penale sporca che disonori il nome della mia famiglia. Non posso offuscare la reputazione cristallina che gli Sherwood si sono fatti in oltre duecento anni di storia," pensò.

***

«Devi dirmi cosa ti sta succedendo,» disse Sabrina quella sera, mentre abbracciati sul divano, si rilassavano guardando un po' di tv.

Edward si allontanò leggermente. «Cosa intendi?»

«Forse speravi che non se ne accorgesse nessuno, ma io non sono nessuno. Ti conosco meglio di quanto desideri e capisco quando qualcosa ti preoccupa.»

Con una mossa nervosa, Edward mise la testa tra le mani. Era giunto il momento di dirle la verità. «Ho avuto una visita, oggi. Un detective del dipartimento di polizia.»

«Davvero? C'è qualcosa di cui dovrei preoccuparmi?»

«No, non credo. Sta indagando sugli incidenti accaduti a due clienti che acquistarono da noi pietre maledette,» iniziò a raccontare Edward.

Sabrina rimase di ghiaccio. «Cosa c'entra il nostro negozio?» chiese, con un filo di voce.

Edward si strinse nelle spalle. «Non ne ho idea. Forse pensa che mio padre o io abbiamo causato quegli incidenti per recuperare le pietre preziose.»

Sabrina si alzò, incrociando le braccia sul petto. «È semplicemente ridicolo!»

«Esattamente quello che gli ho detto. Le maledizioni sono solamente autosuggestione che influenza negativamente i comportamenti delle persone che ci credono.» Edward la raggiunse, inclinando la testa di lato. «Non pensiamoci più. Mi dispiace averti fatto preoccupare. Non avrei dovuto permettere ad una simile sciocchezza di mettermi di cattivo umore.»

Le mise le mani sui fianchi, sperando di rilassarsi e dedicare la serata ad attività più piacevoli.

Mentre la teneva stretta a sé, non pensò più alle maledizioni, agli affari, a Mikhail e, soprattutto, al detective Lindström.

"Ogni cosa a suo tempo, e ora dobbiamo solamente divertirci."

Mentre le loro labbra si fondevano in un tenero bacio, le loro anime raggiungevano il luogo riservato solo a sé stessi e alle loro fantasie, qualsiasi problema sembrò meno importante, leggero come una piccola nuvola spinta dal vento.

***

Quella mattina, Edward aprì gli occhi al nuovo giorno con una sensazione positiva. La serata di passione con Sabrina gli aveva permesso di riacquistare fiducia nel futuro.

Si voltò verso di lei, e le si avvicinò per baciarla e riportarla a sé, dalla lontana terra dei sogni.

«Uhm...buongiorno...» lo salutò, sbadigliando e stiracchiandosi. «Stavo riposando così bene...»

«Vorrei che questa potesse essere la nostra vita di tutti i giorni...» disse Edward, alzandosi e dirigendosi verso la doccia.

Di solito, era il primo a usare il bagno. Sabrina preferiva dormire, leggere le notizie sul suo telefono, stiracchiarsi e godersi l'abbraccio delle lenzuola.

Quando, dopo la doccia, Edward andò in soggiorno, notò il suo telefono che lampeggiava.

Lo prese e vide che Mikhail lo aveva chiamato nel cuore della notte e, dal momento che non gli aveva

195

risposto, gli aveva mandato diversi messaggi, chiedendogli di richiamarlo urgentemente.

Sebbene Sabrina fosse a conoscenza degli affari che trattava con lui, Edward capì che, in quel caso, sarebbe stato meglio non ascoltasse quella conversazione; si trattava, evidentemente, di qualcosa estremamente grave, quindi, per la sua sicurezza, era meglio tenerla all'oscuro.

Decise di rispondere al messaggio e guadagnare un po' di tempo.

Adesso non posso chiamarti. Aspetta che sia in negozio e trovi un momento per stare da solo.

Guardò in direzione del bagno, dove Sabrina era ancora sotto la doccia, canticchiando allegramente.

Trasalì quando il cellulare squillò.

«Mikhail?» rispose, sorpreso.

«*Družíšče*[3], non c'è tempo da perdere. Non ti ho chiamato per chiederti com'è il tempo a New York,» disse Mikhail.

Gettando un'ulteriore occhiata alla porta del bagno, Edward decise di uscire sul balcone. «Qual è la cosa così importante per chiamarmi nel pieno della notte?» mormorò, per mantenere un certo livello di riservatezza.

«Se avessi in programma di partecipare all'asta di Mumbai, faresti bene a ripensarci. Lascia che ce ne occupiamo noi,» gli disse, senza mezzi termini.

---

[3] Družíšče in russo significa "amico"

Edward rabbrividì. Il ricordo di quanto successo a Mosca era ancora vivido nella sua mente; sicuramente, non era intenzionato a ripetere l'esperienza. «Qual è la minaccia?»

«So che sarà battuto il diamante *Stella del Mattino* che eri intenzionato a riprenderti. Se sei ancora interessato, ti consiglio di fare in modo che non risulti a nome tuo,» lo avvertì.

Edward ci pensò sopra. Tenendo d'occhio la porta del bagno, vide Sabrina uscire; a breve, sarebbe stata ora di andare in negozio.

«E se lo acquistasse qualcun altro?»

«Allora dovremo sorvegliarlo. Se lo riprenderai, sai che dovrai mantenere il segreto per almeno quattro anni prima di poterlo rimettere sul mercato, senza destare sospetti. La polizia ti tiene d'occhio e devi stare più attento. Questo non è un gioco.»

«Devo andare ora, non sono solo. Comunque, mi hai convinto, non parteciperò all'asta. Per quanto riguarda il diamante, ti farò sapere.» Senza aspettare una risposta, Edward interruppe la conversazione e rientrò in casa.

«Eri al telefono?» gli chiese Sabrina.

«Sì, era mio padre. Ieri sera provò a chiamarmi, ma il mio telefonino era spento, così, mentre ti aspettavo, ho pensato di richiamarlo.»

Con un leggero cenno del capo e un'espressione che Edward faticò a decifrare, Sabrina andò in cucina per una veloce colazione.

La conversazione con Mikhail gli aveva procurato un forte mal di stomaco, fare colazione era fuori discussione. Era sicuro che Sabrina avesse intuito la sua bugia e, presto, gliene avrebbe chiesto conto.

***

«Il mese prossimo ci sarà un'asta a Mumbai. Ma non credo di partecipare,» esordì Edward, rompendo il silenzio tra di loro, mentre stavano andando in negozio.

«Uhm...» rispose Sabrina, senza voltarsi a guardarlo.

«C'è qualcosa che non va?»

Sbuffando, Sabrina si fermò. «Mi stai dicendo la verità?»

Era chiaro che stesse rimuginando qualcosa e Edward sapeva che era una questione di minuti prima che esplodesse.

«Che dici?»

«Sai cosa intendo. Non era tuo padre al telefono, vero?» gli chiese, grattandosi la nuca.

«Era Mikhail, e mi ha suggerito di non partecipare all'asta. Secondo lui, se ci andassi, le cose potrebbero mettersi male,» disse, con un'espressione contrita sul volto. «Non intendevo mentirti, ma non volevo che anche tu ti spaventassi a morte; preferisco esserlo io per entrambi.»

«Non sono una bambina, e non ho bisogno che tu mi protegga!» disse, alzando le mani a mezz'aria.

Edward avrebbe voluto risponderle, ma Sabrina lo fermò. «So che dopo il fatto di Jeff a Londra hai promesso di proteggermi, ma credo che tu stia esagerando. Devo essere al corrente di tutto ciò che succede, o non ci sarà spazio per noi.» Era seria. Nonostante l'amore che c'era tra di loro, non avrebbe perdonato le bugie.

«Come posso crederti quando dici di amarmi se tutto ciò che esce dalla tua bocca è una menzogna? L'amore è fiducia, e ora pretendo la verità.» Fece una breve pausa, per permettere a Edward di comprendere il significato di quanto gli aveva appena detto.

Anche se sarebbe stato doloroso, era pronta ad uscire dalla sua vita e iniziarne una nuova. Forse sarebbe tornata a Londra e avrebbe aperto una gioielleria tutta sua. I problemi erano qualcosa di cui non aveva bisogno nella sua vita.

«So che mi stai mentendo da un po' e, prima di decidere di andarmene, voglio che le cose si chiariscano. Quindi, te lo chiedo per l'ultima volta: cosa sta succedendo?» I tratti del suo viso si irrigidirono e serrò i pugni.

Edward la guardò sbigottito, incapace di rispondere e di pensare. Poteva permettersi di perdere tutto, anche la propria vita, ma non avrebbe mai accettato di perdere lei. Le lacrime cominciarono a sgorgare copiose dalla parte più intima della sua anima, e l'immagine sfocata di Sabrina attraverso di esse era l'unica speranza cui potesse aggrapparsi.

Cercò di ingoiare le lacrime e di calmarsi. Quando fu sicuro di poter parlare senza che la sua voce tremasse, prese un respiro profondo.

«Dobbiamo aprire il negozio. Parleremo lì, sarà più facile spiegarti come stanno le cose,» disse.

Mentre il sole sorgeva e le strade si animavano, la prese per mano e si affrettò verso la gioielleria.

Continuarono il tragitto nel silenzio più completo, senza nemmeno guardarsi l'un l'altra.

Quando, finalmente, dopo aver aperto e chiesto a Janice di occuparsi del negozio, furono nella stanza sul retro, da soli e senza alcuna distrazione, Edward si voltò verso Sabrina.

«Ti dirò tutto quello che sta succedendo, e sono sicuro che gran parte non ti piacerà. Ma se vorrai lasciarmi, dovrai farlo per le giuste ragioni, non perché ti ho nascosto qualcosa.»

Lei non rispose. Ascoltò le sue parole, già sospettando ciò che lui aveva cercato di mantenere segreto con tutte le sue forze.

Edward distolse lo sguardo da lei. Non sarebbe stato in grado di guardarla, senza sentirsi in colpa. «Nonostante abbia fatto affari in modo non del tutto eticamente corretto, non c'è mai stato niente di illegale. Per secoli, la mia famiglia ha sfruttato appieno la suggestionabilità delle persone superstiziose; inoltre, ha sempre fatto in modo che le pietre maledette vendute, tornassero in negozio, in un modo o nell'altro.»

Sabrina scosse la testa. «La tua famiglia ha mai avuto un ruolo attivo nelle disgrazie occorse ai clienti?»

«No, ma si assicuravano che gli acquirenti o i loro eredi rinunciassero alla pietra, nell'estremo tentativo di allontanare definitivamente la maledizione dalle loro vite. Mi è stato insegnato a tenere d'occhio i clienti che acquistano queste pietre particolari, attendendo l'occasione giusta per riacquistarle ad una frazione del prezzo che le avevano pagate.» Dire la verità sotto lo sguardo gelido di Sabrina lo mise a disagio. Era sicuro che sarebbe immediatamente andata a casa per fare le valigie.

«E tu?» gli chiese.

Edward chiuse gli occhi, reclinando la testa all'indietro. «Anch'io. Molto più di mio padre.»

«Hai cercato di uccidere il signor Hopkins? Non mi interessa se indirettamente o no, voglio sapere se sei coinvolto nell'incidente che gli è quasi costato la vita. Sei stato responsabile di altri incidenti in passato?» chiese, stringendo i denti, come se stesse cercando di contenere la rabbia che saliva dalla sua anima.

Il cuore di Edward accelerò il battito e gli sembrò mancargli l'aria. «Non ho cercato di uccidere il signor Hopkins, né ho chiesto ad alcuno dei miei collaboratori di farlo. Sospetto sia stata la famiglia russa che ho avuto il *piacere* di incontrare a Mosca, per cercare di prendere il rubino che considerava suo.»

Seguì una lunga pausa di silenzio, rotta solamente dal rumore ovattato del traffico e dal ticchettio dell'orologio a pendolo. Essere stato sincero lo fece sentire bene, ed anche il battito del suo cuore tornò normale. "Continuare a vivere nella menzogna sarebbe stato peggiore di vederla andare via. Non avrei potuto andare avanti temendo che conoscere la verità, avrebbe potuto farla uscire dalla mia vita da un momento all'altro," pensò.

Sabrina guardò l'orologio. «Vado a controllare che Janice non abbia bisogno di aiuto.»

Con quella fredda spiegazione, uscì dalla stanza, concedendogli il tempo per riflettere su ciò che aveva fatto e come riparare il danno che aveva causato.

Capitolo 19

Con lo stesso dolore che avrebbe provato a vedere Sabrina uscire dalla sua vita, Edward la osservò lasciare la stanza.

«Mi sforzo di tenerti al sicuro, come mio nonno e mio padre fecero prima di me con i loro cari, ma non potrei vivere senza di te,» mormorò, cercando le parole giuste da dirle.

Trasalì, quando, dopo meno di un'ora, sentì la porta aprirsi. Sabrina entrò e gli si mise vicina.

«Mi sono presa un po' di tempo per riflettere. C'è solo una cosa che non capisco, perché non me ne hai parlato prima,» chiese, con voce calma e ferma.

«Temevo che esserne a conoscenza ti avrebbe messa in pericolo, o fuggire lontano da me. Mi sbagliavo, e tu meriti di sapere cosa sta succedendo. Mi dispiace, anche se capisco che le mie scuse possano non essere sufficienti.»

Sabrina non sapeva quale decisione prendere. Ma, guardandolo e rivivendo tutto il loro passato, lo capì.

«Siamo insieme in questa attività sin dal primo giorno in cui l'hai rilevata. Non avresti nemmeno dovuto mettere in dubbio se avrei accettato o meno,» disse, scuotendo la testa e avvicinandosi a lui. «Se vogliamo portare avanti il commercio di pietre maledette, dobbiamo stare insieme: non puoi fare tutto da solo.»

Edward la guardò incredulo. Si era aspettato un ultimatum, del tipo o la sua attività di dubbia moralità o Sabrina, l'amore della sua vita. «Dici davvero? Non mi stai chiedendo di smettere di trattare pietre maledette?»

«No! Non ti ricordi il nostro esperimento a Londra? Entrambi decidemmo di portarlo avanti perché lo avevamo trovato avvincente.» Sabrina si avvicinò al volto di Edward. «Non c'era alcun profitto in quella vendita, ma mi permise di intuire il potenziale di questo commercio. Jeff fu la causa della sua stessa sfortuna, ma fu solo una prova.»

Edward si avvicinò ancora di più al suo viso, tanto da avvertire il suo respiro sulle labbra e poterle unire alle sue. «Temevo che ti fossi spaventata e non volessi avere nulla a che fare con questo tipo di attività...»

Sabrina lo tirò ancora più vicino a sé, finché le loro labbra non si toccarono. «Potresti avermi frainteso,» sussurrò.

Il respiro di Edward divenne irregolare. Non c'era niente che volesse di più che afferrarla e farla sua, proprio lì.

Con un bacio veloce, però, si allontanò, sorridendo. «Avremo modo di parlare di questo problema questa sera. Nel frattempo, ti suggerisco di tornare al tuo laboratorio e provare a pensare a qualcos'altro.»

Una volta tornato in negozio, si voltò verso l'orologio che segnava le nove e mezza. Chiuse gli occhi e prese un lungo respiro per calmare il suo spirito irrequieto.

Con il solito trillo del campanellino, la porta si aprì, ed il detective Lindström fece il suo ingresso, con un'espressione grave negli occhi.

L'umore di Edward si incupì immediatamente, nonostante ciò, lo accolse con un sorriso stampato sul volto.

«Buongiorno, detective.»

«Vedremo se sarà un buon giorno o no,» disse, con tono perfido.

«Mi scusi?»

«Il signor Hopkins è morto ieri, e questa volta non si è trattato di un incidente. È stato assassinato ed entrambi conosciamo il primo nome che mi è venuto in mente,» disse il detective.

«Allora, è nel posto giusto, ma non per la ragione che crede,» esordì Edward. «Non avevo motivo di uccidere il signor Hopkins. Invece, ci sono alcune persone disposte a tutto pur di avere il rubino che gli vendetti; addirittura, cercarono di uccidermi dopo l'asta a Mosca. Ma non immaginavo fossero determinate al punto di mettersi sulle tracce di chiunque lo possedesse.»

Il detective lo guardò attraverso gli occhi socchiusi. «Se ha delle prove di quanto afferma, le chiedo di seguirmi al distretto per rilasciare una dichiarazione.»

Era evidente che a Lindström non piaceva il giovane Sherwood. Le sue espressioni beffarde e l'inutile sarcasmo gli davano sui nervi. Se essere fastidioso fosse stato un crimine, lo avrebbe messo dietro le sbarre per il resto della sua vita.

«Certamente. Vado a chiedere alla mia socia di sostituirmi in negozio. Spero di non dovere stare via molto, siamo sommersi dagli ordini,» disse, allontanandosi verso il laboratorio.

Il cuore prese a battergli più velocemente. Sebbene non avesse nulla a che fare con la morte del signor Hopkins, lo preoccupava la possibilità che il detective Lindström indagasse sul destino di tutti i suoi clienti precedenti.

"Se iniziasse a scavare, non sarebbe difficile collegare i loro sfortunati destini e le misteriose scomparse degli oggetti che avevo venduto loro." Esitò per un momento davanti alla porta del laboratorio.

Da lì, poteva sentire il suono smorzato delle voci di Sabrina e Janice, la radio che tenevano accesa ed il ronzio degli strumenti che stavano utilizzando.

Dopo aver riacquistato un certo contegno, aprì la porta. «Sabrina, posso parlarti un attimo?»

Lei alzò lo sguardo dal ciondolo su cui stava lavorando, appoggiandolo delicatamente sul tavolo. «C'è qualcosa che non va?» L'espressione preoccupata di Edward faceva intuire che non avesse buone notizie.

«Devo assentarmi per un po', ho alcune commissioni di cui occuparmi; potresti sostituirmi?» Non voleva dirle di fronte a Janice che sarebbe andato al distretto con il detective Lindström per l'omicidio del signor Hopkins.

«Certo,» rispose, alzandosi dalla sedia. «Ci vediamo dopo,» aggiunse, dando un'occhiata a Janice.

«Ieri sera il signor Hopkins è stato assassinato ed il detective Lindström è tornato per farmi delle domande. Gli ho raccontato dei russi che erano interessati al rubino, e mi ha chiesto di andare al distretto per rilasciare una dichiarazione,» le spiegò più velocemente possibile, nel retrobottega.

«Va bene, poi mi racconterai,» gli rispose.

«Possiamo andare,» disse Edward, rivolgendosi a Lindström.

Il tragitto verso il distretto avvenne nel silenzio più completo. Edward aveva percepito una nota di ostilità nel comportamento del detective; quindi, preferì evitare qualsiasi tipo di commento.

"So che sta facendo il suo lavoro cercando di trovare chi ha ucciso il mio cliente, ma a volte sembra sperare che sia io. Da questo momento in poi, dovrò essere molto attento, mi terrà sicuramente d'occhio," pensò, osservandolo di sottecchi.

Una volta al distretto, il detective gli fece strada verso una saletta e lo invitò a sedersi.

I due uomini si fissarono, ognuno cercando di indovinare i pensieri dell'altro.

«Signor Sherwood, mi dica qualcosa in più su queste persone che potrebbero aver ucciso il signor Hopkins,» chiese Lindström, andando diritto al punto.

«Prima di raggiungere Mosca per l'asta, fui avvertito che avrebbero partecipato alcuni membri della mafia russa. Il servizio di sicurezza che avevo assunto mi disse che erano interessati allo stesso rubino che avrei voluto aggiudicarmi.» Si prese una breve pausa per ricordare gli eventi. «Nonostante ciò, decisi di partecipare e, una volta lì, superai la loro offerta e mi aggiudicai il rubino per centoventimila dollari, ma ci volle poco tempo perché mi trovassi faccia a faccia con le loro pistole. Fu merito delle mie guardie del corpo se riuscii a raggiungere l'aeroporto in sicurezza. Mi consigliarono, però, di venderlo rapidamente, poiché c'era la possibilità che fossi ancora un bersaglio.»

Lindström sorrise. «Sembra la trama di un film di spionaggio...»

«Invece, è quello che successe. Se vuole, la posso mettere in contatto con il responsabile dell'agenzia di sicurezza privata di cui mi servii là, oppure con la guardia del corpo che mi accompagnò a Mosca e ritorno, le racconteranno tutti la stessa storia.»

«Mi permetta di farle una domanda, si sente sempre così minacciato?» gli chiese, sorpreso dal livello di protezione che lo circondava.

Edward si lasciò sfuggire una risatina. «La mia attività attrae nemici e ladri allo stesso modo. Spendo qualsiasi somma necessaria a proteggere la vita mia e dei miei cari; il denaro non è importante quanto la famiglia.»

Edward cercò il suo telefono e mostrò al detective il numero di Mikhail. «Questo è l'uomo che si occupò del servizio di sicurezza a Mosca.»

«Le dispiacerebbe chiamarlo adesso, in modo che ci possa parlare?» chiese Lindström.

Edward annuì. "Non c'è niente di peggio che avere un detective testardo alle calcagna che spera di trovare un qualsiasi motivo per arrestarti," pensò.

Il telefono squillò a lungo, prima che Mikhail rispondesse.

«*Družíšče,* non mi aspettavo una tua chiamata,» rispose una forte voce maschile dal vivavoce del telefono.

«Ciao Misha, ho attivato il vivavoce perché sono con un detective del dipartimento di polizia e...»

«Sei stato arrestato?» lo interruppe Mikhail, ridendo rumorosamente. «Che cosa hai combinato?»

«Ha a che fare con il rubino che acquistai all'asta di Mosca. Potresti raccontarci cosa successe?» La voce di Edward sembrava calma, tranne che per un leggero tremolìo che tradiva il suo tumulto interiore.

«Quando sei stato quasi ucciso dai fratelli Kozar?» ridacchiò. «Beh, detective, se sta ascoltando, i Kozar erano interessati al rubino che il signor Sherwood si aggiudicò. Non so perché, ma se lei conoscesse quella famiglia, sono certo che non vorrebbe scoprirlo. Nonostante i miei avvertimenti di non partecipare

209

all'asta, il signor Sherwood decise di correre il rischio, e, mentre usciva dalla casa d'aste, ebbe il piacere di fare la loro conoscenza.» Mikhail prese un respiro profondo. «I miei collaboratori ed io siamo addestrati per queste situazioni e abbiamo fatto in modo che ne uscisse senza un graffio. Tuttavia, gli suggerii di vendere rapidamente il rubino.»

«Quindi, come pensa che abbiano potuto uccidere il signor Hopkins, il nuovo proprietario?» chiese Lindström.

«Oh, ecco il detective!» esclamò Mikhail, con una risatina. «Non mi dica che sospettava il signor Sherwood di essere l'assassino... Non immagina nemmeno i contatti che una *Bratva* può avere in ogni angolo del mondo. Se vogliono qualcosa o qualcuno, lo trovano. Quel rubino era una questione d'onore, e lo volevano indietro ad ogni costo.»

«Ma il signor Hopkins non aveva il rubino. Quella pietra è scomparsa e nessuno sa dove si trovi...» borbottò Lindström, paventando la possibilità di avere altre vittime se non lo avessero trovato presto.

«Scommetto che uccisero il signor Hopkins per sbarazzarsi di un testimone. Probabilmente, il rubino è nelle loro mani,» rispose Mikhail, con la voce tornata improvvisamente seria.

«La ringrazio per la collaborazione, signor?» chiese il detective.

«Orlov, Mikhail Orlov,» si affrettò a rispondere.

«Grazie, non ho altre domande per il momento, buona giornata,» lo salutò Lindström.

Senza rispondere, Mikhail terminò la conversazione, lasciando il detective confuso e pieno di domande.

«Ho bisogno di tutte le informazioni su quest'uomo. Devo controllare i suoi trascorsi e le sue credenziali.» Era sicuro che qualcosa gli sfuggisse.

Senza indugiare, Edward gli porse il biglietto da visita di Mikhail. «Questo è tutto ciò che ho di lui. Può iniziare controllando l'agenzia che gestisce,» rispose Edward. «C'è altro che posso fare per lei?»

Lindström annuì. «No, non per il momento, signor Sherwood. La ringrazio per la collaborazione.»

«Nel caso, saprà dove trovarmi,» rispose Edward, alzandosi in piedi.

Capitolo 20

Una volta uscito dal distretto, Edward chiamò un taxi. Il negozio era decisamente lontano, quindi tornarci a piedi era fuori questione.

Mentre gli isolati scorrevano davanti ai suoi occhi, mille pensieri turbinavano nella sua mente, e non vedeva l'ora di arrivare per poter richiamare Mikhail. Sperava che la *Bratva* fosse soddisfatta di essere tornata in possesso del rubino e considerasse il caso chiuso.

Senza nemmeno guardare il tassista, pagò la corsa ed entrò nel negozio, senza prestare la minima attenzione a quanto lo circondava.

Finalmente, era nell'unico luogo in grado di dargli un'apparente sicurezza, sufficiente a placare la sua inquietudine.

Il sorriso di Sabrina lo accolse, e si sentì sollevato dall'avere al proprio fianco una donna come lei, pronta a sostenerlo sempre e comunque.

«Pensavo non ti avrei visto prima di questa sera. Qual era il problema?» chiese.

«Il detective voleva informazioni su coloro che io suppongo siano gli assassini. Mi ha chiesto di chiamare Mikhail per avere ulteriori dettagli su di essi e su quanto successo a Mosca.» Nonostante la buona notizia, il volto di Edward si adombrò.

«Allora, perché un'espressione così cupa?»

«Stavo pensando ad altro,» disse, scuotendo il capo. Si sedette alla scrivania e si guardò intorno. «Devo chiamare Mikhail.»

Notò l'espressione perplessa sul volto di Sabrina, e capì di doverla rassicurare. Le toccò gentilmente la mano, promettendole che entrambi sarebbero stati al sicuro.

«Sai perfettamente che questa è una promessa che non puoi mantenere, soprattutto quando la situazione è completamente imprevedibile, come in questo caso,» gli rispose, apprezzando la sua dedizione.

Edward guardò fuori dalla finestra e vide un uomo dirigersi verso il negozio. Si fermò davanti alla vetrina, ammirando gli oggetti esposti con un sorriso; quindi, entrò, mantenendo lo sguardo su uno di essi.

Era un giovane di circa ventotto anni, ma era evidente dal modo in cui si vestiva che il denaro non era un problema quando andava a fare shopping.

Lo sguardo da gioielliere esperto di Edward non si era sbagliato.

Quando il ragazzo si avvicinò al bancone, Edward notò un piercing di diamanti all'orecchio, un vistoso

213

anello d'oro alla mano destra ed un costoso orologio al polso. Era evidente dal rapido sguardo che diede intorno che era alla ricerca di una preda.

"Questa non è una tana di conigli: sei entrato nella gabbia del leone," pensò Edward.

«Buongiorno,» lo salutò, continuando a studiare l'uomo di fronte a sé.

«Buongiorno. Ieri, dopo l'orario di chiusura, sono passato davanti alla vetrina, e non ho potuto fare a meno di notare una spilla esposta,» spiegò l'uomo.

«Desidera osservarla da vicino?» chiese Edward, avvicinandosi alla vetrina per prenderla.

«Sì, anche se mi piacerebbe qualcosa di leggermente diverso,» disse.

«Questa è una delle nostre creazioni, quindi possiamo personalizzarla come lei desidera.»

Camminarono verso il bancone, dove Edward appoggiò la spilla su di un panno di velluto.

Il giovane la prese in mano per esaminarla; quindi, con un gesto elegante, la ripose. Continuava, però a guardarla, come se stesse considerando le modifiche che avrebbe voluto fossero apportate.

«Vede, questo sarà un regalo per la mia ragazza, e lei è interessata all'occulto e a ogni sorta di strane curiosità,» esordì, dopo una breve pausa.

Edward sapeva già dove voleva arrivare. Tuttavia, al momento, aveva solo tre pietre di quel genere, ma non erano adatte ad essere montate su quella spilla.

«Il suo negozio è noto per la vendita di pietre preziose con storie particolarmente terrificanti; mi stavo chiedendo se ne avesse una che potesse essere montata su questa spilla.»

Il modo in cui evitava di pronunciare la parola *maledetto* suggeriva che, o credeva nell'esistenza di maledizioni, o considerava l'argomento così ridicolo da non meritare nemmeno di essere menzionato.

«Beh, ho alcune pietre che potrebbero interessare la sua ragazza, ma non sono adatte ad essere montate su questa spilla. Se vorrà, una volta che ne avrà scelta una, potremo crearci una spilla o un ciondolo,» disse, prendendo il telefono. «Attenda un istante, per cortesia. Chiamo la mia collega per farmi sostituire qui in negozio.»

Il giovane annuì educatamente, curiosando intorno durante l'attesa.

«Buongiorno,» lo salutò Sabrina, entrando in negozio; poi volse lo sguardo a Edward. «Volevi vedermi?»

«Sì, ho bisogno di mostrare alcune delle nostre pietre a questo signore. Per favore, ti prenderesti cura del negozio?»

Si scambiarono un breve sorriso mentre Edward faceva strada al suo cliente verso la stanza sul retro, pronto ad intrattenerlo con liquori raffinati e racconti sulle pietre disponibili.

«Prego, si metta comodo. Posso offrirle qualcosa da bere? Un bicchiere di sherry?»

«No, grazie, sto bene così,» rispose il giovane, con un leggero sorriso.

Senza ulteriori domande, Edward si diresse verso la cassaforte dove conservava le pietre più preziose. Quindi, andò a sedersi di fronte al cliente con tre astucci, aprendone lentamente uno alla volta.

«Ho un'acquamarina, un diamante nero ed uno zaffiro. Come può vedere, non si adattano alla spilla, né per dimensione, né a livello estetico.»

Il giovane osservò le pietre. «Come fa a sapere che sono... maledette?» Aveva pronunciato quell'ultima parola con un filo di voce.

Un ampio sorriso comparve sul volto di Edward. «Le maledizioni non sono altro che leggende con briciole di verità. Vari musei e collezionisti si sono scambiati nei secoli queste pietre. Per quanto mi riguarda, non credo alla loro esistenza, ma è innegabile che i precedenti proprietari siano andati incontro a misteriose disgrazie. Alcuni di essi persero le loro fortune, altri morirono in incidenti inspiegabili, mentre altri ancora, improvvisamente, decisero che la vita non valeva più la pena di essere vissuta, e si suicidarono.»

Intrecciò le mani sulle ginocchia, prendendo una breve pausa per ricordare le storie. «Ogni pietra viene fornita con un certificato, dove sono indicati i precedenti proprietari. Ma voglio assicurarmi che non prenda troppo sul serio le loro storie oscure.»

Il giovane fece una smorfia, nemmeno lui ci credeva. Tuttavia, l'impossibilità di demolirne definitivamente il mito, fece sì che un senso di disagio si impadronisse dei suoi pensieri, riflettendosi nel modo in cui contraeva le labbra.

«Che mi dice del prezzo?» chiese, infine.

«A differenza delle pietre comuni che vendiamo in negozio, il prezzo di queste non è determinato dal mero valore di mercato, ma è influenzato da vari fattori; la loro unicità è uno di questi.»

Prese delicatamente il diamante nero tra le dita, portandolo all'altezza dei loro volti. «Questa non è una pietra estratta ieri, ma un pezzo di storia, un oggetto da collezione. È abbastanza raro trovarne una con un certificato che documenti i passaggi di proprietà avvenuti nei secoli.»

Si prese una breve pausa per osservare il suo cliente. «Questo non è il Black Orlov o il Taylor-Burton, che hanno ciascuno un valore di oltre un milione di dollari. Tuttavia, considerando che si tratta di un diamante nero naturale da 20 carati, e con la storia che si porta dietro, non posso venderlo per meno di duecentomila dollari.»

Il giovane impallidì. «So di diamanti neri naturali che costano circa tre-cinquemila dollari per carato, ma qui parliamo del doppio,» mormorò.

«Signore, si sente bene?» chiese Edward, preoccupato.

«Sì... ma penso che ora farei bene ad accettare il drink che mi ha offerto prima,» rispose, scuotendo nervosamente la testa.

Edward andò all'armadietto dei liquori, dove prese la bottiglia di sherry e un bicchiere.

«Sono certamente interessato, ed è una pietra magnifica,» borbottò, mentre prendeva il bicchiere che Edward gli porgeva. Il calore morbido e l'aroma delicato dell'alcol gli procurarono un senso di sollievo, mentre si abbandonava nella morbida pelle della poltrona. «Sono sicuro che la mia ragazza sarebbe entusiasta del regalo, che è proprio il risultato a cui sto puntando. Di che somma parliamo se ne volessi fare una spilla?» chiese, appoggiando il bicchiere sul tavolino e guardando Edward negli occhi.

«Questo dipende dal design, e da quanto desidera spendere oltre al costo della pietra. Ma sono certo che troveremo un accordo.» Generalmente, i clienti che andavano al suo negozio per acquistare una pietra maledetta erano già a conoscenza del prezzo.

«Spero sia possibile restare entro i duecentodiecimila dollari,» aggiunse maliziosamente. «Non ho intenzione di pagare di più.»

«Le assicuro che rimarremo entro quella cifra e che avrà il regalo perfetto per la sua ragazza. A questo punto, credo che lei debba parlare con Sabrina, la nostra orafa che progetterà e realizzerà i gioielli,» disse, alzandosi dal divano, per spostarsi in negozio e finalizzare l'acquisto.

«Devo saldare l'importo adesso?» chiese.

«Può pagare la metà ora e l'altra metà quando verrà a ritirare la spilla. Se invece, preferisce averla recapitata a casa, gliela spediremo tramite corriere, gratuitamente, una volta ricevuto il saldo.»

Il giovane distolse gli occhi da Edward e si guardò intorno.

Con un movimento calmo, allungò la mano. «Affare fatto.»

Si strinsero la mano e tornarono al negozio, dove Sabrina stava parlando con un cliente di fronte ad un espositore.

Le rivolse una breve occhiata e concluse l'accordo con il suo nuovo cliente. «Allora, signor...»

Battendosi la fronte con una mano, il giovane ridacchiò. «Dove sono finite le mie buone maniere? Mi chiamo Andrew, Andrew Langley.»

«Nessun problema, signor Langley. Di solito, non ci si presenta quando si va a fare shopping. La nostra designer di gioielli è impegnata con un cliente al momento. La vado a chiamare, in modo che possiate discutere di come vuole la spilla,» disse Edward, e si diresse verso la moglie.

Con un tempismo perfetto, il cliente che stava parlando con lei se ne andò proprio in quel momento.

«Sabrina, il signor Langley vorrebbe che realizzassi una spilla per la sua ragazza,» le disse, guidandola gentilmente al bancone, dove Andrew era impegnato a mandare messaggi dal suo telefono.

«Eccoci qui, signor Langley. Lei è la signora Sabrina Sherwood, sarà lei a disegnare e creare la spilla. Intanto, se cortesemente può fornirmi la sua carta di credito, procedo al pagamento della prima tranche.»

Quindi, Sabrina portò il cliente nella stanza sul retro, dove avrebbero potuto discutere in privato.

Edward riprese il suo lavoro senza pensare più al signor Langley. Non si aspettava di vederlo finché non fosse tornato a ritirare la spilla.

Le lancette del vecchio orologio sul muro, perfettamente sincronizzate con quelle del suo orologio da polso, con un acuto ticchettìo, arrivarono a segnare l'ora di chiusura. Con un sorriso, Edward alzò lo sguardo, si diresse verso la porta iniziando la solita routine per chiudere il negozio. Quindi, andò in laboratorio e vide che Janice se n'era già andata, e Sabrina era in piedi, allungando la schiena.

«Siamo pronti ad andare?» le chiese.

«Mai stata più pronta. Sono così stanca!» si lamentò Sabrina. «Grazie a Dio è venerdì.»

«Sì! Sono esausto anche io, e non vedo l'ora di essere a casa, quindi sbrighiamoci!» disse, spingendola fuori dal laboratorio, ed attivando il sistema di allarme.

Appena arrivarono a casa, lei non gli diede il tempo di dire una parola. Mentre la porta si chiudeva dietro di loro, lo afferrò e gli avvolse le braccia intorno al collo. «Credo che abbiamo una questione da risolvere...» Le loro labbra si toccarono, mentre le loro mani cercavano il contatto con la pelle l'uno dell'altra.

Un leggero gemito le sfuggì, mentre la mano di Edward scivolava sotto i suoi jeans, raggiungendo il suo fondoschiena. «Sono tutt'orecchie, perché non andiamo a discutere in sala riunioni?» mormorò, spingendola verso la camera da letto.

Bastarono pochi secondi per farli ritrovare nudi sotto le lenzuola. Niente fu più importante dei sospiri e dei gemiti, mentre rivelavano l'un l'altra i desideri fino allora inconfessati. In quel momento, tutto gli sembrò possibile, perfino che il tempo potesse essere fermato, e che quell'attimo durasse all'infinito.

Quando, infine, rimasero a coccolarsi, ogni problema sembrò avere una facile soluzione. Nemmeno lo squillo insistente del telefono o il fatto che per quel giorno avrebbero saltato la cena furono in grado di distoglierli dal fissarsi negli occhi, perdendosi l'uno nell'anima dell'altra, fino a quando il sonno non li vinse, dando loro ristoro da quella lunga giornata.

Svegliarsi dopo l'alba diede loro l'impressione che fossero passati anni dall'ultimo giorno libero. Quella settimana era stata intensa ed era vitale che trascorressero un po' di tempo insieme.

Mentre guardava Sabrina dormire, Edward si rese conto che lavorare insieme non contribuiva a tenerli vicini, anzi, sembrava allontanarli.

"Non posso permettermi di perderti," pensò.

Con la mano raggiunse i suoi capelli rossi, scostandone delicatamente una ciocca dalla sua fronte. La sua vista si offuscò, mentre le lacrime che scendevano dai suoi occhi, bagnavano il lenzuolo. Nessuna ricchezza, diamante o eccitazione avrebbe avuto significato se lei non fosse stata lì.

Con una smorfia, Sabrina aprì gli occhi. «Tesoro, perché stai piangendo?»

Come un interruttore, le sue parole allentarono la tensione. «Non voglio perderti...» riuscì a mormorare.

Sabrina si sedette sul letto. Edward aveva evidentemente raggiunto il limite, quindi lo strinse tra le sue braccia, per far sì che la tensione fisica ed emotiva se ne andassero attraverso le lacrime, che continuavano a scendere dai suoi occhi.

Ci volle più di mezz'ora prima che Edward potesse finalmente allontanarsi da Sabrina e riprendere il controllo delle proprie emozioni. «Mi dispiace. L'intrusione della polizia nella mia attività non ha fatto altro che aggiungere stress.» Si portò una mano alla fronte, sospirando. «Dio sa quanto ho bisogno di una vacanza.»

Sabrina scosse la testa, aggrottando la fronte. «Temo che una vacanza non ti sarebbe di molto aiuto. Devi rallentare, o ti esaurirai,» disse, raccogliendo i vestiti prima di andare in bagno.

Quando fu alla porta, si voltò a guardarlo, ancora immerso nei suoi pensieri. «Non sei solo, io ti sono vicina. E se vogliamo arrivare alla pensione, dobbiamo condividere il peso delle preoccupazioni.»

Con un leggero cenno del capo, Edward alzò lo sguardo, sorridendole con gratitudine. «Mi chiedo come i miei nonni abbiano affrontato tutto questo. Potrei aver sottovalutato il livello di impegno che questo lavoro richiede.»

«I tempi erano diversi, le situazioni si evolvono e così dovrà fare la tua attività. Abbiamo un fine settimana per ricaricarci e mi piacerebbe trascorrerlo senza pensare al lavoro.»

Dopo la doccia, il lampeggìo del suo telefono attirò l'attenzione di Edward. Lo prese e, come aveva immaginato, c'era una chiamata persa di Mikhail. Incerto se richiamarlo o meno, alla fine, optò per mandargli un messaggio.

Non ci volle molto prima che il suo telefono iniziasse a squillare.

«Buongiorno, *Družíšče*,» lo salutò Mikhail.

«Buongiorno a te, qualsiasi ora sia lì. Ho visto la tua chiamata, e immagino che tu abbia voluto sapere l'esito dell'interrogatorio della polizia.»

«Sì. Anche se entrambi sappiamo che non hai nulla a che fare con l'omicidio, sarebbe bene che la polizia stesse lontana dai tuoi affari.»

«Per quanto riguarda ieri, non ci sono stati problemi. Come hai appena detto, io non ho niente a che vedere con l'omicidio, di conseguenza, il detective ficcanaso non può trovare alcuna prova che mi incrimini. Tuttavia, terrò gli occhi aperti.» Si sedette sul divano, osservando Sabrina andare in cucina per un caffè.

Mikhail non era entusiasta dell'interesse del detective. «Dobbiamo far capire loro che non c'è nulla di interessante nel seguirti. In un modo o nell'altro.» Pronunciò quell'ultima frase a denti stretti.

«Personalmente, preferirei evitare qualsiasi vittima. Ho cose migliori da fare che pensare al detective Lindström, e ho anche un compito per te, amico mio. Ieri è venuto un cliente che ha acquistato il diamante *Stella Notturna*. Per quanto all'apparenza sia stata una vendita come le altre, l'uomo non mi ha convinto. C'era qualcosa nelle sue domande e nel suo comportamento, che ha fatto suonare un paio di campanelli d'allarme.»

Mikhail non rispose, attendendo di conoscere l'intera storia; ma, più Edward parlava dell'episodio, più la situazione sembrava sospetta. «Uhm...» mormorò. «Inviami ogni dettaglio che ti viene in mente, nome, cognome, indirizzo ... tutto. Cercherò di recuperare più informazioni possibili. Per il momento, ti suggerisco di goderti il tuo fine settimana.»

Voltandosi, Edward notò Sabrina. Stava di fronte a lui con le braccia incrociate sul petto, aspettando con impazienza che mettesse il lavoro da parte.

Mandandole un bacio, si affrettò a concludere la telefonata. Quindi, si alzò dal divano e andò ad abbracciarla, determinato a dimenticare tutto e pensare solamente a lei.

«Non hai intenzione di dirmi con chi stavi parlando e qual era l'argomento?» gli chiese, con tono provocatorio e senza contraccambiare l'abbraccio, come se fosse delusa.

Con una leggera risatina, Edward la baciò in fronte. «Era Mikhail, credo che anche lui abbia dei sospetti sul nostro cliente di ieri. Mi chiedo se sia un poliziotto sotto copertura.»

Sabrina si ritrasse, sorpresa. «Cosa te lo fa pensare?»

«Perché quando gli dissi il prezzo della pietra fu troppo sorpreso. Nessun cliente serio vestito in quel modo avrebbe avuto quella reazione,» spiegò, andando a prendere la giacca.

«Dove stai andando?» gli chiese.

«Usciamo per il brunch e cercheremo di trascorrere un sabato pomeriggio piacevole e rilassante. Intanto, finisco di raccontarti la chiacchierata con Mikhail e ti dirò alcune domande che mi sono venute in mente.»

Trascorsero quel pomeriggio pensando esclusivamente a divertirsi. Tuttavia, la mente di Edward era lontana migliaia di chilometri e lui sperò che Sabrina non se ne accorgesse. Una volta arrivati al ristorante per cenare, andò in bagno e, quando fu sicuro di essere solo, guardò la sua immagine riflessa nello specchio.

«Non riesci a dimenticare il lavoro almeno per un giorno?» le chiese. «Spero che non si sia accorta del mio stato d'animo. Ma ora, devo mettere tutto da parte e godermi la sua compagnia.»

Scuotendo la testa, uscì dal bagno e diede un'occhiata al posto che avevano scelto per cenare. Un ampio sorriso illuminò il suo volto, mentre si avvicinava al tavolo dove lei era impegnata a studiare il menu.

«C'è qualcosa di interessante?» chiese, sedendosi.

Sabrina alzò lo sguardo e sorrise. «Penso che dovrò scegliere qualcosa a caso, poiché tutto sembra essere la migliore esperienza culinaria del mondo. Ma mi piacerebbe sapere a cosa hai pensato per tutto il pomeriggio.»

Edward chiuse gli occhi, inclinando la testa. «So che non avrei dovuto, ma da quando quel cliente è uscito dal negozio ieri sera, non riesco a smettere di pensare a lui e a ciò che Mikhail scoprirà.»

«Allora devi essere paziente e aspettare la sua risposta. Dai! Non serve a nulla arrovellarsi la mente con qualcosa che non puoi controllare,» gli rispose, con il volto alterato dalla frustrazione.

L'arrivo della cameriera interruppe la loro conversazione. Edward diede una rapida occhiata al menù ed ordinò il primo piatto che attirò la sua attenzione, assieme ad un bicchiere di vino rosso.

«Lo so, e hai ragione, ma nonostante tutti i miei sforzi, non riesco a togliermelo dalla mente. E se, invece di essere un cliente qualsiasi, fosse un poliziotto sotto copertura?»

«In quel caso, non avresti nulla da temere, perché non hai ucciso il signor Hopkins, né sei responsabile della sua morte,» sbuffò, impaziente.

«E se, invece, fosse una spia dei Kozar inviata a raccogliere informazioni sulle persone a cui tengo? E se volessero uccidere uno di noi due?» sussurrò, guardandosi intorno, cercando di individuare qualsiasi presenza sospetta.

Lei gli afferrò il viso e lo costrinse a guardarla negli occhi. «Stai diventando paranoico e ti comporti come un pazzo. Ritorna in te, riesci a sentire le sciocchezze che stai dicendo?»

«Mi dispiace che tu abbia sposato un uomo che era già sposato con il suo lavoro.»

Sabrina abbassò la testa per nascondere una risata. «Lo so, ma penso di poter accettarlo...meglio il lavoro che un'altra donna.»

«Tesoro, una cosa è certa, non avrò mai nessun'altra, anche perché non avrei tempo.»

Entrambi risero, liberando lo stress che avevano accumulato.

Capitolo 21

Mikhail si ritrovò a lavorare nella completa oscurità, come se la notte fosse calata all'improvviso, senza che se ne potesse accorgere. Una veloce occhiata al suo orologio da polso lo informò che erano già le ventidue e trenta.

Aveva bisogno di prendere un po' d'aria per schiarirsi le idee, quindi decise di uscire.

Mentre camminava, la sua mente ritornò a quel Langley sul quale il signor Sherwood gli aveva chiesto di indagare. Finora, le sue ricerche non avevano scoperto alcun collegamento con la polizia, ma il suo sesto senso gli suggeriva che ci fosse qualcosa di strano.

"Mi chiedo se la polizia americana abbia sviluppato un nuovo modo per proteggere l'identità degli agenti sotto copertura. Ho bisogno di ottenere informazioni più approfondite in merito e, finché non le avrò, il signor Sherwood farebbe bene a stargli alla larga. Il minimo errore e si ritroverebbe in un tale pasticcio dal quale sarebbe quasi impossibile per lui uscirne pulito," rifletteva.

Girovagando senza mèta, raggiunse il ponte Bolshoy Moskvoretsky. Lo attraversò, fermandosi al centro per osservare le luci della città. Le voci dei giovani che gridavano felici da Zaryadye Park si mescolavano al rumore del traffico. Si voltò verso la Cattedrale di San Basilio, dove sua madre, fervente cattolica, era solita andare ogni domenica e ogni volta ne sentisse la necessità. In passato, sicuramente la ragione di quella assidua frequentazione era stata pregare per lui e suo fratello.

"Dal giorno della nostra nascita il nostro destino era segnato. Le sue preghiere non poterono salvare me, come non riuscirono a salvare la vita di Sergey," pensò, con una smorfia triste, ritornando al giorno in cui morì. "In seguito, la nostra famiglia si è dissolta e ognuno ha preso la propria strada, scomparendo dalle vite degli altri."

«Hai una sigaretta?» gli chiese una voce rauca e impastata, riportandolo al presente.

Voltandosi, Mikhail vide un uomo di mezza età che, probabilmente, aveva già bevuto troppo, e che era in giro o per smaltire la sbronza o cercando di ricordare la strada di casa.

«Certo, *Družíšče,*» rispose, cercando il pacchetto di sigarette nelle tasche della sua giacca.

«E un accendino?» aggiunse, portandosi la sigaretta alle labbra.

Con un sorriso, Mikhail gliela accese e lo guardò allontanarsi, barcollando.

Si diresse verso la chiesa. Proprio dietro l'angolo, avrebbe trovato un posto eccellente per riscaldare il suo spirito senza distrazioni.

***

Il detective Lindström alzò lo sguardo verso l'orologio appeso alla parete, che, con il suo ticchettìo, segnava l'inesorabile scorrere delle ore. «Non c'è abbastanza tempo per fare tutto. Mi chiedo se si arriverà mai alla conclusione di questo caso.»

Si alzò, allungando la schiena e sbadigliando rumorosamente.

Lindsay, un suo collega, stava uscendo dal distretto quando lo vide ancora nel suo ufficio. Sbirciò dentro. «Dovresti farti una vita, amico!» disse, con una risatina.

«Ne ho già una...» gli rispose.

Lindsay entrò e divenne serio. «E quale sarebbe? Quando è stata l'ultima volta che hai passato del tempo a fare qualcosa che non fosse lavorare? Scommetto che nei tuoi giorni liberi lavori da casa,» lo rimproverò, puntandogli un dito contro.

«Devo risolvere questo caso...» protestò, infastidito.

Sapeva che Lindsay aveva ragione. Doveva concentrarsi di più sulla sua vita privata, trovare qualcosa da fare quando non era al distretto, ma la verità era che gli piaceva lavorare.

«Ma smettila!» lo interruppe il collega, con un gesto di stizza.

Quindi, lo afferrò per il gomito, trascinandolo fuori dal suo ufficio, senza che si potesse opporre.

«Ehi!» protestò Lindström. «Almeno lasciami spegnere il computer!»

«Non sarà la fine del mondo se lo lasci acceso,» ribatté Lindsay, strattonandolo fuori dalla stanza.

«Posso almeno sapere dove mi stai portando?» chiese, quando furono nel parcheggio.

«Per prima cosa, andremo in un bar, dove festeggeremo l'anniversario di Joey, quarant'anni nella polizia. Abbiamo impiegato due mesi per organizzare questa festa.»

«Devo essere completamente onesto con te,» disse Lindström, con una smorfia. «Non avevo idea che fosse il suo anniversario, e non sapevo niente di questa festa.»

«Sei senza speranza,» sbuffò Lindsay. «Almeno, stasera cerca di divertirti e non pensare al lavoro. E se questo fine settimana ti riposerai, sicuramente anche la tua indagine ne beneficerà.»

Mentre erano in macchina, Lindström si rese conto che non si trattava solo di quel caso, quanto della paura di dover fare i conti con la sua vita. Essere un detective era sempre un'ottima scusa per fuggire qualsiasi impegno sociale o relazione. Si sentiva bene quando poteva rifiutare la compagnia di altre persone perché aveva un lavoro essenziale da svolgere.

"Ma cosa succederà il giorno in cui andrai in pensione? Quando sarai costretto ad avere del tempo libero? Troverai un'altra attività, inizierai finalmente a rapportarti con il prossimo o sarai pronto a suicidarti?" Era la prima volta che si poneva quelle domande e, in quel momento, ebbe la sensazione di dover trovare le risposte immediatamente.

Finalmente, arrivarono al pub. L'aria all'interno era soffocante, ma l'odore del cibo, le risate delle persone che si godevano i loro drink, ed il tintinnìo di bicchieri e bottiglie creavano un'atmosfera familiare e accogliente, che gli riscaldò il cuore. Inspirando profondamente non solo i profumi ma anche l'atmosfera gioiosa, si diresse verso i tavoli dove i suoi colleghi si stavano già divertendo.

***

Era l'una e mezza del mattino quando Edward e Sabrina tornarono a casa.

«Temo che stiamo invecchiando. Ricordo chiaramente che, quando studiavamo a Londra, l'una del mattino era praticamente l'inizio della serata,» disse Sabrina, sfilandosi le scarpe con il tacco. «Vado direttamente a letto.»

«Ho avuto la stessa impressione. Ma almeno non dobbiamo andare in negozio domani mattina,» aggiunse, seguendola in camera da letto.

La stanchezza ebbe la meglio su di loro e, prima che se ne resero conto, si addormentarono.

Dopo un paio d'ore di sonno agitato, Edward si svegliò. Troppi pensieri gli impedivano di riposare, e l'influenza che la sua attività avrebbe potuto avere sul suo rapporto con Sabrina, lo angosciava.

Si alzò dal letto, cercando di non fare rumore. Nonostante la stanchezza, il suo cervello non riusciva a rilassarsi.

Andò sul balcone e si sedette a guardare le strade.

Riusciva a sentire il leggero fruscìo della brezza che, delicatamente, spirava tra le file di grattacieli. Chiuse gli occhi, sperando che il dolce zefiro spazzasse via i suoi pensieri. La mattina dopo, avrebbe chiamato suo padre per avere risposta alle sue domande. Sperava che l'uomo, che prima di lui aveva gestito l'attività, potesse dargli qualche consiglio.

Aprì gli occhi ancora una volta e guardò gli altri edifici. La maggior parte delle finestre erano buie, mentre alcune avevano le luci ancora accese, e si ritrovò a riflettere sui motivi per cui quelle persone fossero ancora sveglie.

"Per quanto la tristezza ami la compagnia, mi piace pensare che coloro che, come me, sono ancora svegli, lo siano per ragioni più piacevoli."

Rientrò e controllò l'ora sul suo cellulare. Erano ancora le tre e venti. Tornò in camera. Sabrina stava ancora dormendo, come se nulla potesse disturbare la sua pace interiore, nemmeno gli eventi recenti.

Edward avrebbe voluto avere la sua stessa capacità di rilassarsi, ma si limitò a stendersi al suo fianco, tenendole la mano; chiuse gli occhi, sperando di riuscire a riposare.

La mattina dopo, quando la luce del sole, filtrando dalle tende aperte lo svegliò, non seppe dire quanto tempo avesse impiegato per addormentarsi. Nonostante le poche ore di sonno, si sentiva stranamente riposato, pronto ad affrontare un nuovo giorno.

Con un borbottìo, Sabrina aprì gli occhi, stiracchiandosi. «Buongiorno,» mormorò, avvicinandosi al suo corpo.

«Buongiorno. Hai dormito bene?» le rispose Edward, baciandola sulla fronte e stringendola a sé.

«Non posso lamentarmi, e tu?»

Con una smorfia, Edward si allontanò da lei. «Non particolarmente, ma immagino che sia stato a causa della stanchezza. Penso di essere diventato troppo vecchio per stare sveglio tutta la notte.»

«La cosa positiva è che abbiamo tutta la giornata per noi, quindi l'ordine del giorno è riposarsi,» disse, rannicchiandosi tra le sue braccia e soffiandogli delicatamente nell'orecchio.

Brividi di piacere percorsero la spina dorsale di Edward come scosse elettriche. Trascorsero la maggior parte della mattinata a letto, ritrovando sensazioni che pensavano perse in un tempo lontano.

Si sentirono leggeri e senza problemi, come durante gli anni a Londra quando la loro unica preoccupazione era studiare. Quella mattina nulla aveva importanza, né cosa stesse succedendo nel mondo fuori dalla loro porta, né se qualcuno stesse tramando contro di loro.

***

Nel frattempo, dall'altra parte della città, il detective Lindström non riusciva a seguire il consiglio del collega Lindsay.

La notte precedente si era divertito con i suoi colleghi, ridendo e scambiandosi battute invece di informazioni su un mandato o un arresto. Ma, non appena si era ritrovato a casa da solo, il rimorso si era impossessato di lui, facendolo sentire in colpa per non aver dedicato quelle ore alla sua indagine.

Nemmeno la consapevolezza che non era successo niente, mentre si divertiva con i colleghi, riuscì ad alleggerire il peso che sembrava gravare sulla sua coscienza. Temeva che aver "rubato" quella serata all'indagine avrebbe potuto costare la vita a qualcuno.

Avrebbe dovuto essere là fuori, a fare il suo lavoro.

Da quando aveva conosciuto la *Gioielleria Sherwood*, il sospetto che ci fosse qualcosa di poco chiaro in quell'attività, era andato aumentando. Non aveva mai sentito parlare del commercio di pietre maledette prima di allora, e inizialmente, gli era sembrata una truffa ai danni di ricchi creduloni, disposti a pagare cifre folli per pietre che, sicuramente, non le valevano.

Tuttavia, scavando nel passato di Herman Sherwood, non era riuscito a trovare alcuna prova di frode. I clienti non credevano all'esistenza di oggetti in grado di portare sfortuna, ed anche il signor Sherwood non perdeva occasione per affermare che si trattava solamente di leggende.

Nonostante ciò, le persone spendevano fortune per averli.

Era una cosa che lui non riusciva a spiegarsi, ma sicuramente, non c'era alcuna legge ad impedirlo. Comunque, lui non stava tenendo d'occhio quell'attività a causa dei prezzi, ma perché temeva che il figlio del signor Herman Sherwood rivestisse un ruolo attivo nelle disgrazie che accadevano ai suoi clienti.

Aprì il frigo, prese un contenitore e sbirciò dentro; quindi, con un sorriso soddisfatto, lo mise nel microonde.

«Potrei anche sopportare Herman Sherwood, ma non suo figlio,» disse, sbattendo una forchetta sul tavolo. «Si comporta come se avesse tante cose da nascondere; sono sicuro che il giorno in cui inizierò a scavare, troverò un intero iceberg.»

Iniziò a mangiare senza alcuna soddisfazione, Edward Sherwood era in grado di derubarlo di qualsiasi piacere, e lui non poteva perdonarglielo. «Scoprirò quello che nasconde, e quando succederà, giuro su tutto ciò che mi è caro che lo sbatterò in prigione per il resto della sua vita,» brontolò, masticando.

Nonostante la sua buona volontà, quel giorno non riuscì a concentrarsi sul lavoro. Era come se la serata trascorsa con i suoi colleghi gli avesse dato delle alternative su come trascorrere il suo tempo libero.

Si alzò dalla scrivania dove aveva il computer e andò alla finestra. Guardò fuori, quindi, di nuovo il computer. «Sapevo che uscire ieri sera era una cattiva idea. Adesso, sento il bisogno di passare un po' di tempo senza pensare a questo caso.»

Con una smorfia, prese il cellulare, il portafogli ed uscì di casa per fare una passeggiata. Magari, pensare ad altro lo avrebbe aiutato a chiarirsi le idee su quel caso.

Capitolo 22

Passarono due giorni, ed i sospetti del detective Lindström circa una relazione tra Edward e la morte del signor Hopkins si rivelarono inconsistenti, ma il caso era ben lungi dall'essere chiuso.

Era evidente ci fosse una rete criminale internazionale che aveva ucciso il signor Hopkins e aveva Edward nel mirino.

«Sembri più preoccupato del solito,» disse Sabrina, mentre erano in pausa pranzo. «C'è qualcosa di nuovo di cui dovremmo preoccuparci?»

A quella domanda, Edward strinse le labbra, voltandosi a guardarla. «Non proprio, ma da quando il detective Lindström è entrato nella mia vita, ho cominciato a riflettere su alcune cose. Inoltre, mi preoccupa quel cliente della scorsa settimana.»

«Pensi ancora che sia un poliziotto sotto copertura?» chiese Sabrina, pulendosi la bocca con il tovagliolo.

«Forse. Ho chiesto a Mikhail di indagare su di lui, ma ancora non mi ha fatto sapere niente,» disse, stringendosi nelle spalle.

Fece una breve pausa. Ogni volta che Sabrina gli chiedeva se qualcosa lo preoccupasse, la sua mente andava in subbuglio.

Decise di cambiare argomento, parlando dell'asta che si sarebbe svolta a breve in Italia.

«Sarà a Milano, giusto?» gli chiese.

«Sì, e finora, nessun avvertimento è arrivato da Mikhail o da chiunque altro,» disse, facendo un cenno alla cameriera per avere il conto. «Sarà battuta all'asta anche la perla, quella scomparsa misteriosamente dopo la morte del signor Milton. Da quel giorno, in maniera ufficiale, è stata venduta solo una volta. Inutile dire che la voglio riavere, so già che riuscirei a venderla in poco tempo. La sua storia recente sicuramente attirerebbe diversi acquirenti.»

Uscendo dal ristorante per ritornare in negozio, Sabrina si guardò intorno per assicurarsi che nessuno potesse ascoltare quanto stava per dire. «Non hai paura che potrebbe sembrare sospetto se adesso fossi tu a riacquistarla?»

Con una risatina divertita, Edward le mise il braccio intorno alla spalla. «È illegale acquistare un oggetto scomparso più di quattro anni fa?»

Sentendosi leggermente derisa, Sabrina allontanò il braccio dalle sue spalle. «Sai cosa intendo! La polizia ti tiene d'occhio, e una tale notizia li farebbe accorrere in negozio come avvoltoi.»

Magari Sabrina aveva ragione, ma, pensando alla bellezza e perfezione della perla, Edward si sentì prigioniero del suo incantesimo, o maledizione.

Il suo volto divenne serio, ed aggrottò la fronte. "Ci deve essere qualcosa di vero nella maledizione, o forse sto perdendo il contatto con la realtà," pensò.

Continuarono a camminare in silenzio.

Nel tempo che aveva trascorso con lui, Sabrina aveva imparato come Edward affrontava le preoccupazioni; preferiva rifletterci da solo, prima di condividerle con altri. Non era convinta che quella fosse la soluzione migliore, tuttavia, non poteva fare altro che attendere che bussasse alla sua porta.

Nonostante avesse capito che Edward era sull'orlo di un esaurimento nervoso, in quel momento doveva rispettare il suo desiderio di essere lasciato in pace.

Non era una persona con cui era semplice vivere, ma non perché era cattivo, quanto per il suo attaccamento morboso al commercio di pietre maledette. Non le era ancora chiaro se gli piacesse davvero, o avesse sviluppato una sorta di dipendenza dalla scarica di adrenalina e dal vivere la vita sul filo del rasoio che gli procurava.

**

Janice amava lavorare con Sabrina, perché era una persona alla mano, sempre pronta a scambiare due chiacchiere su quasi ogni argomento.

Tuttavia, quando quel pomeriggio entrò in laboratorio, con la fronte corrugata e le labbra strette, capì che qualcosa la preoccupava. Non sembrava la persona solare che aveva imparato a conoscere, quindi evitò di parlarle.

Sabrina prese un profondo respiro. Il suo lavoro richiedeva estrema precisione e concentrazione, purtroppo, in quel momento quest'ultima le mancava. Così, mentre stava sostituendo la lama ad un seghetto, questa le sfuggì, causandole un taglio all'indice sinistro.

Gocce scarlatte caddero sul suo camice, mentre ad alta voce malediceva il suo dolore, e la sega cadeva tintinnando sul pavimento.

Janice si alzò immediatamente, prese la cassetta del pronto soccorso e corse a controllare cosa fosse successo. «Fammi vedere,» la esortò, indossando guanti di lattice per evitare di toccare la ferita con le mani sporche.

Piangendo più per la frustrazione che per il dolore, Sabrina le lasciò esaminare il dito.

«Non è un taglio profondo,» disse Janice, sollevata, mentre puliva la ferita con un disinfettante. «Adesso lo fasciamo e tutto andrà bene.»

Guardò Sabrina e capì che non era la ferita a farle male. «Cos'hai?»

«Sono solo stanca e stressata... il carico di lavoro qui in laboratorio, aiutare a gestire l'attività...» cercò di giustificarsi.

«Bugiarda...» disse Janice. Prese una sedia e le si sedette di fronte, guardandola negli occhi. «Dimmi cosa sta succedendo. Non dovrei essere io a dirti quanto è importante l'attenzione nel nostro lavoro. È chiaro che non si tratta di semplice stress. Se non ti senti a tuo agio a condividere i tuoi problemi con me, va bene; però dovresti prenderti del tempo per riflettere su come risolverli, in modo da non farti male di nuovo a causa della distrazione.»

Tenendole delicatamente la mano, Janice abbassò lo sguardo verso il dito ferito. «Sei stata fortunata a non esserti fatta male seriamente. Tutti abbiamo problemi, ma dobbiamo risolverli, non scompaiono magicamente durante la notte. Domattina, quando ti sveglierai, saranno ancora lì, ad attenderti.»

Sabrina alzò gli occhi verso di lei. «Hai ragione, ma non posso parlarne. Non voglio disturbarti con questi problemi. Sono parte di una situazione intricata, e sarebbe difficile spiegarli a chi non conosce la storia della mia vita. Io...»

Con un sorriso luminoso, Janice la zittì. «Non dire altro, non mi devi alcuna spiegazione. Tutti noi abbiamo cose che teniamo per noi stessi. Voglio solamente che tu sappia che ogni volta che avrai bisogno di un'amica mi troverai qui.»

«Lo so, e sono grata per la tua presenza. Non potrei chiedere di più, e spero che non ti dispiaccia se non riesco a confidarmi del tutto con te.»

«Bene, continuiamo il nostro lavoro e cerchiamo di dimenticare le tue preoccupazioni, almeno per qualche ora,» la esortò Janice, alzandosi e tornando al suo tavolo.

Senza rispondere, Sabrina la guardò allontanarsi.

Prese a riflettere su quanto le era accaduto dal giorno in cui aveva deciso di andarsene da Londra, per seguire Edward e la sua vita complicata. Mai avrebbe immaginato che lo fosse anche tutto ciò che ruotava attorno all'attività.

Parlarne con lui era inutile, sembrava essere già sopraffatto da qualcosa a cui nessuno lo aveva preparato.

In qualsiasi momento avrebbe potuto interrompere quel commercio; la gioielleria sarebbe stata un successo anche senza le gemme maledette.

Mise il gomito sul tavolo, appoggiando il viso sul palmo della mano, sperando di trovare un modo che le impedisse di impazzire. Si chiese se la madre di Edward fosse stata a conoscenza di cosa celasse quel commercio, oppure, se il marito avesse preferito tenerla all'oscuro.

"Considerando come si comportava, è chiaro che non sapesse cosa succedeva nella stanza sul retro, o gli accordi che, inconsapevolmente, i clienti firmavano. Mi chiedo se potrei parlare con Herman di quello che sto provando." Annientata, scartò quell'idea.

Si alzò dal tavolo, attraversò il retrobottega ed arrivò in negozio. Sperava che non ci fossero clienti perché sentiva di non potersi trattenere.

Sbirciò cautamente dalla porta. Edward era solo, concentrato nell'osservazione di una pietra attraverso una lente. La sua espressione calma e il leggero sorriso che increspava le sue labbra ebbero un effetto calmante su di lei, sarebbe rimasta per il resto della vita a spiarlo attraverso la porta socchiusa.

Prese un leggero respiro, sperando di riacquistare un po' di tranquillità. Si chiese se fosse come sembrava, se lui potesse controllare le proprie emozioni, o, semplicemente, avesse trovato un compromesso.

***

Una cosa che Edward aveva imparato dalla sua professione era quella di avere gli occhi ovunque fosse necessario e, con il tempo, aveva imparato a percepire ciò che accadeva alle sue spalle.

Sorrise alla sensazione di serenità che gli procurava lo sguardo di Sabrina su di sé. Continuò a fingere di non vederla, fino a quando la situazione non diventò esilarante.

Senza fretta, appoggiò la pietra che stava lucidando sul bancone, e voltò lo sguardo verso la porta, dietro la quale Sabrina si nascondeva.

«Ti stavi annoiando in laboratorio?» chiese.

«Non smetterai mai di sorprendermi,» disse Sabrina, entrando in negozio. «Sapevi fin dall'inizio che ti stavo guardando?»

«Non proprio, ma quando ti ho visto con la coda dell'occhio ho pensato di fare finta di niente.» La sua voce, tenera e calma, le sciolse il cuore.

Abbassò lo sguardo e notò il suo dito fasciato. «Che cosa è successo?»

Agitando la mano con noncuranza, lo rassicurò. «Non è niente. Mi sono distratta mentre stavo sostituendo la lama del seghetto e mi sono procurata un piccolo taglio. Non è niente di grave, poco più di un graffio.»

«Stai attenta! Non possiamo permetterci di perdere il tuo talento,» disse, intrecciando le dita con quelle di Sabrina. «Credo che tu sia venuta per qualcosa di più importante che guardarmi. Come posso aiutarti?»

«Credo di essere un po' nervosa per l'asta a Milano,» confessò. «Per quanto ne so, Mikhail non ha notizie di alcuna minaccia nei tuoi confronti, eppure, una vocina dentro di me continua a mettermi in guardia su qualcosa che non riesco a capire.»

Un'ombra oscurò l'espressione di Edward. «Devo contattare Mikhail il prima possibile. Non ho sue notizie da un po' di tempo e mi chiedo come stiano procedendo le sue ricerche. Ho bisogno di sapere esattamente cosa aspettarmi, sia dalla polizia che dai nostri concorrenti.» Sciogliendo la mano da quella di Sabrina, Edward prese a massaggiarsi le tempie.

Aveva mal di testa, ma non del tipo che potesse essere curato con un qualsiasi farmaco. «Lo chiamerai oggi?» chiese Sabrina, esitando. «Preferisco non sapere come sarebbe la mia vita senza di te.»

«Andrà tutto bene, te lo prometto,» disse Edward, guardandola negli occhi. Avrebbe fatto qualsiasi cosa per evitarle qualsiasi dolore. «So che hai detto di non avere bisogno della mia protezione, ma cercherò sempre di mantenere la promessa che ti feci a Londra. Anche se, in questo caso, non dipende tutto da me.»

Con un debole sorriso, si guardò intorno e, proprio in quel momento, il campanellino sopra la porta del negozio suonò, annunciando l'ingresso di un cliente. Si scambiarono un veloce sguardo di conforto, quindi Sabrina si allontanò.

Si fermò alcuni istanti nella stanza sul retro, guardandosi intorno.

«Non c'è dubbio che siano appartenuti tutti alla stessa famiglia. Sebbene si possa riconoscere il tocco personale di ogni singolo proprietario, la prospettiva generale è rimasta la stessa,» mormorò, prendendo un lungo respiro. Tornò in laboratorio, dove poté finalmente concentrarsi sul suo lavoro, mettendo i problemi da parte.

***

Non appena chiusero la porta d'ingresso del negozio e attivarono l'allarme, Edward prese il telefono e compose il numero di Mikhail; quindi, insieme a Sabrina, andò nel laboratorio, che aveva un sistema di allarme indipendente.

Trattennero il respiro, senza nemmeno saperne il motivo, ed attesero che Mikhail rispondesse.

Uno squillo...

Due squilli...

Tre squilli...

«*Družíšče!*» La voce profonda di Mikhail ruppe il silenzio nella stanza, riecheggiando come un tuono.

«Mikhail, stavo aspettando qualche notizia da te, e non so come interpretare il tuo silenzio,» disse, sforzandosi di sembrare calmo.

«Lo so, e me ne scuso. Il problema è che la polizia ha deciso di inasprire il livello di riservatezza. Gli hacker e gli informatori che contattai hanno avuto difficoltà a trovare una connessione tra il signor Langley e le forze dell'ordine,» disse, facendo una breve pausa, per assicurarsi che Edward comprendesse bene.

«Questo significa che il signor Langley è un agente sotto copertura e dovrei tenere gli occhi aperti?» ipotizzò, sperando che fosse tutto ciò che doveva fare, per evitare qualsiasi problema.

«Non ho detto questo,» rispose Mikhail senza fretta. «Intendevo dire che ci è voluto molto tempo per verificare la sua identità, e non appartiene ad alcun reparto di polizia. Tuttavia, aspetta a tirare un sospiro di sollievo, poiché ciò che ho scoperto potrebbe essere più preoccupante.»

Edward volse lo sguardo verso Sabrina, che, sconcertata, era rimasta immobile per tutto il tempo.

«Dubito che sia venuto nel tuo negozio per caso. Hai detto che voleva sapere qualcosa sugli oggetti maledetti, se ricordo bene,» disse, cercando le cuffie per poter conversare più liberamente; dover tenere qualcosa nell'orecchio lo infastidiva. Aprì un cassetto alla disperata ricerca, borbottando, mentre aspettava la risposta di Edward.

«Il signor Langley entrò dicendo di essere interessato ad una spilla che avevamo in vetrina, però, una volta in negozio, disse che l'avrebbe voluta con una pietra diversa,» cercò di ricordare Edward, sperando che la memoria non lo tradisse. «Disse che la sua ragazza era interessata all'occultismo e sarebbe stata più che entusiasta di ricevere un gioiello con una pietra maledetta ...» si interruppe, sentendo un forte borbottìo all'altra parte del filo.

«Va tutto bene?» chiese a Mikhail.

«Sì, sto cercando le mie cuffie,» rispose, ridendo. «Le ho sempre a portata di mano, e ora non le trovo,» aggiunse, imprecando in russo. Si alzò dalla sedia e continuò a cercarle per la stanza. Non era più una questione di comodità, ma di principio.

«Preferisci chiamarmi più tardi?» chiese Edward, mentre gli arrivavano strani rumori, come se qualcuno stesse saccheggiando un appartamento.

«No,» rispose. Seguì un sussulto di vittoria. «Le ho trovate!»

«Perfetto, quindi ti stavo raccontando il motivo per cui era interessato alle pietre maledette,» disse Edward, cercando di riprendere dal punto in cui si era interrotto.

«Sì, ma quello che non sai è che la ragazza in questione è Anna Todorova, nome che, probabilmente, non ti dice nulla. Ma se ti dicessi che è figlia di Ivan Todorov e Anushka Todorova e che il cognome da nubile di quest'ultima è Kozar?» Pronunciò quell'ultima parola lentamente, per assicurarsi di darle sufficiente enfasi.

Il sangue di Edward si congelò nelle vene. «Questo significa che li ho ancora alle calcagna. Perché?»

«Perché una volta che sei nella loro lista funebre, c'è solo un modo per uscirne, dentro una bara. Probabilmente, hanno recuperato il rubino, ma non hanno perdonato l'offesa. Temo che coglieranno l'occasione della tua partecipazione alla prossima asta per ucciderti. Lì sarai in una posizione più vulnerabile, o almeno questo è quello che pensano.»

Mikhail prese un profondo respiro, mentre tornava a sedersi alla scrivania. Aprì il computer, sullo schermo apparve l'e-mail che aveva ricevuto da uno dei suoi collaboratori, dove lo aggiornava circa i movimenti dei Kozar.

Quelle informazioni non erano rassicuranti, e temeva non fossero sufficienti a garantire l'incolumità di Edward, nell'eventualità di una sua partecipazione all'asta. "Purtroppo, non potrei garantirgliela nemmeno se rimanesse confinato in casa. Conoscono già dove lavora, non ci metteranno molto a scoprire dove vive."

Tra Edward e Sabrina si era innalzato un muro di silenzio, apparentemente indistruttibile.

I pensieri si agitavano nella mente di Edward, e lo spettro di aver messo a rischio la vita della persona per lui più importante, si impossessò della sua anima, rendendogli impossibile riprendere il controllo di sé.

Il tocco gentile della mano di Sabrina sulla sua lo sorprese, e con un debole sorriso, si voltò verso di lei.

«Cosa suggerisci? Dovrei aumentare il livello di sorveglianza intorno a me e alla mia famiglia? Sarebbe sufficiente?» chiese, infine, senza distogliere lo sguardo da Sabrina. Doveva assolutamente capire quanto fosse grave la situazione.

«Se sono sul sentiero di guerra, nemmeno Dio può proteggerti. Farò tutto il possibile per garantirti il più elevato livello di sicurezza. Ti tirerò fuori da questo pasticcio,» rispose. «Anche se sono convinto che non mi ascolterai, ti suggerisco di non partecipare all'asta di Milano.»

Un dubbio si insinuò nella mente di Edward. «Pensi che questo signor Langley sia venuto in negozio per tenermi d'occhio? Potrebbe essere una trappola?»

«Per come la vedo io, ci sei già caduto. Penso che tu sia abbastanza intelligente da capire che l'acquisto del diamante era solamente una scusa. Il vero scopo era farti capire che sanno come trovarti e chi si occupa della tua sicurezza,» rispose Mikhail.

Gli occhi di Edward fissarono quelli di Sabrina, e lui si morse il labbro inferiore. Doveva parlare con Mikhail in privato. «Ci penserò,» rispose diplomaticamente. «Ho bisogno di un po' di tempo per capire la situazione e trovare una soluzione. Non sono sicuro di andare in Italia per l'asta. In ogni caso, ho bisogno di riorganizzare la mia rete di sicurezza qui a New York.»

Strinse la mano di Sabrina. Quella era una decisione che avrebbero dovuto prendere insieme. «Ti chiamerò entro domani sera,» proseguì, prendendo un profondo respiro.

«Aspetterò la tua chiamata,» rispose Mikhail.

Capitolo 23

Terminata la conversazione con Mikhail, Sabrina scosse la testa. «Sei ancora deciso ad andare?»

«Non lo so,» ammise Edward. «Si accettano consigli.»

«Il rischio potrebbe essere troppo alto. Forse, questa volta faresti bene ad andare sul sicuro, lasciando partecipare all'asta qualcun altro per conto tuo,» propose, incerta se sarebbe stato sufficiente questo per tenerli al sicuro. Il messaggio dei Kozar era stato chiaro e forte: potevano arrivare a loro in qualsiasi momento volessero.

«Hai ragione. Per quanto, se fossimo effettivamente nel loro mirino, rinunciarvi non ci garantirebbe l'incolumità,» considerò.

Sabrina distolse lo sguardo da lui, soffermandosi ad osservare uno dei tavoli del laboratorio. Concentrata sulla conversazione appena terminata con Mikhail, ne accarezzò il piano, dove l'uso intensivo aveva creato un paio di ammaccature. Corrugò la fronte al contatto con la superfice irregolare, come se quella ruvidezza interrompesse in qualche modo il fluire dei suoi pensieri.

Non si era mai resa conto della negligenza con cui quei tavoli venivano utilizzati. Era dispiaciuta per aver rovinato un bel mobile, e si chiese se fosse il caso di acquistarne uno nuovo, ripromettendosi di usarlo con maggiore attenzione e cura. Chiuse gli occhi, inspirando profondamente. Distinse e riconobbe ogni odore nella stanza; ormai, quel posto era la sua casa. Forse era stato questo a farla pentire del trattamento riservato a quei tavoli.

La paura di perdere tutto ciò che le era familiare, la sensazione di casa la costrinsero a pensare che il gioco a cui stavano giocando avesse perduto lo scopo originale. Forse, le maledizioni legate agli oggetti che avevano venduto in quegli anni, si stavano ritorcendo su di loro.

Guardò Edward con la coda dell'occhio. Solamente chi lo conosceva bene avrebbe potuto notare l'impercettibile contrazione dell'angolo della sua bocca, indice del suo turbamento interiore; per chiunque altro, la sua postura composta e l'abito elegante avrebbero indicato un uomo sicuro di sé.

Il modo in cui girava nervosamente la sua fede nuziale era un altro chiaro segnale. «Tesoro,» disse, avvicinandosi a lui. «Dobbiamo essere uniti in questa situazione: non puoi farti carico di tutti i rischi e responsabilità.»

Il moto di frustrazione con il quale Edward scosse la testa, e la smorfia che ne alterò i lineamenti, fecero comprendere a Sabrina che la situazione fosse decisamente più complicata del previsto.

«Vorrei che mio nonno fosse qui per chiederglielo...» sussurrò.

«Perché, tuo padre non sarebbe lo stesso?» Fin dall'inizio, aveva avuto l'impressione che Edward considerasse essenziale il ruolo di suo nonno.

Tenendo gli occhi bassi, crollò su una sedia, afferrandosi la testa tra le mani. «Mio nonno gestì il commercio delle pietre maledette con maggior impegno rispetto a mio padre, fino a divenirne una figura importante. Fu lui ad introdurmi ed a mostrarmene tutti i dettagli, ma, forse i tempi sono cambiati e al giorno d'oggi si corrono rischi maggiori. Da quando ho rilevato l'attività, ho fatto in modo di seguire la tradizione degli Sherwood, dando la priorità al commercio delle pietre maledette. Mio padre, invece, preferì seguire un percorso più sicuro, mettendo in primo piano la gioielleria ed in secondo l'attività più pericolosa.»

Sabrina prese una sedia e si sedette di fronte a lui. «Quindi, tuo padre non ti può essere d'aiuto,» sospirò.

Prima di conoscere Edward, non aveva mai immaginato di trovarsi coinvolta in affari eticamente dubbi. La sua famiglia era nota per l'integrità, il rispetto delle leggi e gli alti standard morali. Ovviamente, non si poteva dire la stessa cosa della famiglia Sherwood.

In quel momento si sentiva combattuta. Da una parte c'erano gli insegnamenti ricevuti sin da piccola, i valori in cui aveva sempre creduto; dall'altra, quell'attività in netto contrasto con essi, ma che l'affascinava per la possibilità che le dava di comprendere a fondo la mente umana e l'influenza che la superstizione esercita su di essa. Per non parlare della scarica di adrenalina che riusciva a procurarle.

«A cosa stai pensando?» le chiese Edward. Sabrina era solita rimanere in silenzio solo quando qualcosa la turbava profondamente, ed in quel momento, Edward temette che la sua attività e la storia della sua famiglia iniziassero a preoccuparla. Probabilmente, stava prendendo la decisione più difficile di tutta la sua vita.

«Non so come esprimerlo a parole, ma ho l'impressione di avere qualcosa da risolvere dentro di me...» disse, raccogliendo tutte le sue forze. Sapeva di non poter continuare a procrastinare il confronto tra i suoi princìpi ed il motivo per il quale non aveva preso le distanze da Edward.

"Siamo onesti," pensò Sabrina, "sono da sola, e questa decisione dipende interamente da me. Avevo già accettato questo lato oscuro quando proposi di fare l'esperimento a scuola. Ho anche sposato l'uomo che incarna questa attività equivoca, e devo ammettere di esserne entusiasta e incuriosita. È come far finta di essere innocente sapendo di avere la coscienza sporca."

Avvicinò una mano alle labbra e, stringendo il pugno, si morse un dito. Nella stanza il silenzio era rotto solamente dai rumori provenienti dall'esterno. Con il passare dei minuti, però, anche questi si dissolsero, lasciando spazio solamente al battito dei loro cuori.

«So di essere una maestra nell'indecisione: non riesco mai a fare una scelta senza essere divorata da dubbi e rimpianti. Tuttavia, questa volta ho bisogno di raccogliere tutto il mio coraggio, mettere da parte le mie incertezze, e ricordare il motivo per cui sono qui ora,» esordì, cercando di mettere a tacere il demone che bloccava ogni sua scelta. «Sono con te in questa attività, e se vogliamo arrivare vivi alla pensione, dobbiamo lavorare insieme. Per fare ciò, devi fidarti di me e smettere di tentare di proteggermi. Non sarai mai in grado di farlo.»

«Hai ragione,» disse Edward. «Dobbiamo parlare di nuovo con Mikhail. Lo chiamerò domani mattina per farmi consigliare la migliore linea d'azione. Adesso, però, è meglio tornare a casa e cenare.»

Sabrina accolse quella proposta con sollievo. Stava già sbadigliando, sarebbe andata a letto senza mangiare, ma il brontolio della sua pancia le ricordò che non era sempre lei a comandare.

Chiuse la porta del laboratorio dietro di sé, lasciando i problemi all'interno.

***

Lindström era ancora concentrato sul caso della morte del signor Hopkins.

Era ormai chiaro che il giovane Sherwood non aveva avuto nulla a che fare con esso, mentre erano aumentati i sospetti su quella bratva russa.

Tuttavia, dopo mesi di ricerca infruttuosa, sarebbe stato naturale concludere che quello era uno di quei casi destinati a rimanere irrisolti.

Alzò la testa per guardare l'orologio appeso alla parete. Le lancette dell'orologio si spostarono sulle diciassette e trenta, ma considerata la sua stanchezza, avrebbe giurato fosse mezzanotte.

Si alzò dalla sedia e decise di andare a parlare con Lucy Morgan, una detective che era stata recentemente trasferita da un altro distretto, per aiutarlo nelle sue indagini.

Quando la raggiunse, lei aveva già spento il computer e si stava preparando ad uscire.

«Mi dispiace, Morgan, ma ho bisogno di parlare con te del caso Hopkins,» le disse, con un'espressione contrita; sapeva che la stava trascinando nello squallore della sua vita, dove non c'era spazio per niente al di fuori del lavoro.

«Beh, ho già spento il mio computer...»

«Lo so, ma puoi venire nel mio ufficio. Cercherò di fare in fretta, ma sai, prima mettiamo insieme le tessere ...»

«... prima avremo un altro caso di cui occuparci», concluse Morgan, seguendolo nel suo ufficio. «Con te si lavora 365 giorni all'anno.»

Improvvisamente, Lindström avvertì sulle spalle il peso degli anni in cui si era auto isolato, pensando esclusivamente al lavoro, senza nemmeno tentare di avere dei rapporti sociali. In quel momento, però, dedicare la vita a dare la caccia ai *cattivi* non gli sembrò più la scelta giusta.

"Forse ha ragione. Per me, non è questione di risolvere un caso per sperare di avere un po' di tempo da dedicare a me stesso o alla mia vita privata. Mi limito a saltare da un'indagine all'altra," pensò. "Non sono nemmeno sicuro di sapere come costruire delle relazioni, di qualsiasi genere."

Il giorno in cui Lindsay l'aveva preso con la forza per portarlo alla festa del loro collega, era scattato un interruttore dentro di lui. In quel momento, capì che doveva fare più di una semplice promessa a sé stesso, doveva prendere un impegno. "Prima di perdere la mia salute mentale."

Quando aprì la porta del suo ufficio, per la prima volta, provò la sensazione di essere nel posto sbagliato. C'erano la sua giacca, i suoi effetti personali, eppure, qualcosa lo mise a disagio. Restò interdetto sulla soglia, come se fosse indeciso se entrare o meno, sotto lo sguardo sorpreso di Morgan.

«Sei sicuro di stare bene?» gli chiese, spingendolo dentro. Con noncuranza, gettò la sua borsa su una sedia, e si sedette davanti alla sua scrivania. Non si tolse la giacca, sperando che il tutto non avrebbe richiesto che pochi minuti.

Con un sospiro, Lindström si sedette alla scrivania. «Poco tempo fa, quando ancora sospettavo il signor Sherwood di essere l'autore del delitto del signor Hopkins, parlai con il signor Orlov, l'uomo che si occupa della sicurezza del signor Sherwood durante i suoi viaggi all'estero. Secondo la sua versione, dopo l'asta a Mosca, due membri della famiglia Kozar minacciarono il signor Sherwood affinché consegnasse loro il rubino che si era regolarmente aggiudicato. In seguito, contattai l'Interpol chiedendo informazioni su questo signor Orlov, sui Kozar e sulla possibilità che fossero stati loro ad uccidere il signor Hopkins. Finora, sono riuscito a scoprire solamente che, in gioventù, il signor Orlov fu arrestato per crimini riconducibili alla stessa famiglia.» Come sua abitudine, fece una breve pausa, per assicurarsi di avere l'attenzione del proprio interlocutore.

«Mi chiedo per quale motivo i Kozar fossero così interessati al rubino. Era forse una questione d'onore? Se così fosse, il signor Sherwood e la sua famiglia potrebbero essere ancora in pericolo.»

«Non ho una risposta per queste domande, ma ho scoperto qualcosa. Ricordi il caso della morte del signor Jason Milton, circa quattro anni fa e la perla presumibilmente maledetta che, in seguito, scomparve misteriosamente?»

«Conosco benissimo il fatto, mi occupai io dell'indagine. Quale sarebbe la novità? L'hai trovata?»

«Effettivamente, sì,» rispose con un sorriso. «Sarà messa all'asta a Milano, e scommetto che il signor Sherwood parteciperà. Se lo farà, è probabile che i Kozar non si lasceranno sfuggire questa ghiotta opportunità per farlo fuori.»

«Sono d'accordo, ma noi non possiamo fare niente, Milano è *leggermente* fuori dalla nostra giurisdizione. Mi piacerebbe sapere, però, quali sono le sue intenzioni. Domani andrò da lui,» decise.

Morgan si alzò in piedi; il tempo passava velocemente e aveva ancora molte cose da fare al di fuori dell'ufficio.

«Dove stai andando?» le chiese Lindström.

«Sono le sei e un quarto, sono qui dalle sette di questa mattina. Ho una vita da vivere, io. Possiamo parlarne domani, dopo un buon sonno. A mente fresca sarà più facile predisporre un piano su come tenere d'occhio Sherwood,» disse, prendendo la borsa da dove l'aveva gettata.

Lindström la guardò, con una smorfia. «Bene! Allora riprenderemo domani mattina alle sette e mezza.»

***

Non appena accese il computer, Mikhail vide una mail di Edward. Con un sorriso, decise di leggerla dopo aver preso il caffè.

Era molto tempo che non dormiva per una notte intera; quindi, quello era l'unico modo che aveva per essere lucido.

Diede una rapida occhiata fuori dalla finestra. Il sole non era ancora sorto e la città stava ancora dormendo. Da quel punto, tutto sembrava lontano e che la pace regnasse per le strade. «Questo è vero fino a quando non vai a guardare più da vicino. Lì, in quei piccoli angoli delle strade principali, sotto i ponti... Nelle zone meno ricche, dove i bambini sono troppo spesso lasciati senza sorveglianza, le mani di quei demoni li trovano facilmente, e si perdono... per sempre.»

Sbuffò, come a voler cancellare quei pensieri che lo opprimevano sin dalle prime ore del mattino, costringendolo a tornare ad un passato doloroso ed alla morte di Sergey.

Con una smorfia, scosse la testa e si voltò per versare il caffè in una tazza. «Meglio che mi concentri sui messaggi ricevuti, soprattutto su quello del mio miglior cliente, *Družíšče* Sherwood.»

Il profumo del caffè appena preparato disegnò un'espressione di beatitudine sul suo volto, e dopo il primo sorso, appoggiò la tazza sulla scrivania e aprì l'e-mail.

Edward gli comunicava di aver deciso di partecipare all'asta. «Allora, *Družíšče*, vuoi proprio sfidare la fortuna,» esclamò. Batté le dita sulla scrivania, riflettendo sulla possibilità che si stava affacciando alla sua mente. «Ti dico una cosa, amico mio, questo può darmi la possibilità di pareggiare i conti con i Kozar una volta per tutte,» borbottò, continuando a fissare lo schermo.

Un'idea folle aveva iniziato a prendere forma nella sua mente ancora annebbiata. Aveva bisogno di un po' di tempo per rifletterci, e guardando l'orologio, si chiese quale fosse il momento migliore per mettersi in contatto con i suoi collaboratori in Italia. «Devo aspettare almeno un paio d'ore. Non tutti passano le notti in bianco.»

Si alzò dalla scrivania e si stiracchiò. Il sole stava sorgendo, con un sorriso decise di andare a fare jogging prima che la città si svegliasse, e il traffico rendesse spiacevole la sua corsa. Senza pensarci ulteriormente, si vestì e si precipitò fuori nella fresca mattina moscovita.

***

Migliaia di pensieri tenevano Edward sveglio quella notte, tra cui la sensazione di aver sbagliato decidendo di partecipare all'asta. Si alzò dal letto, cercando di non svegliare Sabrina.

Le sorrise quando fu sulla porta e, mai come in quel momento, si sentì più innamorato di lei.

Indossando una camicia, andò al balcone, sperando di riuscire a mettere un po' di ordine nel caos dei suoi pensieri. Riaprì l'e-mail che aveva inviato a Mikhail, chiedendosi se l'avesse già letta.

L'aspetto della città e il traffico notturno riuscivano ad infondergli un senso di tranquillità. Non c'era molta differenza con l'andirivieni delle auto durante il giorno, cambiavano solo le luci. Durante il giorno, era

260

il sole ad illuminare la città, mentre di notte le luci artificiali dei grattacieli, delle strade e delle auto creavano un'atmosfera crepuscolare.

Chiuse gli occhi, si appoggiò alla sedia e lasciò che i rumori notturni lo cullassero come una ninna nanna. Completamente rilassato, non si accorse delle luci del soggiorno che si accendevano e dei passi leggeri alle sue spalle.

«Cosa stai facendo fuori?» La voce gentile di Sabrina lo riportò alla realtà. Con uno scatto, Edward si voltò verso di lei.

«Non riuscivo a dormire, speravo che un po' d'aria fresca mi avrebbe aiutato a rilassarmi.» Il suono di una sirena di un'auto della polizia lo interruppe. Entrambi volsero gli sguardi in quella direzione, trattenendo il respiro, come se si aspettassero che stesse andando da loro.

«Non riesco a smettere di pensare all'asta e ai rischi che comporta,» disse, appena la sirena si fu allontanata.

Sabrina si sedette davanti a lui. «Al momento, possiamo solamente attendere la risposta di Mikhail. Una volta che conosceremo il suo piano, avremo un quadro più completo della situazione,» rispose.

«Adesso, però, torniamo a dormire,» disse Edward, alzandosi ed aprendole la portafinestra.

***

Appena tornato dalla corsa mattutina, Mikhail si mise al lavoro. Dopo aver controllato l'ora, prese il suo cellulare e compose il numero di Giuliano Marchesi.

L'uomo gestiva un'agenzia di sicurezza privata come quella di Mikhail in Russia. Spesso collaboravano quando uno dei loro clienti aveva bisogno di viaggiare all'estero e richiedeva guardie del corpo in loco.

«Buongiorno, Compagno Mikhail!» lo salutò la voce allegra di Giuliano. Ogni volta che Mikhail lo sentiva parlare, era come se un raggio di sole italiano illuminasse la sua giornata.

«Buongiorno a te, *Družíšče*. Ti chiamo perché uno dei miei clienti parteciperà a un'asta nel tuo bellissimo Paese,» esordì.

«Ne ho sentito parlare, e ci sono anche un paio di articoli che mi interessano,» rispose Giuliano.

«Ho bisogno della tua collaborazione sul posto per l'occasione, ma non sarà un normale servizio di protezione personale. Il mio cliente è nel mirino dei Kozar, una bratva locale, e scommetto che coglieranno l'occasione per dargli la pace eterna,» prese a raccontare. «Ma c'è dell'altro. Anch'io ho una questione in sospeso con loro, e anche per me questa potrebbe rivelarsi la migliore occasione per vendicarmi,» aggiunse, giocherellando con una matita tra le dita.

«Mikhail, sai che siamo amici, prima ancora che collaboratori. Ti considero quasi un membro della mia famiglia, il che significa che puoi contare sul mio pieno sostegno. Tuttavia, in questo caso, ti chiederei di raggiungermi in Italia il prima possibile per preparare un piano d'azione che non porti nessuno di noi al cimitero.»

Alzandosi dalla sedia, Mikhail iniziò a camminare per la stanza come un leone in gabbia. Più passava del tempo in quell'appartamento, più desiderava uscire da tutto e iniziare a vivere la sua vita in modo diverso. «Mi organizzo immediatamente e ti farò sapere.»

«Bene! Adesso vado in ufficio e allerterò tutti i miei contatti per trovare un modo per risolvere il problema. Abbi cura di te, Compagno Mikhail.»

«Farò del mio meglio,» rispose, interrompendo bruscamente la comunicazione.

***

Alle sette del mattino successivo, Lindström era già nel suo ufficio, aspettando con impazienza l'arrivo di Morgan.

Aveva avuto una notte agitata, ed il suo sonno era stato interrotto da pensieri improvvisi, idee, teorie e altro ancora.

Andò nel cucinino per prendere un caffè, ma quando sentì la voce familiare di Morgan salutare gentilmente qualcuno, lasciò tutto e si precipitò verso di lei.

«Morgan!» la chiamò, quasi senza fiato. «Hai fatto bene ad arrivare presto!»

Sbuffando, la collega si voltò verso di lui. «Bene, buongiorno anche a te. Gentile da parte tua chiedermi come sto questa mattina. Grazie. Sto bene.»

Lindström odiava le persone sarcastiche e quella petulanza di prima mattina lo indispose. «Questo non è il posto per chiacchiere e convenevoli. È un distretto di polizia, e abbiamo un lavoro importante da fare,» rispose, infastidito e ringhiando come una bestia ferita.

Gli altri poliziotti presenti cominciarono ad allontanarsi, prevedendo una tempesta che era meglio evitare.

Morgan, invece, rimase impassibile. Quando qualcuno le mancava di rispetto, niente poteva impressionarla. Socchiuse gli occhi e si diresse verso di lui; la sua giornata era già rovinata.

«L'appuntamento era per questa mattina alle sette e trenta. Secondo l'orologio, mancano ancora quindici minuti. Se hai qualcosa che prude, ti suggerisco di grattarlo perché mi arrabbio facilmente quando qualcuno cerca di rovinarmi la giornata già dalla mattina.»

Era furiosa.

Preso alla sprovvista, Lindström rimase impietrito, incerto su cosa dire. Poi, come se un incantesimo lo avesse liberato da una maledizione, iniziò a ridere, così forte che la sua pancia cominciò a fargli male, e le lacrime presero a scorrere dai suoi occhi. Non sapeva perché, ma qualunque fosse il motivo, era il più esilarante del secolo.

La sua risata fu contagiosa, poiché anche Morgan iniziò a ridacchiare, per poi esplodere come una bomba. Ci volle del tempo prima che entrambi riuscissero a calmarsi.

«Oh mio Dio, erano secoli che non ridevo così tanto,» ammise. Sentendosi più rilassato, si rese conto che la collega aveva ragione, era stato scortese nei suoi confronti. «Scusami, Morgan. Avrei dovuto ricordare le mie buone maniere.»

«Nessun problema, anche io avrei dovuto essere meno permalosa,» rispose, con un sorriso. «Che ne dici di un caffè prima della nostra riunione?»

«Ottima idea. Non sono riuscito a riposare, pensavo continuamente al caso. Non appena chiudevo gli occhi, una nuova idea mi veniva in mente, e impiegavo un'eternità per liberarmene. Questa mattina, l'unica cosa che volevo fare era iniziare la giornata con il piede giusto, in modo da avere la maggior parte delle cose risolte entro questa sera.»

Morgan scosse la testa, mentre prendeva una tazza dalla credenza. «Devi rallentare, o avrai bisogno di uno psichiatra. Non c'è bisogno di essere così ossessionati, e sai meglio di me quanto sia importante mantenere la mente lucida.»

Lindström guardò la sua tazza, piena di caffè. L'odore pungente della caffeina arrivò al suo naso, risvegliando i suoi sensi ancor prima di gustarlo.

Lentamente, con le loro tazze di caffè in mano, si diressero verso l'ufficio di Lindström, dove Morgan gettò la sua borsa su una delle sedie, come la sera prima. Tuttavia, questa volta appoggiò la sua tazza di caffè sul tavolo e si tolse la giacca, piegandola delicatamente sulla borsa.

Lindström si sedette, osservandola. Solo allora sembrò rendersi conto che era una bella donna. I suoi capelli scuri, ordinati, raccolti in una coda di cavallo, sembravano brillare ai raggi del sole che filtravano attraverso le veneziane.

Scuotendo la testa, si mise comodo, pronto per iniziare un'altra giornata e riprendere dal punto in cui si erano interrotti la sera precedente.

«Ieri sera, ho cercato in giro ulteriori informazioni sull'attività del signor Sherwood,» disse, avviando il computer. «Ho messo alcuni agenti a tenerlo d'occhio. Sembra, che abbia avuto un cliente interessante, ultimamente. Il fidanzato di una ragazza americana in possesso di un passaporto russo, Anna Todorova, la cui madre aveva un cognome familiare: Kozar.»

Morgan rimase senza fiato. «Gli stessi che minacciarono il signor Sherwood per riavere il rubino e che, presumibilmente, uccisero il signor Hopkins per lo stesso motivo?!»

«Esattamente! Sto ancora aspettando conferme al riguardo. Ho chiesto all'agente Sullivan di trovare qualcosa di più su di lei e sul suo legame con quella famiglia.»

Morgan rifletteva in silenzio. Distolse lo sguardo dal collega, e guardò fuori dalla finestra. Quando notò che le veneziane ostruivano la vista, andò ad alzarle.

La luce del sole li accecò per un secondo, e l'intera stanza si illuminò.

Lindström inspirò profondamente, chiudendo gli occhi. Quando li aprì di nuovo, Morgan stava prendendo la sua giacca.

«Torno nel mio ufficio per cercare altre informazioni. Potresti mandarmi quanto hai già scoperto?» disse, prevedendo che le avrebbe chiesto dove stesse andando.

«Buona idea, ti inoltro il fascicolo che ho salvato sul mio computer. Nel frattempo, andrò a fare quattro chiacchiere con il signor Sherwood.»

Dopo aver inoltrato a Morgan la documentazione, si alzò dalla scrivania e prese la giacca, pronto ad entrare in azione.

Capitolo 24

Dopo aver completato la solita routine per aprire il negozio, Edward diede un'occhiata al vecchio orologio appeso alla parete. Confrontò l'ora con quella del suo cellulare e, con disappunto, si rese conto che era indietro di qualche minuto.

Senza dire una parola, verificò se il meccanismo avesse bisogno di essere ricaricato o richiedesse le mani esperte di un orologiaio. Era antico e, da quando riusciva a ricordare, aveva sempre occupato la stessa posizione. Nessuno gli aveva mai saputo dire come fosse arrivato lì. Aveva sempre funzionato perfettamente e Edward non ricordava avesse mai avuto bisogno di essere riparato.

Prese la chiave per ricaricarlo. Generalmente, pochi giri sarebbero stati sufficienti per farlo funzionare per settimane, eppure ricordava perfettamente di averlo ricaricato solamente una decina di giorni prima.

Avvicinando l'orecchio all'orologio, sorrise al ticchettìo regolare degli ingranaggi e al suono del meccanismo interno. Tuttavia, decise di tenerlo d'occhio, nel caso la carica fosse durata meno del previsto.

Sabrina lo raggiunse dal laboratorio, dove aveva disattivato il sistema di allarme, pronta per iniziare la giornata.

«Tra circa tre settimane ci sarà l'asta a Milano,» ricordò a Edward.

Volgendo lo sguardo verso di lei, sospirò. «Lo so, e prima di prenotare qualsiasi biglietto aereo o hotel, dobbiamo aspettare la risposta di Mikhail. Ma ora torniamo al lavoro, ci sono molti ordini per le tue creazioni,» disse, voltandosi verso di lei.

Con un tenero sorriso, la raggiunse e, tenendole la mano, la portò alle labbra per baciarle la punta delle dita. «Non aver paura, andrà tutto bene, e, appena riceverò una risposta da Mikhail, te lo farò sapere immediatamente.»

Le guance di Sabrina divennero scarlatte al tocco delicato delle sue labbra.

Il campanello sulla porta tintinnò, ma quella volta, invece del solito suono cristallino, sembrò stridere come chiodi su una lavagna. Quando Edward si voltò per accogliere il cliente, la vista del detective Lindström gli diede l'impressione che cupe nubi di tempesta avessero oscurato il sole.

«Detective, che piacere averla di nuovo qui, nel mio negozio,» lo salutò, con un sorriso stampato in volto.

«Buongiorno, signor Sherwood,» rispose, camminando verso il bancone, mentre si guardava intorno come a cercare qualcosa o qualcuno nascosto da qualche parte. «Sono venuto di nuovo perché ho delle domande, e spero che lei possa fornirmi le risposte,» esordì. «So che di recente ha avuto un cliente che è in qualche modo collegato alle persone che potrebbero aver ucciso il signor Hopkins.»

Edward scrollò le spalle. «Molte persone vengono in questo negozio, e certamente non chiedo loro notizie su familiari e parenti,» disse, fingendo di non sapere di chi stesse parlando.

«Lo so, volevo solamente sapere se ne fosse a conoscenza. Secondo le mie fonti, questa persona potrebbe cercare di vendicarsi per quanto successe all'asta a Mosca,» spiegò il detective.

Edward rimase in silenzio, chiedendosi se anche la polizia ritenesse quella minaccia concreta. In tal caso, la situazione sarebbe stata più difficile di quanto avesse immaginato.

"Potrei aver giocato a un gioco troppo pericoloso," pensò, volgendo lo sguardo verso la porta della stanza sul retro e verso il laboratorio. Pensò a Sabrina. "Proteggerla significa anche non lasciarla sola a piangere la mia morte. Avrei dovuto pensarci, ma forse non è troppo tardi."

«C'è qualcosa che non va?» chiese Lindström, notando il modo in cui Edward aveva guardato dietro di sé.

«N-No, stavo pensando ad altro, ma va tutto bene,» disse, con voce tremante.

«Quindi, non sa nulla?» lo incalzò Lindström.

Edward aggrottò la fronte. Non capiva cosa volesse sapere il detective. «Cosa vuole che dica? Cosa vuol sapere?» La sua voce non sembrava più sicura. «Sono io a doverle fare delle domande, perché chiaramente ne sa più di me. Là fuori, c'è un'intera bratva che mi vuole morto. Quelle persone non scherzano. Una volta che considerano qualcuno un nemico, non si arrendono finché non lo uccidono. Dovrebbe sapere meglio di chiunque altro che persone come i Kozar non si spaventano di certo davanti ad un gioielliere come me. Non sono mica a capo di un'organizzazione criminale come loro!» Il tono della sua voce raggiunse il livello che suo padre avrebbe considerato inappropriato per un venditore in una gioielleria.

Edward chiuse gli occhi e prese un respiro profondo. Avrebbe dovuto scusarsi e, forse, se ci fosse stato un cliente abituale, lo avrebbe fatto. Stringendo i pugni, aprì di nuovo gli occhi. «Non sapevo che quest'uomo fosse imparentato con i Kozar, come avrei potuto? Non ho nulla a che fare con loro, se non per essere sulla loro lista nera. Oltre a questo, non ho idea di chi siano, né dove siano.»

«Capisco,» rispose il detective. «Ci sarà un'asta a Milano tra tre settimane, ha intenzione di partecipare? Sa che sarà battuta anche la perla appartenuta al signor Milton?»

«Lo so. Ed è proprio questo il motivo per il quale parteciperò,» rispose, infastidito. «Le dirò di più, se ne avrò la possibilità, l'acquisterò. È unica e speciale, fa parte di quel genere di preziosi che girano il mondo, passando di mano in mano e, a volte, tornano al precedente proprietario.»

«Mi faccia capire una cosa. Perché mai ha deciso di partecipare pur sapendo che c'è un piano per ucciderla?» chiese.

«Perché se sono sulla loro lista funebre, sono già morto e nulla può salvarmi. Mi prenderanno comunque, che mi nasconda o meno; mio nonno mi ha cresciuto insegnandomi a non nascondermi da alcun nemico,» rispose, con voce incerta.

Lindström fece una breve pausa, per riflettere su quelle parole. «Ha ragione. Quando la criminalità organizzata ha qualcuno nel mirino, è semplicemente una questione di tempo. Purtroppo, non saremo in grado di proteggerla in Italia.»

«Nessuno sarà in grado di proteggermi, da nessuna parte. Ci saranno le mie guardie del corpo, finora sono riuscite a tenermi in vita, chissà che non ci riescano anche in futuro.»

«Stia attento, signor Sherwood, sarebbe un peccato se morisse,» disse, con le labbra strette e gli occhi socchiusi. Ancora non gli piaceva Edward, ma non gli avrebbe mai augurato la morte.

«Farò del mio meglio, detective Lindström.»

***

Erano passati un paio di giorni.

Sabrina e Edward, abbracciati, come a voler unire le proprie forze contro un nemico invisibile, riposavano nella loro camera da letto, sognando il loro futuro.

Improvvisamente, come il suono stridulo della risata delle streghe, lo squillo del telefono lacerò la cortina di silenzio che aveva avvolto la stanza.

Con uno scatto, Edward si alzò dal letto ed afferrò il telefono.

«Pronto,» sussurrò, cercando di non svegliare Sabrina, che si girò su un fianco, ancora addormentata.

«*Družíšče*, mi dispiace davvero averti svegliato, probabilmente ho fatto confusione con il fuso orario,» rispose Mikhail. La sua voce profonda, che generalmente gli infondeva calma e sicurezza, arrivò alle sue orecchie come un suono minaccioso, e brividi freddi corsero lungo la sua schiena.

«Misha...» rispose, cercando di uscire dal suo stato semi-comatoso. Aprì la portafinestra del balcone, sperando che l'aria fresca della notte lo svegliasse. «Che succede? Sono le due del mattino.»

«Lo so,» disse, con tono di scusa. «Ma, dal momento che ti ho svegliato, il minimo che posso fare è dirti il motivo della mia chiamata.»

Edward si sedette sulla sedia del balcone, mentre lentamente, la nebbia nella sua mente si diradava. «Non importa, spero che tu abbia buone notizie perché non sono sicuro di riuscire ad affrontarne di brutte, in questo momento.»

«Mi dispiace essere portatore di cattive notizie. Tra tre settimane sarai in Italia per l'asta. La mia squadra ti supporterà durante la tua visita, ma non sono sicuro di poterci essere anche io. Tuttavia, puoi essere certo che il livello di sicurezza offerto dall'agenzia italiana con la quale collaboro sarà esattamente come il mio, se non migliore,» spiegò Mikhail.

«Allora, qual è il problema? Perché c'è un problema, non è vero?» chiese Edward, rientrando nell'appartamento. Tenendo le luci spente, i suoi occhi si abituarono all'oscurità. Si avvicinò al divano e si sedette.

«I miei informatori mi hanno detto che per i Kozar non è sufficiente essere rientrati in possesso del rubino. Vogliono ancora vendicarsi di te, per il tuo affronto all'asta di Mosca. Per questo motivo ho deciso di aumentare il numero delle guardie del corpo che ti seguiranno durante il tuo soggiorno. Potresti arrivare prima in Italia? Se potessi partire una settimana prima dell'asta, potresti familiarizzare con il coordinamento dell'operazione.»

Edward mugugnò. Aveva già preso accordi per le due settimane successive, e cancellarli o rinviarli non sarebbe stato facile.

Tuttavia, dal momento che con i Kozar non c'era niente di prevedibile, ogni ulteriore misura a garanzia della sua sicurezza, avrebbe potuto fare la differenza tra la vita e la morte.

«Va bene, cambierò il mio volo e ti informerò del nuovo programma,» rispose.

«Aspetterò il tuo messaggio. Adesso, però, faresti bene a tornare a dormire. Buonanotte, *Družíšče*.» Senza aspettare la sua risposta, Mikhail interruppe la conversazione, pronto a comunicare il risultato ai suoi collaboratori a Milano. Non c'era tempo da perdere, e doveva essere un passo avanti ai Kozar, altrimenti avrebbe perso il suo miglior cliente.

Dopo aver parlato con Giuliano Marchesi in Italia, Mikhail si alzò in piedi, scuotendo la testa. «No,» disse. «Non si tratta più di una questione di lavoro. Edward Sherwood non è l'unico mio cliente, ma è il solo con il quale ho instaurato un rapporto molto stretto e una delle poche persone che chiamo *Družíšče*, e per me è quasi come chiamare qualcuno fratello.»

Erano quasi le undici del mattino, e presto sarebbe andato al ristorante dove era solito pranzare. In passato, quando era stato solito fare affari con le organizzazioni mafiose, avere un posto fisso o un ristorante preferito sarebbe stato impensabile. Adesso, invece, era un uomo libero, che aveva pagato il suo debito con loro con il sangue del fratello, e mai avrebbe rinunciato al lusso di vivere senza alcuna restrizione.

"Anche se per loro siamo pari, per me, non è così. Sergey troverà presto la sua vendetta e, questa volta, non agirò d'istinto come in passato. Ora tutto avverrà seguendo un piano ben definito."

***

Edward appoggiò il telefono sul tavolino di fronte al divano e rimase ad ascoltare i rumori circostanti.

Nella stanza era calato nuovamente il silenzio, e gli sembrò che la stanchezza lo invitasse a tornare a sdraiarsi tra le braccia di Sabrina.

Prima, però, doveva cambiare la prenotazione del volo; sapeva che, se non lo avesse fatto subito, sarebbe rimasto sveglio fino all'ora di alzarsi.

Con un leggero borbottìo, prese di nuovo il cellulare e cambiò il volo per l'Italia. Dopodiché, inviò un messaggio a Mikhail, e tornò in camera. Lentamente, si sdraiò al fianco di Sabrina, rannicchiandosi contro di lei, sperando di ritrovare la dolce sensazione bruscamente interrotta dalla telefonata.

Sabrina si era accorta della sua assenza, ma preferì rimandare tutte le sue domande alla mattina seguente. Mentre i loro corpi si toccavano e il calore del suo corpo la avvolgeva, lei sorrise e si addormentò di nuovo.

***

La mattina dopo, prima dell'alba, la sveglia suonò.

«Chi era lo *stronzo* che ti ha chiamato ieri notte?» borbottò Sabrina, stiracchiandosi sul letto.

«Pensavo che tu stessi dormendo. Mi dispiace di averti svegliata,» disse Edward, abbracciandola e baciandola sulla fronte. «Era Mikhail, evidentemente ha fatto confusione con il fuso orario.»

«Iniziavo ad essere gelosa...» borbottò, stringendosi ad Edward.

«Di chi? Mikhail? Sei l'unico essere umano che voglio avere al mio fianco, e lui è troppo irsuto per i miei gusti,» disse, ridacchiando e scandendo ogni pausa tra una parola e l'altra con un bacio.

Niente era più irritante della crudele routine che non permetteva loro di indugiare a letto più a lungo durante la settimana. Avrebbe voluto passare l'intera mattinata a fare l'amore con Sabrina.

Doveva trovare il modo giusto per raccontarle della telefonata con Mikhail, quindi restò a letto, abbracciando e baciando l'unica donna che avrebbe mai potuto amare.

«Hmm...» gemette Sabrina, mentre i loro corpi si ritrovarono sotto le lenzuola. «O hai dimenticato che dobbiamo andare in negozio, o hai qualcosa da farti perdonare.»

«Penso sia un po' entrambe le cose,» disse. Si scostò leggermente da lei per guardarla negli occhi. «Mikhail ha chiamato perché vuole che parta per l'Italia con una settimana di anticipo.»

Con uno scatto, Sabrina si sedette sul letto, tornando improvvisamente seria. Un mix indefinito di delusione, sorpresa e, soprattutto, paura oscurò il suo volto.

Rimase in silenzio per un lungo minuto, cercando di elaborare le parole di Edward. Non era la partenza anticipata a spaventarla, era già successo in passato, quanto il motivo.

Anche se Edward non glielo aveva ancora detto, sapeva che non era per visitare le principali attrazioni turistiche, ma per scongiurare una minaccia alla sua vita.

«Perché devi partire così presto? Quando sarà?» borbottò, quando finalmente riuscì a mettere insieme due frasi di senso compiuto nella confusione che regnava nella sua mente.

Distogliendo lo sguardo da lei, Edward le prese le mani. «Mikhail mi ha chiesto di partire prima per familiarizzare con l'organizzazione della sicurezza. Teme che i Kozar siano ancora in cerca di vendetta.»

«Non puoi dare la procura a qualcun altro per partecipare all'asta? Ricordo che per quella di Mosca Mikhail ti propose questa possibilità,» protestò debolmente. «Non voglio che tu metta in pericolo la tua vita per gli affari, non ne vale la pena.» La sua voce tremava mentre si sforzava di non piangere.

«Sabrina, hai ragione, ma non è più questione di essere nel posto sbagliato al momento sbagliato. Temo che cercheranno di vendicarsi comunque,» disse, ricordando il signor Langley. «Non chiedermi perché, ma ho avuto la strana impressione che anche per Mikhail non si tratti solamente di proteggermi. Questo è il momento in cui possiamo regolare i conti con loro.»

«La violenza non porta mai niente di buono, e se hai intenzione di ucciderli, ti ritroverai il resto della famiglia alle calcagna. Come hai intenzione di vincere contro un'intera organizzazione criminale? Promettimi che resterai al sicuro, che non correrai rischi inutili e mi chiamerai a intervalli regolari,» rispose Sabrina, ferita.

Con un sorriso amaro, Edward la abbracciò. Non c'era niente di peggio nella sua mente che deluderla. «Hai sposato un uomo pericoloso...» sussurrò, avvicinandosi al suo orecchio.

«No, ho sposato uno stupido testardo. Ma ti amo immensamente,» rispose, cercando di sorridere.

«Farò tutto il necessario per restare al sicuro e tornerò a casa sano e salvo. Questa è una promessa a te, a me e alla mia famiglia. Credo che, oltre ai Kozar, non ci siano altri a volermi morto,» rispose, con tono rilassato. «Questo è, almeno, quello che spero. Non potrei sopportare di essere il bersaglio di qualcun altro.»

Edward cercò di scherzarci sopra, ma nel profondo, anche lui aveva paura di ciò che sarebbe potuto accadere in Italia. Quella sarebbe stata una settimana stressante e doveva assicurarsi di non trovarsi più in una situazione simile.

Con un lungo sospiro, si alzò dal letto. Si erano attardati troppo a lungo in quella discussione, e probabilmente avrebbero aperto il negozio più tardi del solito. Tuttavia, parlare delle paure e delle preoccupazioni reciproche era necessario, li avrebbe aiutati entrambi ad affrontare il periodo in cui lui sarebbe stato via.

Non ebbero tempo di fare colazione a casa e decisero di comprare qualcosa alla caffetteria vicino al negozio. Ebbero appena il tempo di pensare ai loro bisogni fisiologici. Il negozio doveva essere aperto, ed i gioielli ordinati dai clienti, consegnati entro le scadenze stabilite.

Capitolo 25

Quella mattina, quando Lindström raggiunse il distretto, trovò una e-mail urgente del tenente Stanford ad aspettarlo; gli chiedeva di raggiungerlo immediatamente nel suo ufficio.

Non c'era bisogno di un chiaroveggente per capire che quella convocazione fosse collegata all'omicidio del signor Hopkins. "È passato quasi un anno e non abbiamo fatto alcun progresso rilevante," pensò.

Raggiunto l'ufficio, notò che la porta era socchiusa e, senza esitazioni, entrò.

«Buongiorno. Voleva vedermi?» chiese.

«Sì, si accomodi,» lo invitò gentilmente il tenente Stanford. «Le ho chiesto di venire per parlare dell'omicidio del signor Hopkins. Ho ricevuto i suoi rapporti e quelli dell'Interpol sulle persone sospette. È chiaro che il signor Sherwood non sia in alcun modo coinvolto. Come è altrettanto chiaro che, chiunque sia l'assassino, sapeva cosa stava facendo e agì con attenzione, evitando di lasciare la minima prova in grado di farci risalire a lui. Per questo motivo, dobbiamo accantonare il caso, almeno finché non avremo nuovi indizi. Ci sono altri casi che richiedono la sua piena attenzione, in questo momento.»

Lindström abbassò la testa, sapeva che il tenente Stanford aveva ragione. Oltre alle testimonianze di Edward Sherwood e Mikhail Orlov, non avevano prove concrete sul coinvolgimento di uno dei membri della famiglia Kozar. Tuttavia, erano i sospetti più probabili.

«Capisco, signore. Io...»

«Lo so, detective Lindström, e come membro delle forze dell'ordine, condivido il suo desiderio di consegnare alla giustizia chiunque sia colpevole. Purtroppo, concorderà con me, che non è sempre possibile.»

Lindström prese un respiro profondo. «Lo so. Ho speso tempo ed energie su questo caso, e adesso devo metterlo da parte a causa della mancanza di prove; mi sembra di aver fallito il mio compito. So che non tutto è bianco o nero, e a volte i criminali rimangono impuniti. Soprattutto per i casi di omicidio, come questo,» Lindström si alzò dalla sedia e puntò il dito verso la porta. «C'è un'intera famiglia che piange la perdita di una persona cara, sperando di vedere un giorno il responsabile del loro dolore pagare per le proprie azioni. Queste sono le persone che ho giurato di proteggere, e ogni volta che ciò non accade, sento di averle deluse.»

«Tutto quello che possiamo fare è assicurarci che casi come questo non siano la regola, ma l'eccezione,» gli rispose il tenente Stanford. «Continueremo a cooperare con l'Interpol e raccoglieremo informazioni su casi irrisolti simili. Li confronteremo anche con quei casi attribuiti agli stessi membri dell'organizzazione criminale per cercare un modus operandi comune. Forse, un giorno, avremo abbastanza dati per dare un nome all'assassino.»

Lindström abbassò la testa e si diresse verso la porta. Guardò ancora una volta il tenente Stanford e, senza dire altro, lasciò la stanza, immerso nelle proprie considerazioni.

Due settimane dopo

Edward raggiunse l'aeroporto un paio d'ore prima della partenza. Dopo aver superato i controlli di sicurezza, decise di attendere l'imbarco curiosando intorno.

Guardò il suo orologio e decise di inviare un messaggio a Sabrina.

Appena ripose il telefono in tasca, questo prese a squillare.

«Ciao, tesoro. Come va? Sei ancora al lavoro?»

«Ho deciso di trattenermi in laboratorio. Ci sono alcuni gioielli la cui data di consegna si avvicina, e non intendo deludere i clienti. Inoltre, dal momento che non sarai a casa, non ho alcuna fretta di tornarci,» rispose, continuando a lavorare un braccialetto.

«Mi manchi già, piccola. Sarà un viaggio frenetico, ma mi pentirò di non essere al tuo fianco,» disse Edward, osservando una vetrina.

«Farò del mio meglio per non sentire troppo la tua mancanza, ma tu cerca di tornare vivo,» rispose Sabrina, mentre i lineamenti del suo volto si distendevano.

Appena terminata la conversazione, Edward si appoggiò a una delle morbide sedie della sala d'aspetto, provando un immediato sollievo. I suoi pensieri tornarono nuovamente a Sabrina e alla vita che insieme avevano costruito: temeva che sarebbe stata troppo impegnata per sentire la sua mancanza.

Si rese conto di non aver mai provato, in passato, la paura di quel momento, mentre si allontanava da lei. Una crescente angoscia si impossessò di lui. Quel viaggio a Milano sarebbe stato anche l'ultimo?

"Pensiamo che incidenti e disgrazie possano capitare solo agli altri," pensò, "finché non siamo noi ad essere colpiti da un evento tragico."

Si avvicinò alla vetrata, seguendo con lo sguardo un aereo che stava per decollare. Quando iniziò ad accelerare, la luce del sole si rifletté sulla lucente fusoliera, quasi abbagliandolo; quindi, con la grazia di un'aquila, si staccò dal terreno.

"Siamo così impegnati a preoccuparci del domani, da non goderci ciò che la vita ci dà oggi. Non ci rendiamo conto che pianificare qualcosa che alla fine potrebbe non arrivare è del tutto inutile."

Si sentì soffocare, temeva di stare andando dritto verso una trappola mortale.

"Se i Kozar hanno intenzione di vendicare l'offesa che ritengono io abbia causato loro, esiste un modo per risolvere la situazione che non sia uccidermi?"

Non voleva morire, ma non aveva nemmeno intenzione di vivere nella paura, guardandosi alle spalle, per il resto della sua vita; ci doveva pur essere un modo per fermare quella follia.

Edward si voltò lentamente verso la sala d'aspetto e lo sguardo cadde sull'orologio alla parete. Si precipitò al gate, correndo come un folle.

Dopo aver preso posto sull'aereo, inviò un messaggio a Sabrina e Mikhail e chiese a quest'ultimo se ci fosse un modo per giungere ad un accordo con i Kozar.

Dal finestrino dell'aereo, prese ad osservare l'attività dell'aeroporto. Il bip del telefono lo avvisò di nuovi messaggi, ricordandogli, allo stesso tempo, che avrebbe dovuto spegnerlo.

Sia Mikhail che Sabrina avevano risposto. Tuttavia, tanto quello della moglie lo emozionò, quanto quello di Mikhail gli ricordò quanto potesse essere fragile la vita.

Družíšče, non c'è modo di raggiungere un accordo con loro. È il tuo sangue o il loro. Sono riuscito a liberarmi da altri impegni. Sarò io a venirti a prendere all'aeroporto.

Sebbene quest'ultima notizia lo rassicurasse, la conferma che l'offesa potesse essere lavata solamente con il sangue lo angosciò ancor più.

Aggrottò la fronte e spense il telefono, sperando, almeno, che il volo sarebbe stato tranquillo.

***

Il sole splendeva su Milano, quando il volo da New York atterrò al trafficato aeroporto di Malpensa. Nonostante il comfort offerto dalla business class, un senso di impazienza si impossessò di Edward mentre raggiungeva il gate. In quel momento, aveva solamente bisogno di individuare il volto familiare di Mikhail. Dopo il messaggio che gli aveva inviato, molte domande avevano iniziato ad agitare la sua anima e non vedeva l'ora di chiedergliene le risposte.

Nel frattempo, Mikhail scrutava nervosamente la folla proveniente dal ritiro bagagli, cercando di individuare il suo cliente. Aveva posizionato 'occhi' in tutta la sala, in ogni punto dal quale si avesse una visione completa. Loro lo avevano già intercettato e lo stavano seguendo, pronti ad intervenire al primo movimento sospetto.

Non appena Edward entrò nella sala degli arrivi, Mikhail si avvicinò a lui con un ampio sorriso. «*Družíšče!*» lo salutò, guidandolo in fretta e furia verso un'uscita secondaria che portava al parcheggio. «Sbrighiamoci, l'auto è da questa parte.»

Il comportamento sbrigativo di Mikhail lo destabilizzò, ma capì che la situazione non permetteva alcun convenevole, ci sarebbe stato tempo una volta al sicuro.

Quindi, senza dire una parola, si limitò a seguirlo, finché non raggiunsero l'auto che li stava aspettando.

Il conducente aveva già acceso il motore e diverse guardie del corpo controllavano l'ambiente circostante.

Edward prese il telefono ed inviò un messaggio a Sabrina. Si era quasi dimenticato di informarla di essere arrivato sano e salvo, e non voleva si preoccupasse. Il telefono aveva ancora la suoneria disattivata e Edward decise di tenerlo così. "Non c'è niente di più fastidioso dello squillo o dei *bip* del telefono quando sono concentrato su un compito impegnativo."

Lo ripose nella tasca della giacca e guardò fuori dal finestrino. Era già stato una volta a Milano per lavoro, ed in quel preciso momento si rese conto di aver viaggiato per il mondo intero, ma mai per piacere. Non ricordava nemmeno di aver fatto una vera vacanza per rilassarsi con sua moglie. Il massimo che si erano concessi erano state brevi gite nei dintorni di New York.

"Dovremmo semplificare le nostre vite. Mi piacerebbe viaggiare di più in tutto il mondo, ma non per lavoro e con Sabrina. L'ultimo viaggio di piacere che ricordo è quello da Londra a Berlino per andare ad incontrare mio padre," rifletté. Con una smorfia, rivisse le sensazioni provate quando aveva ricevuto la foto da Jeff.

Scosse la testa, come a scacciare quel ricordo doloroso, e concentrò la sua attenzione sulle strade che scorrevano fuori dal finestrino.

Dopo mezz'ora, l'auto svoltò in una strada sterrata, e, presto, i campi sostituirono il cemento e gli alti edifici. Edward rimase sbalordito da quella campagna, rigogliosa e colorata, e così vicina al centro città. Sebbene non avesse idea del perché si stessero dirigendo verso una posizione così remota, si fidava della scelta di Mikhail.

Stare in un posto isolato, probabilmente, avrebbe semplificato il controllo dei dintorni. "In definitiva, in caso di necessità, ci permetterà di elaborare un piano di fuga migliore rispetto al centro della città," pensò, scuotendo la testa. "Questo è ridicolo. O stiamo diventando tutti paranoici, o la minaccia è più concreta di quanto immaginavo."

Concentrato nei suoi pensieri, non si accorse che l'auto si era fermata davanti ad una vecchia villa.

«Siamo arrivati, *Družíšče*. Qui sarai al sicuro fino al giorno dell'asta,» disse Mikhail, voltandosi verso di lui, prima di aprire la portiera dell'auto.

Quando uscì, socchiuse gli occhi, alzando la mano per ripararsi dalla luce del sole. Una volta che si furono abituati, diede un'occhiata all'edificio e all'ambiente circostante. Il canto degli uccelli, trasportato dalla leggera brezza attraverso le fronde degli alberi, faceva sembrare quel luogo fuori dal mondo. Non c'era alcun rumore a disturbare quella calma.

Il suo corpo si rilassò, e lentamente, ebbe la sensazione di essere diventato un tutt'uno con la natura che lo circondava e la vecchia villa.

Non sembrava un hotel, piuttosto una residenza privata affittata per l'occasione. L'assenza di altre auto gli confermò che sarebbero stati gli unici occupanti di quella abitazione.

«Che bel posto tranquillo,» disse Edward, voltandosi verso Mikhail.

«Vieni, ti mostro l'interno e la tua camera da letto,» disse, incamminandosi verso la grande porta d'ingresso.

Edward non prestò attenzione alle sue parole, completamente assorto nella contemplazione della maestosa costruzione.

L'ampia e massiccia porta d'ingresso era finemente scolpita, e mostrava chiaramente la cura con la quale i proprietari l'avevano mantenuta nel corso dei secoli, proteggendone il legno dalle intemperie e dagli insetti.

«È incredibile l'attenzione prestata al più piccolo dettaglio,» mormorò Edward.

«Allora, amerà anche gli interni,» gli assicurò una voce, proveniente da dentro.

Un uomo sulla quarantina apparve dall'ombra dell'ingresso, camminando lentamente, con passo elegante. I capelli scuri pettinati all'indietro ed il viso perfettamente rasato gli conferivano un aspetto aristocratico, che l'abito blu scuro che aveva indosso completava.

«Piacere di conoscerla,» disse, tendendo la mano a Edward. «Sono Giuliano Marchesi, il proprietario.»

Si strinsero le mani. «Il piacere è mio. Sono Edward Sherwood.»

«Mikhail è un vecchio amico e ognuno mette a disposizione dell'altro le proprie competenze. Sono un collezionista e mi occupo di antiquariato. Inoltre, ho un'agenzia di sicurezza privata che spesso collabora con la sua. Nel corso degli anni, ho sviluppato una rete completa di informatori su tutto il territorio nazionale che è utile ad entrambi.»

«Siamo stati fortunati a incontrarci, ma ora entriamo. Sicuramente, vorrai fare una doccia e cambiarti d'abito, prima di parlare d'affari e iniziare a pianificare la tua partecipazione all'asta,» disse Mikhail.

Edward non era stanco, ma aveva bisogno di rinfrescarsi dopo un viaggio così lungo.

Giuliano lo condusse al secondo piano, dove era la camera da letto che gli aveva riservato. «Ecco la tua stanza. Spero che ti ci troverai bene. Se ti serve qualcosa, chiedi pure, voglio che ti senta completamente a tuo agio durante la tua permanenza,» disse, aprendo la porta.

«Ti ringrazio per la tua ospitalità. Questo posto sembra uscito da un sogno, hai una delle case più belle che io abbia mai visitato,» disse, guardandosi intorno. Edward non era abituato a vivere in un lusso esagerato. Era stato educato a concentrarsi sulle necessità, sulle soluzioni pratiche. Sebbene vivesse in un invidiabile appartamento nel centro di Manhattan, si rese conto di quanto quella villa lo superasse in stile.

«Ti aspettiamo al piano di sotto. Quando sarai pronto, torna alla sala principale, gira a sinistra e segui il corridoio fino a raggiungere il giardino.

Parleremo con calma e pranzeremo,» gli propose Giuliano.

Quel luogo gli ricordava l'imponente residenza del nonno, particolarmente la stanza che raccontava la storia della famiglia attraverso i manufatti e le curiosità che erano state acquisite nel corso dei secoli. Dopo la sua morte, era stato ereditato dal padre e altri parenti, in quote uguali ed era usato principalmente per riunioni di famiglia e come residenza di vacanza. La sua posizione fuori città non rendeva comodo viverci stabilmente.

Scosse la testa, riflettendo che il motivo per cui si trovava lì era ben lontano da una vacanza. Lo spettro di trovarsi più vicino che mai alla morte tornò a tormentarlo, assieme alla consapevolezza che le persone non possono controllare il proprio destino.

La settimana che seguì non fu rilassante come Edward si era aspettato. L'angoscia non lo abbandonò un solo secondo, e non passò una singola ora senza che si chiedesse se sarebbe uscito vivo da quella situazione.

Mikhail e Giuliano organizzarono il servizio di sicurezza con estrema minuzia e lo fecero esercitare con la pistola che avrebbe avuto con sé.

***

L'asta si sarebbe svolta il giorno successivo e Mikhail e Giuliano stavano ripassando il piano con Edward per l'ennesima volta.

«Ora, prima di entrare nella casa d'aste, gli addetti al servizio di sicurezza ti faranno passare attraverso uno scanner, per assicurarsi che tu non abbia armi o altri oggetti proibiti. Saranno battuti molti oggetti preziosi e la sorveglianza farà il possibile per sventare qualsiasi tentativo di furto,» gli spiegò Giuliano, mentre stavano provando il loro ingresso e la loro uscita dall'edificio. «Per questo motivo, ho dovuto *convincere* una delle guardie a portare all'interno le nostre armi. Le useremo solamente se necessario, non dobbiamo attirare l'attenzione, e fare in modo che tutto si svolga senza incidenti.»

Con un cenno del capo, Mikhail si alzò dalla sedia e andò a prendere un po' d'acqua. «Conoscendo i Kozar, anche loro troveranno un modo per introdurre armi all'interno dell'edificio, dovremo essere preparati a qualsiasi evenienza,» aggiunse. Quindi, fece una pausa e riempì il bicchiere.

«Dobbiamo dedicarci esclusivamente a proteggere Edward. Dovrà lasciare questo posto e raggiungere in sicurezza la casa d'aste. Una volta lì, lui si concentrerà sull'asta, mentre noi terremo gli occhi aperti. Quindi, ce ne andremo velocemente, e faremo in modo che raggiunga l'aeroporto tutto intero.»

La possibilità di morire lo portò a considerare il proprio lavoro sotto una luce diversa. Pensò a Sabrina che lo stava aspettando a casa; non poteva sopportare l'idea che qualcuno la chiamasse per informarla di un incidente mortale. "Non ne vale la pena e non è giusto per lei. Non ho intenzione di rinunciare a questo commercio, ma probabilmente, in futuro, non parteciperò personalmente alle aste. Dare la procura ad altri mi garantirà una sorta di protezione da situazioni come questa."

«Qualche problema?» chiese Giuliano, notando il cambiamento di espressione sul volto di Edward.

«Stavo pensando a tutt'altro,» rispose, aggrottando la fronte e scuotendo la testa. Non intendeva parlare dei propri sentimenti, erano questioni personali che non riguardavano nessun altro, oltre Sabrina e lui. «Ripassiamo di nuovo, che ne dici?» chiese, cambiando discorso, per dirottare l'attenzione su altro che non fossero i suoi problemi.

«Certo, ricominciamo ancora una volta dall'inizio,» rispose Mikhail.

***

Quella sera, Edward si separò dal resto della squadra e andò a sedersi in giardino, da solo. Dopo aver parlato con Sabrina, prese a fissare la luna. Le cose in negozio andavano bene, e lui provò quasi un dolore fisico a starle lontano.

Non era la prima volta che stava via per oltre sette giorni, eppure, non si era mai sentito così solo, né il suo cuore aveva desiderato così tanto essere tra le braccia di Sabrina.

«È così che ci si sente quando la morte si avvicina?» chiese alla luna.

«Non lo so, ma è una buona domanda,» rispose Mikhail, raggiungendolo, dopo aver lasciato gli altri a divertirsi in casa. «Perché sei qui tutto solo?»

Edward volse lo sguardo verso di lui per un momento, prima di tornare a fissare la luna. Non gli piaceva essere interrotto, e forse Mikhail era stato scortese ad intromettersi nella sua conversazione interiore. Tuttavia, dovette ammettere con sé stesso di avere bisogno di qualcuno vicino.

«Stavo pensando all'asta. Cosa sappiamo della famiglia Kozar? Sei sicuro che siano così pericolosi?» Aveva bisogno di capire come fosse possibile che aver perso un'asta, fosse da loro considerato un affronto talmente grave da dover essere lavato con il sangue.

Non aveva senso, soprattutto perché avevano comunque riavuto il rubino dopo il primo incidente occorso al signor Hopkins.

Mikhail prese un profondo respiro e si sedette accanto a lui. «Vorrei poterti dire che saremo tutti al sicuro, che domani sarà una bella giornata, e che avrai la possibilità di riprenderti la perla.» Fece una pausa per raccogliere i suoi pensieri. «Da ragazzino...» iniziò a raccontare, mentre gli brillavano gli occhi. «Non venivo da una famiglia benestante, e in Russia, questo significa non potersi permettere niente. Avevo diciassette anni e, a quell'età, inizi a guardarti intorno e capisci che non avrai mai le stesse possibilità di chi è nato in famiglie migliori. Quella maledetta età in cui credi di dover ottenere tutto, ad ogni costo, anche vendendo la tua anima al diavolo. I Kozar mi diedero la possibilità di eccellere. In breve tempo, non solamente completai la mia istruzione, ma guadagnai molti più soldi di quanto avrei potuto fare con un lavoro onesto.»

Edward socchiuse gli occhi. «Lavorai per loro?»

«Sì. Avevano visto il mio potenziale, e mi addestrarono come guardia del corpo,» continuò a raccontare, voltandosi verso Edward. «Dopo pochi anni, pensai che avrebbero potuto dare un lavoro a mio fratello minore, Sergey. Parlai con il capofamiglia, e lo supplicai di aiutarlo a non finire per strada, e lui acconsentì.»

«Ma immagino che qualcosa sia andato storto,» disse Edward, intuendo che dovesse essere successo qualcosa di terribile se Mikhail era così amareggiato e spaventato da loro. Per come lo conosceva, solamente i Kozar erano in grado di infondergli un tale terrore.

«Successe durante un'operazione. Girava voce che qualcuno all'interno dell'organizzazione avesse fatto trapelare informazioni vitali alla polizia. Niente è peggio del sospetto, e le persone si indicavano costantemente l'un l'altra per capire chi avesse tradito. Quando ebbero la prova che era stato Sergey, fu chiaro che non lo avrebbero perdonato. La pena per i traditori è la morte.»

«Quindi, uccisero tuo fratello...» sussurrò Edward, sentendo l'intensità del momento.

«Non proprio. Sergey era mio fratello, e un detto recita che all'interno di una famiglia, tutti agiscono allo stesso modo. Geneticamente, i membri di una famiglia, due fratelli, non saranno mai completamente diversi. Quello fu il momento in cui dovetti dimostrare che non avrei mai commesso lo stesso errore.»

Edward era sbalordito, ma il suo cuore che batteva all'impazzata soffocò qualsiasi parola. Si limitò, quindi, ad attendere che Mikhail terminasse la storia.

«Un giorno mi convocò il capofamiglia. Mi disse che avevano scoperto che era stato mio fratello. Lo aveva ammesso, anche se non era stato intenzionale.» Strinse il pugno per arrestare il tremore delle sue mani. «Mi portarono in una stanza. Sergey era lì, legato a una sedia, moribondo dopo essere stato picchiato selvaggiamente. Il mio cuore si spezzò, sapevo che il suo destino era già scritto, ma quello che non sapevo era che con la sua, anche la mia vita sarebbe finita. Mi consegnarono una pistola, una Baikal-442, e mi ordinarono di sparare a mio fratello. Provai a rifiutarmi, ma capii che, in quel caso, avrebbero ucciso me e poi lui. Sergey mi fissò e, con un ultimo sussurro, mi pregò di farlo: preferiva morire per mano mia, piuttosto che per quella di un gruppo di criminali sadici. Avrei voluto scappare, rifiutare, farmi uccidere insieme a Sergey. Tuttavia, quando sentii il freddo della loro pistola puntata alla mia tempia, mirai alla testa di mio fratello e, lanciando amare promesse di vendetta, premetti il grilletto e lo uccisi.»

Mikhail volse lo sguardo verso Edward, che lo fissava, ancora incapace di articolare qualsiasi parola. «Questo era l'unico modo che avevo per uscire vivo dal clan. Ero un uomo libero, ma la mia famiglia si disintegrò e, da allora, non ho più visto mia madre o mio padre. Tutto era distrutto a causa mia. Se non avessi coinvolto Sergey in quell'attività, sarebbe ancora vivo e, forse, sarei io ad essere morto.»

Fece un lungo respiro, sforzandosi di riprendere le proprie forze. «Questo è il motivo per cui posso dire con certezza che non esiste un modo semplice per uscire. Ma lascia la parte difficile a me. È giunto il momento per loro di pagare per la morte di mio fratello e la distruzione della mia anima. Dopo, potrò vivere in pace.»

«E se ti uccidessero?» Edward osò chiedergli, tormentandosi le dita.

«Questa non è un'opzione,» rispose, con un sorriso. «Domani, dopo l'asta, tu e Giuliano partirete subito per l'aeroporto. Il resto della squadra e io terremo occupati i Kozar e li attireremo in una trappola negli scantinati. Sono collegati con quelli di altri edifici tramite tunnel. Lì, lontano dagli occhi indiscreti delle telecamere di sicurezza e della polizia, avremo modo di risolvere i nostri vecchi problemi. Una volta che la nostra missione sarà compiuta, tornerò a Mosca e mi occuperò anche dei responsabili della morte di mio fratello.»

Edward raggiunse la spalla di Mikhail con la mano e la accarezzò. Ogni parola che gli veniva in mente sembrava stupida, così preferì rimanere in silenzio.

Il giorno dopo, sarebbe avvenuto un massacro, e l'unica cosa di cui era consapevole era che doveva tenersi lontano dalla battaglia tra Mikhail e i Kozar.

«Pensi che sappiano già delle tue intenzioni? È qualcosa che stai pianificando da molto tempo?» Era curioso di conoscere il motivo per cui Mikhail non gli avesse detto nulla.

«No, l'ho deciso da poco. Il programma iniziale prevedeva di tenere la mia vendetta personale separata dalla tua protezione durante l'asta. Poi però, mi resi conto che finché non fossero tutti morti, tu non saresti mai stato al sicuro; quindi, eliminarli tutti ti avrebbe dato la garanzia di avere la vita salva e, al tempo stesso, avrebbe soddisfatto il mio desiderio di vendetta.» Abbassò lo sguardo. «Avrei dovuto dirtelo prima, perdonami.»

Nonostante l'amarezza per essere stato usato come esca, Edward sperava ancora di uscirne vivo. L'istinto di sopravvivenza prevaleva su qualsiasi altro sentimento.

«*Družíšče*, mi dispiace,» cercò di scusarsi. «Il mio scopo principale è quello di proteggerti, e ti prometto di fare tutto ciò che è in mio potere per mantenerti vivo e vegeto. La rappresaglia è completamente separata, ma dal momento che cercheranno di lavare l'offesa con il tuo sangue, mi assicurerò che l'unico ad essere versato sia il loro. Spero che questo sia sufficiente come motivo.»

Edward scosse la testa. «Non ci sarà mai una ragione sufficientemente buona, ma voglio che tu sappia che ti comprendo. Se fosse successo a me con Sabrina, non sono sicuro che avrei potuto aspettare così a lungo prima di pensare di ucciderli.»

Mentre la preoccupazione faceva corrugare la sua fronte, i suoi pensieri corsero a sua moglie. «Capisci che non posso lasciare Sabrina...»

Mikhail non gli diede tempo di finire la frase. «Se uno di noi dovrà morire, quello sarò io. Tu hai la mia parola, e non permetterò che altra sofferenza si aggiunga a quanta ne ho già causata,» gli promise, mentre la sua voce tornava ferma. «Entrambi abbiamo una persona cara di cui prenderci cura. Anche se la mia è morta, gli devo ancora la vendetta che merita. La tua è ancora viva, invece, ed è mio dovere e impegno personale far sì che lo resti anche tu. Sembrerà come se Sergey fosse ancora vivo... Non siamo così diversi, *Družíšče*.»

Il silenzio calò su di loro, interrotto solo dal frinire dei grilli. Per un istante che sembrò durare un'eternità, il tormento delle loro anime si placò e, come dimentichi delle proprie preoccupazioni, si sentirono in pace.

"Vorrei che Sabrina fosse qui con me e che potessimo vivere in un posto così. Incuranti di tutto, abbracciarci in una notte come questa per poi addormentarci ascoltando i suoni della natura," pensò Edward.

Un sorriso rilassato si formò sul suo volto, mentre i lineamenti del viso si rasserenarono.

«Faremmo meglio ad andare a riposare,» disse Mikhail. «Domani sarà una lunga giornata e avremo bisogno di tutte le nostre energie. Nel tardo pomeriggio, raggiungerai l'aeroporto.»

Edward si alzò dalla panchina. Senza aspettare Mikhail, si diresse verso la casa di Giuliano per mettere la parola fine a quella giornata, sperando che non fosse stata l'ultima della sua vita.

Capitolo 26

L'asta avrebbe avuto luogo alle tre del pomeriggio. Edward, Mikhail, Giuliano e le guardie del corpo passarono l'intera mattinata a rivedere il piano.

Queste ultime partirono poco dopo le undici, per prendere posizione nei punti strategici concordati. In questo modo, avrebbero avuto una visuale a trecentosessanta gradi sia all'interno della casa d'aste che all'esterno.

Alle tredici e trenta, fu la volta di Edward, Giuliano e Mikhail. Nell'auto nessuno di loro parlava. I primi due, in particolar modo, non avevano mai sperimentato un tale livello di tensione, le loro vite non prevedevano rischi elevati come quello che stavano correndo quel giorno.

Il motore silenzioso dell'auto di Giuliano e l'isolamento acustico dal mondo esterno contribuivano a rendere la loro quiete meditativa ancor più minacciosa.

Mentre si avvicinavano alla loro destinazione, Edward sentì come se il proprio cuore volesse saltare fuori dal petto, per andare a nascondersi. Si voltò verso Mikhail che stava guardando fuori dal finestrino; era apparentemente calmo, come se niente di importante stesse per accadere, ma il modo in cui si stringeva le mani, tradiva i suoi reali sentimenti. Dopo che la sera precedente gli aveva parlato della morte del fratello, Edward sapeva che la posta in gioco era molto alta anche per lui.

"Al posto suo, non sarei riuscito ad andare avanti." Con il respiro corto, strinse i pugni e serrò la mandibola, arrabbiato ed al contempo spaventato dal male illimitato che può risiedere nell'animo umano. "Qualcuno deve fermarli prima che raggiungano Sabrina. Non mi interessa se mi uccidono, ma il mio amore..."

Inspirò profondamente.

L'auto si fermò in un parcheggio. «Siamo arrivati,» sussurrò solennemente Giuliano. I tre uomini si guardarono e, con un cenno d'intesa, scesero dall'auto e si incamminarono verso la casa d'aste.

Superato il controllo di sicurezza, furono indirizzati al piano inferiore, dove recuperarono le loro pistole e le nascosero sotto le giacche. Per Edward, quella era la prima volta che impugnava un'arma con l'intenzione di usarla contro un altro essere umano. Al contatto con il freddo metallo, la sua mano sembrò prendere fuoco, quindi, si affrettò a metterla via.

«È meglio che ti abitui, *Družíšče*. Potrebbe servirti per uscire vivo da qua,» disse Mikhail.

Dopo il lungo silenzio che li aveva accompagnati durante il tragitto, Edward quasi non riconobbe quella voce. Le sue labbra fremettero, mentre una leggera scossa elettrica sembrò attraversare tutto il suo corpo. Mai, come quel momento, aveva desiderato essere da qualche altra parte. Quella situazione non era minimamente paragonabile con quella che aveva affrontato con Jeff. Davanti a lui non c'era un giovane in preda al panico che pensava di aver perso tutto nella vita e aveva solamente bisogno di qualcuno che gli tendesse una mano.

«Non voglio morire...» sussurrò, con le lacrime agli occhi.

Giuliano lo cinse in un abbraccio amichevole, che contribuì a sciogliere la tensione.

«Andrà tutto bene. Questa è una misura di sicurezza che stiamo prendendo. Non siamo nemmeno sicuri che verranno,» cercò di rassicurarlo.

«*Družíšče*, dobbiamo andare. Cerca di non perdere il controllo.» La voce di Mikhail, tagliente come un vetro scheggiato penetrò fin nel profondo della sua anima.

Edward non era sicuro di dovergliene essere grato, ma Mikhail aveva ragione, quello non era il momento di essere debole. Avevano una missione da portare a termine.

Separandosi da Giuliano, prese un respiro profondo e si asciugò gli occhi. «Hai ragione, andiamo. Concentriamoci sull'asta. Non voglio perdermi la perla.»

Raggiunsero la sala, che aveva iniziato a riempirsi di potenziali concorrenti interessati agli oggetti che sarebbero stati battuti, e si sedettero. Preferirono non guardarsi intorno.

La vibrazione del cellulare ad indicare l'arrivo di un messaggio, sorprese Giuliano. Con un leggero movimento, per evitare di essere notato, lo lesse; quindi, cercò di guardare alle sue spalle.

Inviò un messaggio a Edward. *Sono dietro di noi. Sembra che fuori ce ne siano altri.*

Un brivido freddo percorse la spina dorsale di Edward dopo averlo letto, ma non si mosse, restando concentrato nell'asta.

"Finché sarò in questa sala, dovrei essere al sicuro, più tardi..." Non osava immaginare ciò che sarebbe potuto accadere, una volta fuori dall'edificio. Si chiese se ci fosse un posto sicuro dove nascondersi, o fin dove si sarebbero spinti per placare la loro sete di vendetta.

Arrivò il momento della perla. Edward fece la prima offerta, sperando ardentemente che i Kozar non partecipassero all'asta. Giuliano, però, ebbe un'idea migliore, e ne fece una a sua volta.

Un sorriso perplesso affiorò sul volto di Edward. Poi, capì. Doveva lasciare che Giuliano se la aggiudicasse. Con tutta probabilità, i fratelli Kozar non sapevano che era insieme a lui; quindi, lo avrebbero lasciato vincere.

C'erano, comunque, altre persone interessate, e Edward fece un altro paio di offerte, prima di arrendersi. Era certo che Giuliano sapesse che lui era pronto a pagare qualsiasi somma per averla.

Il prezzo continuò a salire, raggiungendo una cifra importante, ma quando il martelletto del banditore dichiarò vincente l'offerta di trecentocinquantamila dollari di Giuliano, Edward sorrise, soddisfatto.

"Mio padre vendette la perla quando ero un bambino. Il signor Milton la comprò per mezzo milione. Mi aspetto di guadagnare una somma simile, se non di più."

A quel punto, il suo unico desiderio era quello di andarsene. Lui e Giuliano si alzarono, dirigendosi verso l'uscita della sala. I due fratelli li seguirono, mantenendo una certa distanza per non farsi notare.

Una volta fuori, come materializzatisi dal nulla, altri si aggiunsero ai due Kozar, dando l'impressione di andare in direzioni diverse.

Ma anche Mikhail e il resto della squadra erano pronti ad intervenire non appena la situazione lo richiedesse.

Poiché l'asta era ancora in corso, i corridoi erano relativamente deserti. Quando Edward e Giuliano uscirono dall'ufficio, dopo aver pagato, i due fratelli sbarrarono loro il passaggio.

C'era un silenzio tale, che Edward poteva quasi sentire il battito del suo cuore. Eppure, mentre il più giovane spostava la giacca di lato, rivelando la pistola nascosta sotto di essa, notò un dettaglio che cambiò tutto.

Indossava un anello, ma non uno qualsiasi. Era quello con il rubino del signor Hopkins, scomparso poco prima della sua morte.

La sua mente prese a correre e, in un batter d'occhio, la paura si trasformò in caso fortuito. Il folle desiderio di riavere il rubino, anche a costo di strappargli via il dito, si impossessò di lui.

Socchiuse gli occhi, fissando freddamente i due fratelli. Senza dire nulla, lentamente, si assicurò che vedessero anche la sua pistola.

"Non siete gli unici a poter giocare con i giocattoli per adulti, e adesso è arrivato il momento di dirvi che ne ho abbastanza di voi. O la mia vita o le vostre," pensò.

Non aveva idea quale interruttore si fosse acceso nella sua mente. Probabilmente, era qualcosa che aveva ereditato da suo nonno e dalle precedenti generazioni di Sherwood che avevano basato l'attività di famiglia sul commercio delle pietre maledette.

Giuliano seguì l'esempio e mostrò loro anche la sua pistola. A quel punto, erano chiare le intenzioni di ognuno.

Un rumore proveniente dalle spalle dei Kozar attirò la loro attenzione, facendoli voltare. Giuliano non si lasciò sfuggire quell'occasione imperdibile, e spinse Edward verso uno dei corridoi secondari. Secondo le cianografie, avrebbe dovuto condurre a un'altra sala, ai servizi igienici e all'uscita.

«Questo non è il momento di fare gli eroi, corri,» gli gridò Giuliano, spingendolo via.

La confusione aumentò e passi affrettati sembrarono seguirli. Con sollievo, si rese conto che non stavano seguendo loro, bensì stavano dirigendosi verso i sotterranei. «Mikhail li sta conducendo probabilmente al piano di sotto, dove ha preparato la trappola. Dobbiamo uscire di qui!» disse Giuliano, tirandolo verso l'uscita.

«Non senza aver risolto questo problema...Non ho intenzione di nascondermi per il resto della vita. Non posso scappare per sempre e non voglio vivere nella paura!» I suoi occhi brillavano di puro odio mentre scandiva quelle parole. «E nemmeno senza il mio rubino...»

Giuliano lo guardò, incapace di ravvisare in quella persona piena di odio la benché minima somiglianza con l'uomo che aveva imparato a conoscere nell'ultima settimana. «Di che diamine stai parlando? Non puoi vincere contro di loro: lascia che sia Mikhail ad occuparsene e andiamocene via da qui. Sarai più sicuro all'aeroporto.» Lo afferrò per le spalle, cercando di farlo muovere in direzione dell'uscita.

Edward si dimenò violentemente da lui. «Tu vai, io rimango. Non vado da nessuna parte senza l'anello. Sabrina aveva ragione, e ora è troppo tardi per fuggire.»

Con quelle parole, sapendo che avrebbe potuto non sopravvivere, tornò sui suoi passi, in direzione dei rumori. Aveva bisogno di capire quale fosse la situazione e chi fosse in vantaggio. Considerando l'intensità dello scalpiccìo, dovevano aver già raggiunto i sotterranei.

«Vieni,» disse a Giuliano, che lo seguiva a distanza. Ma lui esitò, voltandosi un paio di volte, afferrato dal demone dell'indecisione. Secondo i piani, il suo compito era portare Edward sano e salvo all'aeroporto e, fino a pochi minuti prima, aveva pensato che anche lui lo volesse.

Tuttavia, poiché Edward continuava a dirigersi verso i sotterranei senza di lui, decise di seguirlo e offrire il suo sostegno.

Lentamente, continuarono a dirigersi verso i rumori. La profondità dei sotterranei, l'uso dei silenziatori e la mancanza di un sistema di sorveglianza in quei luoghi semi-abbandonati giocarono a loro favore, riducendo al minimo le possibilità di essere sentiti e che fosse allertata la polizia. Raggiunsero una delle vie di fuga sotterranee, che collegava gli scantinati di due attività separate nello stesso edificio.

Quelli erano resti di antiche fondamenta, presenti solamente in vecchi progetti. Sarebbe stato il posto migliore per un massacro. Nonostante fossero in pochi, Mikhail e la sua squadra andarono avanti, spingendo i due fratelli e i loro scagnozzi in quello che doveva essere il posto giusto per la resa dei conti.

Mentre Edward e Giuliano camminavano attraverso i bui corridoi sotterranei, i rumori si avvicinarono. L'odore di muffa, la densità dell'aria mescolato con il fetore della morte, affinò i suoi sensi. Procedettero lungo gli stretti corridoi, cercando di evitare di inciampare o camminare sui cadaveri delle poche persone che erano morte durante la discesa verso quella trappola. I rumori di voci e passi riempivano il silenzio tra Giuliano e Edward, che, con passo cadenzato, si avvicinavano al luogo dell'azione.

***

Dalla sua posizione dietro un angolo, Mikhail strinse i denti. Aveva bisogno di un faccia a faccia con i due fratelli, prima di risolvere le questioni ancora aperte con il resto dei membri della famiglia a Mosca. "Ora o mai più, questo è il giorno in cui Sergey avrà la sua vendetta: pagheranno per la sua morte."

L'occasione propizia si presentò quando ebbe l'opportunità di avvicinarsi, dopo aver sparato ad uno dei loro scagnozzi. «È l'ora della resa dei conti!» gridò, mentre si sporgeva. «Risolviamola da uomini.»

I due fratelli si guardarono l'un l'altro e sorrisero. Senza una parola, uscirono puntando le loro pistole in direzione di Mikhail.

«Questo non è affar tuo, Misha! Non stiamo inseguendo te!» disse Yuri, il fratello maggiore.

Mikhail ringhiò di rabbia. "Solo Sergey poteva chiamarmi Misha." Si sbarazzò della pistola che aveva in mano e afferrò la Sig Sauer tiny copperhead, presa dal cadavere di uno dei tirapiedi che aveva ucciso. Controllò il caricatore e, con una mossa felina, guidato dalla sete di vendetta che era fermentata dentro di lui dalla morte del fratello, uscì da dietro un angolo. Puntò la pistola mitragliatrice e, con un grido selvaggio, sparò l'intero caricatore contro i suoi avversari, finché non giacquero morti sul freddo cemento.

Si avvicinò a loro. «Avrei dovuto farvi sparare l'un l'altro, come avevate fatto fare a me. Ma non importa, ora è il turno del resto della famiglia,» disse.

Sapendo che il pericolo era solo temporaneamente finito e che era ora di scappare, Giuliano ed Edward, insieme a Nikolay, l'unica guardia del corpo rimasta viva, raggiunsero Mikhail. «Dobbiamo uscire di qui, immediatamente!»

«Sì, ancora un momento,» rispose Edward, camminando verso il fratello che indossava l'anello. Con un sorriso, glielo tolse e lo mise in tasca. «Ora possiamo andare.»

Al pari del viaggio di andata, anche quello di ritorno verso la villa di Giuliano si svolse nel silenzio. Nessuno aveva niente da dire.

Edward e Giuliano erano consapevoli che se il piano di Mikhail non avesse avuto successo, la rappresaglia nei loro confronti sarebbe stata terribile.

Ognuno stava considerando la propria sicurezza, ma, soprattutto, la sicurezza dei propri cari. Edward temeva che potessero fare del male a Sabrina, soprattutto perché il misterioso cliente, legato alla famiglia Kozar, sapeva dove colpire.

"Non sono sicuro che raggiungeremo mai una fine. Diversamente da quanto ho sempre pensato, mio padre fece la scelta migliore, tenendo al sicuro sé stesso e la sua famiglia. Mio nonno avrebbe dovuto mettermi in guardia da tutto questo, anche perché sono certo ci sia un'intera storia non raccontata, e che i dettagli più oscuri del suo successo siano stati sepolti con lui nella sua tomba. Purtroppo, non ho ascoltato i consigli di mio padre, e sono diventato la copia di mio nonno, e un giorno, anche i miei segreti saranno sepolti insieme a me." Edward abbassò lo sguardo sulle sue ginocchia. "Sarà quella la fine degli Sherwood, commercianti di maledizioni?"

Quando raggiunsero la villa, tutti si ritirarono nelle proprie stanze, ognuno con i propri demoni.

Nel silenzio della sua camera, Edward decise di chiamare Sabrina per informarla del ritardo, incerto, però, su come giustificarlo.

Con un respiro profondo, prese il cellulare e compose il suo numero.

***

Sabrina era appena rientrata in negozio dopo la pausa pranzo, quando il suo telefono prese a squillare. Un ampio sorriso apparve sul suo volto, quando vide il nome del marito.

«Ciao! Sei già all'aeroporto?» gli chiese, con voce allegra.

In qualsiasi altra occasione, quella voce sarebbe stata sufficiente a farlo sentire l'uomo più fortunato del mondo, ma in quel momento, gli arrivò come un pugno in faccia; riuscì a malapena a respirare. Le lacrime gli sgorgarono dagli occhi mentre un nodo gli si formò in gola. Il suo corpo gli doleva, bramando solo di potersi sdraiare sul letto, ma la sua anima non riusciva a trovare né conforto, né pace.

«Tesoro, va tutto bene?» chiese. Aveva imparato a riconoscere quando suo marito era sul punto di piangere.

«Sto bene, piccola. Mi manchi da impazzire. Ho perso il volo e devo riprogrammarlo, probabilmente domani o giù di lì,» rispose. «È stata una lunga giornata ed è successo di tutto. Tuttavia, ho la perla, anche se questa volta l'ho pagata cara.»

Cercò disperatamente di cambiare argomento e trovare qualcos'altro di cui parlare, a partire dalle buone notizie, forse l'unica che poteva offrire. Poi ricordò l'anello che aveva preso dalla mano del fratello minore. «Ho portato qualcosa con me. Dovrò contattare la famiglia del signor Hopkins, perché è qualcosa che appartiene a loro.»

Sabrina si incuriosì. «Cosa intendi?»

«Certamente ricordi il rubino che aveva comprato, quello che è scomparso nel nulla. L'ho trovato e voglio restituirlo ai proprietari. Non c'è alcuna maledizione, e spero che possa dare loro un po' di tranquillità. In questo modo, anche la morte del signor Hopkins è stata vendicata, e la sua anima può finalmente riposare in pace,» sussurrò. «Come vanno le cose da quelle parti?»

«Tutto bene, o almeno lo spero,» disse, esitando. «Insomma, ultimamente mi sentivo un po' debole. Non sapevo se a causa dello stress perché eri lontano o per l'intera situazione che mi aveva messo più peso sulle spalle. Così, oggi ho deciso di andare dal mio medico.»

«Cosa ti ha detto? Hai bisogno di un po' di riposo? Posso certamente organizzarmi e quando tornerò a casa, mi occuperò del resto,» le assicurò.

«Dovrò sicuramente rallentare i ritmi e dedicare più tempo a me stessa, ma non perché io sia malata, ma perché sono incinta. C'è un piccolo Sherwood che erediterà l'azienda di famiglia,» disse, con voce tremante. Non avevano mai parlato di avere figli, avevano vissuto le loro vite in modo talmente frenetico da non avere avuto nemmeno il tempo per considerare la possibilità.

Una lunga pausa di silenzio colmò la distanza tra di loro. Edward non era sicuro di aver compreso quanto le aveva detto; era incinta e lui presto sarebbe diventato padre?

"Un bambino? Dovrei essere felice o preoccupato?" pensò, riflettendo sulla giornata che aveva avuto. "Se così fosse, dovremmo riconsiderare l'intera attività e riorganizzare la nostra sicurezza, includendo l'anello più vulnerabile della catena."

«Sei arrabbiato?» chiese Sabrina, con voce esitante.

Il suono della sua voce, armonioso come le campane che suonano a festa, lo distolse bruscamente dalle sue considerazioni. «Certo che no! Perché mai dovrei esserlo?»

«Non lo so, mi aspettavo qualsiasi reazione, ma certamente non il silenzio.»

«Tesoro, sono l'uomo più felice del mondo. È solamente che questa notizia mi ha còlto di sorpresa.» Un sorriso luminoso apparve sul suo volto mentre prendeva piena coscienza della notizia, sotto ogni aspetto.

«Capisco che questo potrebbe non essere il momento migliore. Stiamo attraversando un periodo difficile, per non parlare dei rischi posti da quei criminali che ti stanno alle costole, ma magari possiamo trovare una soluzione.» Non voleva rinunciare alla sua gravidanza. Tuttavia, dovette ammettere che avere un figlio mentre lei ed Edward erano nel mirino di una famiglia mafiosa non era esattamente quello che avrebbe voluto nel suo futuro.

«Era questo a preoccuparmi, ma non ti chiederei mai di sbarazzartene. Possiamo risolverlo: dovrà pur esserci un modo,» disse, prendendo una breve pausa. Avrebbe ricordato quel giorno come il più impegnativo, fisicamente ed emotivamente. Il giorno in cui aveva partecipato ad una sparatoria, aveva rischiato la vita e ricevuto la notizia di stare per diventare padre. «Forse dovresti chiamare i miei genitori e vedere se possono raggiungerti o se puoi andare tu da loro, fino al mio ritorno.» Si asciugò il viso con la mano, cercando di pensare lucidamente.

«Ci avevo già pensato, perché c'è dell'altro,» aggiunse. «Ti ricordi quel cliente collegato con i Kozar?»

Edward sentì il sangue gelarsi nelle vene. Il fatto che fosse andato al negozio mentre i Kozar avrebbero dovuto ucciderlo, portò la sua paura ad un altro livello.

«È entrato? Che cosa voleva? Ti ha minacciato?» chiese, con voce spaventata.

«Non è entrato, ma l'ho visto fermarsi davanti al nostro negozio. Ha guardato gli oggetti esposti in vetrina, e poi ha alzato gli occhi per guardare all'interno, come se stesse cercando qualcuno. Quindi, ha ripreso la sua passeggiata,» raccontò Sabrina.

«Temo di non poter garantire la tua sicurezza da questo momento in poi. Almeno fino a quando questa storia non sarà finita.» Senza giri di parole, le raccontò cosa era successo all'asta.

Mikhail entrò nella stanza senza preoccuparsi di bussare. «*Družíšče*, stai parlando con tua moglie?» ringhiò, senza cerimonie, come una bestia arrabbiata.

Voltandosi di scatto verso di lui, Edward fece cadere il telefono. «Sì... Pensavo che te ne fossi già andato. Che succede?» chiese.

Mikhail si avvicinò a lui e afferrò il telefono dal pavimento. «Sabrina?» chiese, per assicurarsi che fosse ancora in linea. In un'altra occasione, Edward avrebbe protestato veementemente per quella intrusione. Ma era sicuro che Mikhail avesse una valida ragione a giustificare il suo comportamento.

«S-sì...cosa...» mormorò lei.

«Nel giro di pochi minuti, tre persone entreranno in negozio. Una di loro prenderà il tuo posto al bancone. Nel frattempo, le altre ti condurranno in un luogo sicuro. C'è qualcun altro che lavora con te?» Mikhail parlava lentamente, scandendo le parole, per assicurarsi che capisse.

«Janice sta lavorando in laboratorio,» rispose Sabrina, tremando.

«Dille che sta arrivando un nuovo dipendente, perché devi raggiungere il signor Sherwood per chiudere un affare importante,» continuò ad istruirla

Mikhail, con voce ferma. «Molto probabilmente non c'è nemmeno bisogno che tu ti nasconda. Dal momento che sono stato io ad uccidere Yuri e Aleksander, sono sicuro che siano più interessati ad uccidere me, piuttosto che te. Tuttavia, preferisco non rischiare. È tutto chiaro?» concluse Mikhail.

«Certo, parlerò immediatamente con Janice. Puoi passarmi mio marito?»

Senza rispondere, Mikhail consegnò il telefono a Edward. Nonostante la situazione richiedesse un'azione rapida che non lasciava tempo per i convenevoli, Edward era ancora frustrato da quell'intrusione nella sua vita privata.

Attese di essere di nuovo solo nella stanza e chiuse a chiave la porta per assicurarsi che nessuno li avrebbe interrotti di nuovo. Sabrina era la persona più importante della sua vita, non apprezzava alcuna intromissione quando era con lei, sia al telefono che personalmente.

«Tesoro, sono così dispiaciuto per i problemi che ti sto causando. Mi sembra di darti solo preoccupazioni, quando invece, ho promesso di proteggerti e renderti felice.» Temeva che non avrebbe mai dovuto impegnarsi in alcun tipo di relazione. La sua vita era troppo disordinata e trascinarcela dentro era stato ingiusto.

«Ed, il giorno del nostro matrimonio ero pienamente consapevole dei rischi che avrebbe potuto comportare condividere la vita con te. Nonostante ciò, ho detto di sì, e vuoi sapere perché? Perché quando mi guardi, quando mi tieni tra le tue braccia, mi sento amata. Non dovresti proteggermi, posso farlo da sola. Né ho bisogno che tu decida per me. L'ho già fatto.»

Edward si sentì improvvisamente sollevato, come se un macigno gli fosse stato tolto dal cuore. Probabilmente, non meritava una persona come Sabrina, o forse si meritavano l'un l'altro più di quanto immaginassero. Erano simili in molti aspetti, e le piccole differenze non li separavano, ma rafforzavano il loro rapporto.

«Ti amo...» sussurrò Edward.

«Anch'io, ma ora devo andare; gli uomini di cui parlava Mikhail stanno arrivando. Ti chiamerò.»

Detto questo, abbandonarono la conversazione, pregando con tutte le loro forze che non fosse un addio.

Capitolo 27

Sabrina seguì i due uomini che erano andati a prenderla. Passarono a casa solamente per prendere il passaporto, non le diedero modo nemmeno di infilare qualcosa in valigia. Le promisero che, una volta al sicuro, avrebbe avuto vestiti e qualsiasi cosa di cui avrebbe avuto bisogno.

Sabrina ignorava la destinazione finale, sapeva solamente che sarebbero partiti da un aeroporto privato. «Devo sapere dove mi state portando,» insistette, rompendo il muro di silenzio tra di loro.

Joshua, uno degli uomini inviati da Mikhail, la guardò freddamente, visibilmente infastidito da quella richiesta. «Ci è stato chiesto di condurla in un luogo sicuro. Quindi, lontano dal suo posto di lavoro, e da dove si trova adesso il signor Sherwood. Non possiamo rivelarlo ora, e prenderemo un aereo privato per assicurarci che nessuno possa rintracciarla,» le spiegò.

L'altro uomo, Brandon, rimase in silenzio come se non avesse sentito quanto detto da Joshua.

Camminava al fianco di Sabrina, guardandosi intorno, mentre si dirigevano verso un aereo bimotore.

«Abbiamo scelto una posizione remota, ma ci siamo assicurati di avere provviste sufficienti per tutto il tempo che dovremo trascorrere lì,» aggiunse Joshua, salendo a bordo.

Senza dire altro, Sabrina si sedette e allacciò la cintura di sicurezza. Era ormai chiaro che le sue domande erano destinate a rimanere senza risposta, almeno per il momento e, forse, non aveva nemmeno bisogno di sapere tutto subito.

"La destinazione non conta. La cosa importante è essere al sicuro e pregare che lo sia anche Edward."

L'aereo decollò immediatamente, e Sabrina previde che quel volo non sarebbe stato confortevole quanto uno di linea. Mentre il suolo si allontanava, prese un profondo respiro, sentendosi immediatamente più rilassata. Finché fosse stata in volo, niente l'avrebbe preoccupata, come se i problemi fossero rimasti a terra.

***

Mikhail chiese a Giuliano, Edward e all'unica guardia del corpo sopravvissuta di riunirsi nel salone. Era il momento delle spiegazioni, perché nessuno di loro aveva idea di cosa stesse succedendo. Tutto assomigliava a un incubo, dal quale nessuno sembrava in grado di svegliarsi.

Con un'espressione solenne, Mikhail li guardò tutti. «So di dovermi scusare e voglio che sappiate che l'ultima cosa che volevo era mettere in pericolo una qualsiasi delle vostre vite. Il piano prevedeva che, subito dopo l'asta, Giuliano e Edward se ne andassero immediatamente, lasciando la mia squadra e me ad occuparci dei Kozar,» disse, prima di fare una lunga pausa.

Giuliano avrebbe voluto spiegare di aver fatto del suo meglio per far uscire Edward dalla casa d'aste ma che, inaspettatamente, questi aveva insistito per tornare indietro e compiere anche la sua vendetta personale.

Abbassò lo sguardo, sentendo sulle spalle la responsabilità delle vittime.

«*Družíšče*, non so perché tu sia tornato, è stata davvero una mossa irresponsabile e stupida da parte tua. Tuttavia, il tuo intervento ha creato il diversivo che ha dato a Nikolay e a me il giusto vantaggio, quindi poco male.»

Timidamente, Edward lo guardò di sottecchi, tenendo la testa abbassata, come un bambino sorpreso a fare una marachella ed in attesa della punizione. «Mi dispiace. Non volevo causare problemi, e probabilmente non ho nemmeno pensato alle implicazioni che la mia decisione avrebbe potuto avere. Uno dei fratelli aveva un anello con il rubino che mi aggiudicai all'asta a Mosca e che ha fatto di me il bersaglio dei Kozar. Lo vendetti al signor Hopkins, e quando glielo vidi al dito pensai che la famiglia meritasse di riaverlo, e sapere che il loro caro era stato vendicato. So di aver agito in maniera sconsiderata, ma, per una volta, non pensai a me e al mio guadagno personale, e quello fu un momento importante della mia vita.»

Giuliano sorrise e gli appoggiò una mano sulla spalla. «È stato un bel pensiero, ma anche stupido,» disse. Quindi, si voltò verso Mikhail. «Hai altro da dirci?»

«Parto subito per Mosca. So dove colpire per fermare tutta questa follia. Il membro più anziano della famiglia dovrà pagare per i suoi peccati. Non so se uscirò vivo dal loro covo, ma se così non fosse, sacrificare la mia vita avrà salvato le vostre. Del resto, sono morto già da molti anni,» disse, colpendosi il petto con il pugno. «Nikolay vi contatterà non appena riterrà la situazione risolta.»

Giuliano si alzò, seguito da Edward, con le lacrime agli occhi. «Stai attento, *Compagno* Mikhail. Sei più di un socio in affari, sei parte della mia famiglia e, come tale, ho bisogno di sapere se ci sarà un momento per incontrarsi di nuovo o una tomba dove piangere la tua perdita.»

Edward prese la mano di Mikhail, stringendogliela. «Non ti dimenticherò mai, Misha. Se puoi, non farti uccidere.»

Dopo un veloce abbraccio, Mikhail e Nikolaj salutarono Edward e Giuliano e se ne andarono.

***

Erano passati un paio di giorni da quando Mikhail era partito con un volo privato, e da allora, Edward e Giuliano erano rimasti alla villa, mantenendo le distanze.

Quella sera, Edward era uscito per raggiungere un posto solitario in giardino. La mancanza di qualsiasi notizia da parte di Sabrina e di Mikhail lo angosciava.

La notte era calma, ed il frinire dei grilli diede un minimo sollievo alla sua anima. Si sedette per ammirare il cielo stellato e stare da solo con i suoi pensieri.

L'ultima volta che era stato in quel posto, era la sera prima dell'asta. Era con Mikhail e sperava di poter tornare presto a casa.

Gli mancava Sabrina ed era sicuro che la sua vita non sarebbe stata più la stessa.

Tuttavia, questo era il modo in cui l'attività degli Sherwood funzionava. Sebbene suo padre si fosse sforzato di essere diverso dal resto della famiglia, lui non riusciva a distaccarsi da quel commercio che distingueva il loro negozio da tutti gli altri. Era la loro firma.

Si sdraiò sull'erba, fissando la volta stellata. Era molto tempo che non aveva notizie da suo padre, e si chiese se chiamarlo per accertarsi che lui e sua madre stessero bene.

La possibilità che fossero stati presi di mira anche loro era decisamente remota, inoltre, suo padre continuava a proteggere sé e sua madre attraverso una rete di guardie del corpo. Guardò l'orologio e, con una smorfia, decise che qualunque cosa volesse fare, avrebbe dovuto aspettare il mattino dopo.

Era già mezzanotte e mezza e, sebbene non avesse sonno, decise di tornare nella sua stanza.

Un *bip* del suo telefono gli segnalò l'arrivo di un messaggio. Accelerò il passo, prendendolo dalla tasca.

Un sorriso apparve sul suo volto alla conferma che Sabrina aveva raggiunto un luogo sicuro, anche se si lamentava dell'isolamento della zona. «Starai bene, tesoro, e presto torneremo a casa insieme e inizieremo a costruire la vita per il nostro bambino,» sussurrò, mentre digitava la sua risposta.

Arrivò un altro messaggio, questa volta da parte di Mikhail. Forse, era quello che aveva atteso con maggiore impazienza.

> *Družíšče, se leggi questo messaggio, significa che ne siamo usciti vivi. Quindi, presto tornerai a casa e riabbraccerai tua moglie. Tuttavia, voglio prima assicurarmi personalmente che nulla minacci la vita tua o dei tuoi cari. Tornerò presto da te, è stato un piacere lavorare con te e spero di incontrarti in tempi migliori.*

Sollevato da quel messaggio, digitò una risposta veloce per confermarne la ricezione.

Tutta la casa era immersa nel silenzio più completo. Le luci erano spente, dal momento che tutti gli ospiti avrebbero dovuto essere già a dormire nelle loro stanze.

In quella villa, il silenzio aveva qualcosa di innaturale. Anche quando Giuliano era da solo, c'era musica, si sentivano le chiacchiere del personale di servizio, o magari arrivava un ospite inaspettato per cena.

Negli ultimi giorni, i due uomini avevano condiviso lo stesso tavolo, ma quasi senza mangiare.

Il personale evitava di parlare, come se si stesse svolgendo un funerale e si dovesse mantenere una quiete rispettosa. Ogni commento veniva sussurrato oppure si limitavano a scambiarsi uno sguardo.

Sembrava che una cortina di silenzio calasse su chiunque varcava la soglia di quella dimora.

Il ticchettìo dei passi di Edward sul pavimento di marmo risuonò nel corridoio, mentre si avvicinava, quasi a tentoni, alla sua stanza. La luce della luna, penetrando attraverso le finestre, illuminava la lunga sala con un tono argenteo e striature bluastre. Le leggere tende bianche, dolcemente mosse dalla brezza notturna, conferivano un aspetto spettrale all'ambiente.

Tuttavia, quella notte nemmeno i fantasmi osavano lasciare i propri angoli, temendo che quanto stava per accadere potesse spaventare anche loro.

La porta della stanza di Edward, con un leggero clic e con lo scricchiolìo delle cerniere che avevano bisogno di essere oliate, si aprì. Con attenzione, Edward la richiuse dietro di sé, e con la mano raggiunse l'interruttore posto a fianco.

La calda luce gialla del lampadario illuminò ogni angolo, dando vita al colore dei dipinti sulle pareti e sul soffitto; anche le ricche decorazioni della stanza riacquistarono il loro aspetto festoso.

«Questa casa è un museo,» disse Edward, ad alta voce.

La dimora di Giuliano Marchesi, del resto, non avrebbe potuto essere diversa. La sua famiglia collezionava oggetti preziosi da generazioni, e la cura per i dettagli ed il gusto per il bello venivano tramandati di padre in figlio.

«Mi piacerebbe vivere in un posto come questo, ma a Manhattan questa straordinaria bellezza sarebbe sprecata. Questi interni possono stare solamente in una dimora che li meriti, come questa. Immersa nella pace della natura, lontana dal trambusto della città, e legata alle sue radici.»

Un sorriso apparve sul suo volto, mentre meditava sulla possibilità di trasferirsi, un giorno, in una casa simile, un luogo pieno di storia, lontano dalla città.

«Potremmo acquistare una tenuta qui in Italia per trascorrerci le vacanze. Potrebbe essere un ottimo posto per vivere, quando andremo in pensione.»

Si sdraiò sul letto, e mentre ammirava i dipinti sul soffitto, beandosi del silenzio che lo circondava, lasciò che i suoi pensieri fluissero liberamente.

Con un lamento, si alzò dal letto come se fosse stato colpito da un pensiero improvviso. Con lunghi passi raggiunse la giacca, dove era l'oggetto acquistato all'asta.

Con la mano ne frugò la tasca, trovando un oggetto di forma diversa dal portagioie dove era conservata la perla. Aggrottando la fronte, lo afferrò e, con sguardo interrogativo, lo portò davanti ai suoi occhi.

Fu quasi sorpreso di trovare quell'oggetto che quasi non ricordava di avere. Nella sua mano, c'era qualcosa di pericoloso, il rosso intenso del rubino birmano sangue di piccione, che risplendeva incastonato nella massiccia montatura di un anello d'oro, macchiato di sangue.

Con attenzione, prese dall'altra tasca un fazzoletto e rimosse delicatamente le macchie. Quindi, lucidò accuratamente la pietra e la montatura.

«Noi Sherwood, siamo orafi, gioiellieri e commercianti di pietre. Per secoli, non ci siamo limitati a vendere gioielli, abbiamo creato e venduto sogni... Quando entrate nel mio negozio in Merrill Street, fate attenzione a cosa chiedete e pagate, perché una maledizione può solo trasformarsi in un incubo.»

EPILOGO

Una settimana dopo.

Il bel tempo aveva invitato Sabrina a stare sotto il portico.

Leggeva un libro e, di tanto in tanto, alzava lo sguardo per ammirare la superficie increspata del lago e gli uccelli che arrivavano in cerca di cibo. I pini che si specchiavano sull'acqua e gli odori freschi provenienti dalla foresta calmavano i suoi sensi, facendola sentire in pace con il mondo.

Il silenzio, la tranquillità e la sensazione di sicurezza erano qualcosa che desiderava da molto tempo. Quel posto che, inizialmente, aveva trovato noioso, così fuori dal mondo, con il passare del tempo aveva iniziato a sembrarle il luogo migliore in cui vivere. Se Edward fosse stato lì con lei, allora tutto sarebbe stato perfetto, e non avrebbe potuto chiedere altro.

Erano passate le tre del pomeriggio, quando la sua attenzione fu catturata da rumori che pensava di aver dimenticato: quello delle ruote sulla strada sterrata e del motore di un'auto.

Le guardie che pattugliavano l'area e sorvegliavano i dintorni dell'abitazione non avevano dato alcun allarme, quindi non si preoccupò.

Piuttosto, era curiosa di sapere chi fosse l'inaspettato visitatore; quindi, si diresse verso la parte anteriore della casa.

Il SUV nero, brillante sotto il sole pomeridiano, si fermò nel cortile di fronte al cottage. Sabrina, portandosi una mano alla fronte per riparare gli occhi dal sole, fissò le portiere che si aprivano.

Per un momento, non riuscì a credere ai suoi occhi. L'uomo che stava scendendo era Edward, ma lei era sicura che fosse un sogno o un miraggio.

Lui le sorrise, e a quel punto, con le lacrime agli occhi, Sabrina capì che l'incubo era finito e che le loro vite potevano riprendere da dove si erano interrotte.

Quasi singhiozzando, si aggrappò a lui mentre lui la stringeva tra le sue braccia. «Mi sei mancata così tanto!» sussurrò Edward.

«Ci fu un momento in cui temetti che non ti avrei mai più rivisto,» gli rispose, separandosi da lui.

«Evidentemente non mi conosci abbastanza, non potrei mai abbandonarti. Inoltre, non mi sarei perdonato di non aver conosciuto nostro figlio,» disse, volgendo lo sguardo alla sua pancia. «Come sta?»

«Lui? Penso che sarà femmina!» ridacchiò. «Il bambino sta bene, ed anche io. Tendo a stancarmi facilmente, ma immagino sia normale.»

Entrarono nel cottage e andarono a sedersi sul divano. Avevano così tante cose da dirsi, ma continuavano a fissarsi negli occhi, come se nessuno di loro sapesse da dove cominciare.

«Durante queste due settimane, ho avuto tempo per riflettere su quanto è successo; in particolare, al modo sconsiderato con cui ho portato avanti l'attività di famiglia. Non sono orgoglioso delle bugie che ti raccontai, né del motivo per cui lo feci.» Abbassò lo sguardo, evitando di guardarla negli occhi. «Pensai che, se tu non fossi stata a conoscenza di quello che stavo facendo, saresti stata al sicuro. Purtroppo, mi resi conto di quanto mi fossi sbagliato, solamente dopo aver messo te e me stesso in una situazione pericolosa. Ho capito che, l'unica cosa che possa garantire la tua incolumità è smettere di agire così scriteriatamente.»

Sabrina sorrise e appoggiò delicatamente una mano sulla sua. «Non te l'ho mai detto, ma ero a conoscenza della maggior parte delle cose che cercavi di tenere tra te e Mikhail. All'inizio mi sentii ferita, ma anche per me, queste due settimane, sono servite per riflettere sulla nostra vita insieme ed il modo in cui l'abbiamo vissuta, finora. Entrambi abbiamo agito in modo irresponsabile, ma, da adesso in poi, dobbiamo comportarci con maggior giudizio, perché non siamo più soli. Nostro figlio dovrà essere protetto.»

«Stavo pensando di rilevare la villa di mio nonno. Quella di Giuliano in Italia, mi ha fatto desiderare di vivere con la mia famiglia circondato da quella stessa bellezza. Per quanto riguarda il mio lavoro, potrei seguire l'esempio di mio padre, e concentrarmi maggiormente sulla produzione e vendita di gioielli, evitando di rischiare la vita dietro a perle o pietre preziose maledette.»

Sabrina lo guardò. Sapeva che mantenere una tale promessa non lo avrebbe reso felice. «Sai cosa penso, invece?»

«Dimmi...» rispose Edward, socchiudendo gli occhi, cercando di indovinare cosa avesse in mente.

«Penso a quella stanza nella villa di tuo nonno, dove sono i ritratti dei precedenti proprietari. Quelli sono i tuoi antenati, le tue origini e, rinunciando al commercio che rende famosa la *Gioielleria Sherwood* sarebbe come tradire la loro memoria. Inoltre, precluderemmo a nostro figlio, la possibilità di scegliere se portarla avanti o meno. Penso che dovremmo continuare ad occuparci di questo commercio, ma, in maniera più sicura. Ci deve pur essere un modo per giungere ad un compromesso, giusto?» chiese, guardando Edward con i suoi occhi luminosi.

Per alcuni istanti, Edward rimase sbalordito, incapace di articolare una parola. «Ci deve essere, ed insieme lo troveremo,» disse, tenendole la mano nella sua e guardandola negli occhi.

«È per questo che stiamo insieme. Dopo tutto, non siamo così diversi. E forse non sei solo tu ad essere stato chiamato a servire la maledizione. Siamo stati scelti per farlo insieme e portare avanti la tradizione degli Sherwood.»

«Ti amo immensamente,» sussurrò Edward.

Solo poche settimane prima, tutto era sembrato cadere a pezzi; era però bastata la quiete della campagna, in un posto che sembrava essere fuori dal mondo perché tutto tornasse ad avere senso. Tutto era armonia e bellezza. Nei loro cuori ora, c'era la certezza che una maledizione non è mai a senso unico. Come i riflessi sulla superficie di una perla si disperdono in ogni direzione. Così la maledizione colpirà la persona che riceve l'oggetto, colui che lo consegna e coloro che guardano sbalorditi, aspettando e trattenendo il respiro.

Quando, finalmente, non ebbero più altro da raccontarsi, si alzarono. Mentre il sole iniziava a tramontare, partirono per tornare a casa, dove avrebbero ricostruito le loro vite e creato un nido sicuro per la loro famiglia in crescita.

FINE

Spero che vi sia piaciuto leggere questo romanzo tanto quanto a me scriverlo. Questa è una storia a sé stante, ma credo che potreste trovare avvincente anche la mia nuova serie poliziesca ambientata a Roma. Nella splendida cornice della città eterna, il commissario Maurizio Scala sarà chiamato a risolvere intricati misteri e oscuri crimini per dare giustizia a coloro che giurò di proteggere. Potete trovare il primo libro della serie qui: L'anno della mantide – Le indagini del Commissario Scala (Libro 1)

Seguimi su:

Facebook:
https://www.facebook.com/PJ.Mann.paperpenandinkwell

Twitter: https://twitter.com/PjMann2016

Sito web: https://pjmannauthor.com

ALTRI LIBRI DELL'AUTORE

Libri in Italiano:

Inganno fatale – Dove tutto ha inizio Vol.1

Inganno fatale – Insonne Vol.2

Inganno fatale – Il patto con il Diavolo Vol.3

L'anno della Mantide – le indagini del Commissario Scala Vol.1

I Segreti delle Persone Perbene – le indagini del Commissario Scala Vol.2

Libri in inglese:

Thrillers:

Deadly Deception – Prelude (Vol. 1 English version)

Deadly Deception – Insomniac (Vol. 2 English version)

Deadly Deception – The Devil's Deal (Vol.3 English version)

A Tale of a Rough Diamond

The Ghosts of Morgan Street

The Man from the Mist

The Year of the Mantis – A Commissario Scala mystery (Book 1)

<u>The Secrets They Hide – A Commissario Scala</u>
<u>mystery (Book 1)</u>

<u>Merchant of Pearls</u>

Romanzi storici:

<u>Aquila et Noctua</u>

Suspense Paranormale:

<u>Thou Shalt Never Tell</u>

BIOGRAFIA

Sono nata nel 1973 in un piccolo paese in Italia.

Nella mia carriera ho scritto e pubblicato diversi saggi scientifici di geologia ed ingegneria, con particolare attenzione allo smaltimento finale di rifiuti nucleari esausti.

Pur essendomi diplomata all'Istituto d'Arte di Perugia, ho proseguito gli studi frequentando la facoltà di Geologia, specializzandomi in geologia ambientale.

Sono appassionata di fotografia ed amo osservare la natura e la società umana da ogni prospettiva.

Attraverso i miei romanzi propongo un punto di vista differente sulle relazioni, culture e convinzioni umane.

Made in United States
Orlando, FL
22 March 2023

31301101R00202